Liebe Lügen

Manuela Kuck

Liebe Lügen

Roman

Krug & Schadenberg

1 Lisa

Der Raum war völlig überheizt. Ich strich mir über die Stirn. Schweiß sammelte sich unter meinen Achseln und würde in Kürze große nasse und weithin sichtbare Flecken hinterlassen. Da ich meine beste Bluse trug und zu einem Vorstellungsgespräch eingeladen war, hielt sich meine Begeisterung in Grenzen.

Verstohlen ließ ich den Blick über die anderen fünf Bewerberinnen schweifen, um erleichtert festzustellen, dass sie ähnlich mitgenommen aussahen wie ich. Vielleicht testen die gleich noch unsere Saunatauglichkeit, dachte ich – immerhin ging es um einen Job im Hotelgewerbe. Ich wusste, dass der alberne Gedanke lediglich Ausdruck meiner zunehmenden Nervosität war, denn meine Chance auf die Stelle betrug zwar rein rechnerisch 16,67 Prozent, tendierte aber eigentlich gegen Null. Höchstens.

Es grenzte schon an ein Wunder, dass ich überhaupt in die Gesprächsendrunde gekommen war, und meine Einladung war wohl hauptsächlich dem Umstand zu verdanken, dass ich ganz gut um den heißen Brei herumzureden vermochte, wenn es darum ging, Lücken im Lebenslauf zu rechtfertigen. Hätte ich in dem Laden was zu sagen, wäre ich jedenfalls kaum auf den Gedanken gekommen, jemanden wie mich für einen Job als Assistentin der Geschäftsführerin ins Auge zu fassen. Ich hatte zwar schon in zig Branchen gearbeitet und kaufmännische Grundlagen vorzuweisen, meine Computerkenntnisse und mein Englisch waren auch recht gut, und rhetorisch hielt ich mich ganz wacker – besonders am Telefon –, aber um in der Nähe der Wahrheit zu bleiben: Das war es dann auch

Mein berufliches Durchhaltevermögen ließ sich unter anderem daran ablesen, dass in den letzten Jahren schätzungsweise alle drei bis sechs Monate ein neuer Arbeitgeber auf der Liste meiner Beschäftigungsverhältnisse stand, eingerahmt von zwischenzeitlichen Leerphasen, die ich vollmundig als freiberufliche und Fortbildungszeiten umschrieb. Was für ein Geschwafel. Ich hatte mich mit irgendwelchen Jobs über Wasser gehalten, während ich von einer Sinn- und Lebenskrise in die nächste getaumelt war und nicht mal meinen Liebeskummer auf die Reihe bekommen hatte. Immerhin: Zwischen meinem 32. und 35. Lebensjahr war es mir gelungen, mit dem Rauchen aufzuhören, ein Friedensabkommen mit meiner Mutter zu schließen, das länger als drei Wochen andauerte, und nach sechs vergeblichen Versuchen endlich einen Bonsai am Leben zu erhalten.

Ich hatte schon in Kneipen, Cafés und Bars, aber noch nie in einem Hotel gearbeitet, geschweige denn als Assistentin irgendeiner Geschäftsführung, und hätte ich mich vorab ausreichend informiert, wäre mir klargewesen, dass ich mich nicht in einer miesen, abseits gelegenen Bruchbude bewarb, die mit ihrer Ausschreibung ein bisschen dick auftrug, während sie sich gerade eben über Jugendherbergsniveau halten konnte, sondern dass meine Unterlagen auf den eleganten Tisch eines exquisiten Hotels mit ausgereiftem Konzept in bester Lage Unter den Linden geflattert waren, wo irgendjemand an verantwortlicher Stelle aus mir unerfindlichen Gründen davon beeindruckt gewesen war. Nun, das würde ich in Kürze korrigieren können.

Eine kleine pummelige Frau im Hosenanzug betrat den Raum, senkte den Blick über die schwarzen Ränder ihrer Hornbrille hinweg und rief zwei Mitkonkurrentinnen gleichzeitig auf – fü [illegible] Frau in Frage, weil das Hotelangebot ausschließlich für weibliche Gäste konzipiert war und auch nur Frauen beschäftigte, was zweifelsohne mit ein Grund für mein Interesse gewesen war. Die beiden kehrten nach schätzungsweise sieben Minuten zurück, und ihre betretenen Mienen konnten nur eines bedeuten: Meine Chancen waren, wenn auch nur rein rechnerisch, auf 25 Prozent gestiegen. Was auch immer sie falsch gemacht hatten – es war schnell gegangen.

Die nächsten beiden Frauen verschwanden – sie erwischte es nach zirka zehn Minuten. Mein Puls stieg, während meine Schweißflecken sich in Richtung Ellenbogen auszubreiten begannen. Mein Name fiel in einem Atemzug mit dem einer anderen Frau. Hatte ich schon erwähnt, dass ich dringend einen Job brauchte? Mit der Miete in Rückstand war? Schulden hatte? Und kaum noch Freundinnen, die ich anpumpen konnte?

Gemeinsam mit mir erhob sich ein blondgelocktes feengleiches Wesen mit zwei Meter langen grazilen Beinen von seinem Platz, das ein zauberhaftes Lächeln aufsetzte, kaum dass wir in ein holzgetäfeltes Büro geführt worden waren, an dessen Tür *Geschäftsführerin* stand. Der Grundriss war größer als der meiner ersten eigenen Wohnung. Die Fee bewegte sich mit beneidenswerter Selbstsicherheit, war schätzungsweise zehn Jahre jünger als ich bei einem gleichzeitigen Berufserfahrungsvorsprung von zwanzig Jahren und hatte zu allem Überfluss auch noch eine angenehme Stimme. Und natürlich keine Schweißflecken – weder unter den Achseln noch anderswo, sofern ich das bei oberflächlicher Sichtung beurteilen konnte. Darüber hinaus war die Frau selbstverständlich perfekt geschminkt. Ich war schon immer heilfroh, wenn es mir gelang, Wimperntusche ausschließlich, gleichmäßig und präzise an den dafür vorgesehenen Stellen aufzutragen, und sie rauschte hier rein, als gelte es, mit ihrem Teint bei der Oscar-Verleihung eine gute Figur zu machen – was ihr bestimmt gelungen wäre. Einen Moment lang haderte ich mit dem Umstand, dass ausgerechnet ich gemeinsam mit der wohl chancenreichsten und schönsten Frau in die Höhle der Löwin gerufen wurde, dann konzentrierte ich mich auf die Frau hinter dem eleganten Mahagoni-Schreibtisch.

Der Vergleich mit der kompromisslosen Wildheit einer Großkatze war gar nicht so verkehrt. Amelie Rupert hatte in der Tat etwas von einem Raubtier, und ihre Ausstrahlung ließ mich sofort erschaudern. Gletscherblauer Blick, der mit dem tiefblauen Blazer, an dessen Revers das goldene Emblem des Hotels mit ihrem in schwungvoller Schrift eingravierten Namen angebracht war, vor dem Hintergrund einer gediegenen Büroausstattung perfekt harmonierte. Dunkles mittellanges Haar, das ihr Gesicht umschmeichelte und garantiert noch nie etwas von Cut & Go gehört hatte. Unbewegte Miene, die selten von einem Lächeln aufgehellt wurde – so vermutete ich jedenfalls zu diesem Zeitpunkt. Ihr Alter ließ sich schwer schätzen, vielleicht vierzig, vielleicht fünfzig. Es schien völlig nebensächlich. Sie fasste erst die Fee, dann mich ins Auge, scannte uns sekundenlang, was nicht besonders angenehm war, und ließ uns dann auf den beiden Stühlen vor ihrem Schreibtisch Platz nehmen. Ihre Stimme war tief und volltönend. Sie sprach leise, als ginge sie selbstverständlich davon aus, dass man ihr andächtig und aufmerksam lauschte, womit sie ohne Zweifel richtig lag.

Die Fee war zuerst an der Reihe. Elegant schlug sie ein Bein über das andere, bedankte sich artig und wohlartikuliert für die Einladung, um dann in geschliffenen Wendungen von ihren letzten beiden Anstellungen zu berichten, eine davon in einem großen Hotel in Spanien. Ich verdrehte innerlich die Augen und überlegte, ob ich einfach aufstehen und gehen sollte. Ich war größenwahnsinnig, wenn ich auch nur die geringste Hoffnung hegte, hier den Hauch einer Chance zu haben, und lächerlich machen wollte ich mich weder vor der Fee noch vor dieser eisblauen Lady. Garantiert hatte sich niemand von meinen Bewerbungsunterlagen blenden lassen – allein die Mutmaßung grenzte schon an Unverschämtheit, wie mir inzwischen klar war. Wahrscheinlicher war, dass meine Einladung zum Vorstellungsgespräch lediglich aufgrund einer simplen Verwechslung zustande gekommen war. Das könnte ich doch als Aufhänger benutzen. So was passierte schließlich in den besten Häusern.

Die Fee erzählte gerade en detail von ihrer fundierten Ausbildung, als Amelie Rupert eine Hand hob, um ihre Schilderung mit bestimmter Geste zu unterbrechen, was ich ihr hoch anrechnete. Fast wäre mir ein erleichterter Seufzer entglitten.

»Flexibilität ist das A und O in unserer Branche«, bemerkte sie. »Es kann vorkommen, dass Sie mal in einem anderen Bereich aushelfen müssen …«

Fee winkte ab. »Aber ich bitte Sie! Ich habe überhaupt kein Problem damit, auch am Empfang eingesetzt zu werden oder bei einer Abendveranstaltung am Büfett zu stehen – um nur ein Beispiel zu nennen.«

Na klar, dachte ich, du bist rundum einsetzbar, und wenn es sein muss, putzt du nachts auch noch die Klos. Amelie Ruperts Blick streifte mich kurz, als hätte ich meinen Gedanken laut ausgesprochen. Ich bemühte mich umgehend um einen gleichmütigen Gesichtsausdruck, während sie wieder Miss Tausendschön Flexibel ansah.

»Sie können sich bestimmt vorstellen, dass Sie nicht immer pünktlich Feierabend machen können und …«

Fee lachte mit glockenklarer Stimme auf. »Natürlich nicht. Das ist doch selbstverständlich.«

Ich war ziemlich sicher, dass Amelie Rupert es nicht schätzte, in ihrem Redefluss unterbrochen zu werden, sondern selbst eine Frage mit offensichtlichem Inhalt gerne in aller Ruhe ausformulierte, um erst dann die Antwort zu hören. Nicht übereifrig werden, Fee, dachte ich. Fast unmerklich hob sich eine von Ruperts feingeschwungenen Brauen – ähnlich pointiert gelang das meines Wissens nur noch Anne Will.

»Und was sagt Ihr Freund, wenn das zwei, drei Abende hintereinander vorkommt und er bereits Kinokarten besorgt hat?«, blieb sie beim Thema.

Wieder ertönte das silbrige Glockenlachen, diesmal zirka zwei Oktaven zu hoch. Allein das wäre eigentlich Grund genug gewesen, fluchtartig den Raum zu verlassen.

»Er tauscht die Karten um oder er geht mit einem Freund«, gab Fee triumphierend zurück, und einen Moment lang sah es so aus, als würde sie in die Hände klatschen.

Natürlich, dachte ich, gar keine Frage. Männer sind ja weltumspannend dafür bekannt, in solchen Situationen grundsätzlich gelassen und rücksichtsvoll zu reagieren. Wer hätte je anderes gehört?

»Er wird nicht sauer oder ungehalten?«, verlangte die Geschäftsführerin auch bei diesem Aspekt detailliert Auskunft.

»Aber nein. Er weiß, in welcher Branche ich arbeite. Das war noch nie ein Problem.«

»Und wenn Sie Ihr freies Wochenende verschieben müssen?«

»Dann hat er auch dafür Verständnis.«

Amelie Rupert nickte langsam, während ich überlegte, ob Fee den Bogen inzwischen einfach nur maßlos überspannte, statt ein wenig Schönfärberei zu betreiben, wie es in einer solchen Situation ja durchaus angemessen war, oder ob ihr Freund tatsächlich ein Weichei mit unübersehbarer Tendenz zum Volltrottel war. Carola jedenfalls wäre ziemlich stinkig gewesen, wenn ich Verabredungen dauernd wegen des Jobs ... Aber Carola war schon lange nicht mehr aktuell. Jemand anders auch nicht. Und einen Job hatte ich, wie erwähnt, schon länger nicht mehr.

»Und Ihr Freund?«

Ich brauchte eine Weile, um zu kapieren, dass die Fee plötzlich abgemeldet und ich dran war. Amelie Rupert sah mich an. Ich rang mir ein Lächeln ab.

»Es gibt keinen Freund«, sagte ich und räusperte mich.

Den eigentlich geplanten Zusatz, dass ich aufgrund diverser Umstände, deren Einzelheiten ich ihr ersparen wollte, überhaupt nicht hierhergehörte und meine letzte Liebesbeziehung mit einem Mann fünfzehn Jahre zurücklag und ich seitdem Frauen bevorzugte – was aber nicht an dem Mann lag –, verkniff ich mir. Wir befanden uns zwar in einem Frauenhotel, doch ausschweifende Schilderungen meiner persönlichen Liebesbiographie waren garantiert trotzdem nicht gefragt. Warum auch? Aber das war noch nicht alles. Amelie Rupert hatte mich im Bruchteil einer Sekunde auf dem falschen Fuß erwischt. Es war ein Moment, in dem ich am liebsten gar nichts mehr gesagt hätte, weil mir mal wieder vor Augen geführt wurde, wie wenig ich mein bisheriges Leben dazu genutzt hatte, etwas zu erreichen – wenn schon nicht privat, dann wenigstens beruflich. Ich öffnete den Mund, um wenigstens noch irgendeine allgemeine halbwegs geistreiche Bemerkung hinterherzuschieben, die es mir erlaubte, wieder Tritt zu fassen, um dann den geordneten Rückzug anzutreten, als die Rupert mir zuvorkam.

»Eine Freundin?«

Mit der Nachfrage hatte ich nicht gerechnet. Die Fee warf erst ihr, dann mir einen neugierigen Seitenblick zu.

»Im Moment nicht«, erwiderte ich. »Hören Sie, Frau Rupert, ich ...«

»Ja?« Kein aufmunterndes Lächeln. Kein warmer Blick. Ganz und gar nicht. Eher das Taxieren einer Leopardin, die aufmerksam nach ihrem Mittagsimbiss Ausschau hält.

»Ich denke, es dürfte längst klar sein, dass ich nicht ...«

»Wie bitte?«

Ich atmete tief durch. »Ich könnte mir vorstellen, dass hier etwas schiefgelaufen ist. Meine Bewerbung ...«

»Was ist damit?« Sie sah auf die Mappe, die vor ihr lag, und hielt sie kurz hoch. Es war eindeutig die, die ich losgeschickt hatte. »Sie sind doch Lisa Krone?«

»Ja, aber ...« Ich war verdutzt, konnte aber nicht mehr zurück. »Sie werden in spätestens drei Minuten feststellen, dass ich nicht ausreichend für diese Stelle qualifiziert bin, deshalb sollten wir das Prozedere für alle Beteiligten abkürzen und ...« Ich erhob mich langsam.

Sie musterte mich in aller Ruhe von oben bis unten. »Setzen Sie sich wieder.« Das war keine Bitte. »Erstens: Ich habe Sie aufgrund Ihrer schriftlichen Bewerbung eingeladen. Zweitens: Woher wollen Sie eigentlich wissen, welche Qualifikationen ich für besonders wichtig erachte?«

Ich ließ mich langsam wieder auf den Stuhl zurücksinken. »Nun ... na ja, ich ...«

»Ja?«

»Hotelmanagement erfordert Erfahrung und spezielle Kenntnisse.«

»Die Sie nicht haben?«

»Ich fürchte nicht.«

»Aha. Aber zum einen haben Sie sich trotzdem beworben, und zum anderen kennen Sie sich doch immerhin so gut aus, dass Sie zu wissen meinen, welche Bewerberin warum die richtige beziehungsweise die falsche ist?« Diesmal hob sie beide Augenbrauen.

Die Fee kicherte. Amelie Rupert wandte ihr kurz das Gesicht zu. Ihr frostiger Blick ließ sie nicht nur verstummen, sondern verschlug ihr den Atem. Mein Mitgefühl hielt sich in Grenzen.

»Wir wären dann soweit durch, Frau Sigand«, fügte die Geschäftsführerin nach einer unangenehm langen Pause schließlich hinzu, und die Fee stand nach kurzem Zögern sichtlich betroffen auf, um nach einem flüchtigen Gruß aus dem Raum zu eilen. Mit diesem Abgang hatte sie garantiert nicht gerechnet.

Okay, dachte ich. Sie nimmt sich Zeit, um mir in aller Ruhe und ohne Zeugen zu erklären, was ich für eine Niete bin. Dann fliege ich auch raus, und wahrscheinlich sitzen im Nebenraum schon die nächsten Bewerberinnen. So hübsch und grazil wie die Fee, aber deutlich souveräner als sie und achtzig Mal kompetenter als ich, was bei näherer Betrachtung nicht so schwierig war.

»Warum haben Sie sich beworben?«, hob Amelie Rupert an, als die Tür ins Schloss gefallen war. Sie faltete die Hände.

Ich atmete tief durch. Offensichtlich wollte sie es ganz genau wissen. Das war ihr gutes Recht. Immerhin hatte ich ihre Zeit in Anspruch genommen, und das Mindeste, was ich ihr schuldete, waren ein paar Antworten. Wenn möglich ehrliche.

»Ich brauche einen Job, und die Stellenbeschreibung hat

mir zugesagt«, erklärte ich. »Ich habe schon in vielen Bereichen gearbeitet und dachte, dass ich lernfähig und flexibel genug bin, mich einzuarbeiten. Sagen wir so – es schien mir einen Versuch wert.«

»Aber jetzt sind Ihnen Zweifel gekommen?«

»Durchaus.«

»Warum?«

»Ehrlich gesagt war ich von einem wesentlich kleineren und schlichteren Hotel ausgegangen«, erwiderte ich vorsichtig. »Und nun bekomme ich mit ... na ja ... Ich habe mich nicht richtig informiert. Außerdem hat die Fee so viel vorzuweisen an Berufserfahrung, dass ich ...«

»Die Fee?«

Ich spürte, wie ich rot wurde. »Frau Sigand – ich habe ihr den Spitznamen gegeben.«

»Verstehe.« In ihrem Mundwinkel zuckte es kurz, aber von einem Lächeln, geschweige denn einem amüsierten, konnte nicht die Rede sein. Sie warf einen schnellen Blick in die Mappe. »Sie halten nicht lange durch, wie ich Ihrem Lebenslauf entnehmen kann.«

Du hast ja so recht, dachte ich. »Ich habe einige Male zu früh aufgegeben, hatte manchmal Pech und war häufig einfach am falschen Platz«, entgegnete ich stattdessen. Warum auch nicht? Was hatte ich schon zu verlieren? Wahrheiten konnten so oder auch so formuliert werden. Die Erfahrung machte ich nicht zum ersten Mal im Leben.

»Sie haben noch nie in einem Hotel gearbeitet – eine Tatsache, die Sie in Ihrer Bewerbung weiträumig umschiffen.«

»Stimmt.«

»Sind Sie wirklich davon ausgegangen, dass Sie damit durchkommen?«

»Hier nicht. Nein. Aber wie gesagt, ich dachte ...«

»Sie dachten, Sie probieren einfach mal, was geht«, unterbrach sie mich.

»Ja.«

Amelie Rupert musterte mich lange und nickte mir schließlich zu. »Ich denke darüber nach und rufe Sie in den nächsten Tagen an.«

Sie machte sich einige Notizen. Ich war so perplex, dass ich vergaß, aufzustehen und mich zu verabschieden. Stattdessen starrte ich sie an.

Sie hob den Blick. »Sie können gehen, Lisa.«

Als sie meinen Vornamen verwendete, wusste ich, dass ich den Job hatte. Warum ich überhaupt in die engere Wahl gekommen war und Amelie Rupert dann sogar davon überzeugen konnte, dass sie mit mir die Richtige gefunden hatte, erfuhr ich erst später. Manchmal überlege ich, ob ich mich anders entschieden hätte, wenn mir ihre wahren Beweggründe schon in diesem Augenblick klargewesen wären. Aber die Frage ist natürlich müßig.

2 *Hannah*

Die Pflegerin hatte den Rollstuhl vor das große Verandafenster geschoben und kam mir lächelnd entgegen, als ich das Wohnzimmer betrat.

»Ich glaube, es gefällt ihr«, sagte sie leise. »Der Blick in den Garten, die Natur ... Vielleicht hat sie Freude daran.«

Der Blick in den Garten war öde. Die Natur lag so brach wie selten zuvor in diesem Winter, der sich überhaupt nicht verabschieden wollte. Karen hasste lange kalte Winter und brachliegende Natur. Für sie begann das Leben erst so richtig, wenn der Frühling sich ankündigte. So war es jedenfalls früher immer gewesen. Früher hieß: vor dem ersten Schlaganfall.

»Die Medikamente stehen in der Küche auf der Anrichte. Ich wäre dann soweit fertig mit allem. Sie kommen zurecht, Frau Trepur?« Das fragte sie jeden Abend. Ich nickte, wie jeden Abend.

»Danke, Frau Kern. Ja, ich komme zurecht. Ich wünsche Ihnen einen schönen Feierabend.«

Ich war müde und in Gedanken, und die Atmosphäre im Haus meiner Schwester umhüllte mich wie eine dichte Wolke, aber es blieb mir gar nichts anderes übrig als zurechtzukommen. Schließlich war es ein halbes Jahr zuvor meine Entscheidung gewesen, zu Karen zu ziehen, mich um sie zu kümmern und für sie dazusein, soweit es mir neben meinem Job möglich war. Dass sowohl die Ärzte als auch Karen und ich davon ausgegangen waren, sie würde höchstens drei, vier Monate liebevolle Unterstützung brauchen, um ihr altes Leben weitestgehend wiederaufnehmen zu können, und sich alle irrten, hatte vorher niemand ahnen können.

Karen war nach gut zwei Monaten, in denen sie engagiert um ihre Gesundung gekämpft hatte, ein zweites Mal von einem Schlaganfall niedergestreckt worden. Diesmal hatte er ganze Arbeit geleistet. Sie war seitdem an den Rollstuhl gefesselt – die rechte Körperhälfte zur Zeit vollständig gelähmt, die linke in den Bewegungen eingeschränkt; innerlich und äußerlich völlig erstarrt und in sich zusammengesunken; sprachlos und von einer tiefdunklen Traurigkeit umgeben, gegen die ich jeden Abend anzukämpfen versuchte und vor der ich jeden Morgen zur Arbeit flüchtete. Froh, dass ich Karen bei der Pflegerin in guten Händen wusste, erleichtert, dass ich meiner Wege gehen konnte, und mit einem schlechten Gewissen im Gepäck, das sich den ganzen Tag über immer wieder regte.

Die Haustür fiel hinter Frau Kern ins Schloss, und ich trat neben meine Schwester. »Hallo, Karen, da bin ich.«

Manchmal reagierte sie mit einem Lidzucken, wenn ich sie begrüßte, oder mit einer winzigen Körperbewegung. Oder ich erkannte den minimalen Versuch einer Kopfdrehung, mit dem sie mir das Gesicht zuwenden wollte. Dann hoffte ich jedes Mal, dass sie sich freute – so freute, dass ich es mitbekam und mich damit spüren ließ, dass sie überhaupt noch so etwas wie Freude empfinden konnte oder eine Art Zufriedenheit, für Momente jedenfalls. Vielleicht lachte sie ja sogar manchmal, und ich deutete ihr schiefes Gesicht und den merkwürdig leeren Blick nur falsch. Ich glaubte nicht daran, aber gänzlich ausschließen wollte ich es nicht. Karen hat früher viel gelacht. Mehr als ich. Lachgrimasse, hatte ich manchmal zu ihr gesagt, wenn sie sich völlig undamenhaft mit weit aufgerissenem Mund über irgendeinen Witz ausgeschüttet hatte.

Sie starrte weiter in den Garten.

Die Ärzte sagten, dass ihr der zweite Schlaganfall gewaltig zugesetzt und teilweise irreversible Schäden angerichtet hatte. Davon musste man realistischerweise ausgehen. Ob sie jemals wieder so würde laufen und sprechen können wie früher war mehr als fraglich, wahrscheinlich sogar ausgeschlossen. Andererseits machte sie bedeutend weniger Fortschritte, als man erwarten konnte, selbst wenn man nicht besonders optimistisch eingestellt war. Bedeutend weniger war eine ganze Menge.

»Der Körper ist das kleinere Problem«, hatte auch der Physiotherapeut letztens wieder betont. »Sie hat kein Selbstvertrauen mehr und keine Lebensfreude.«

Ja, wie denn auch? Mir wäre es ähnlich ergangen. Wie fühlte man sich, wenn man den Berg schon fast erklommen hatte, mühsam und unter Schmerzen, und dann ein weiteres Mal hinabstürzte, mit noch viel größerer Wucht?

»Reden Sie mit ihr. Finden Sie raus, was ihr guttut, woran sie Freude hat.«

Der Rat war freundlich und mitfühlend gemeint, aber er ging ins Leere. Ich hielt dem Mann zugute, dass er neu in der Praxis war und mit Karens Betreuung gerade erst begonnen hatte, während ich mich seit Monaten um sie kümmerte und sie seit nahezu einem halben Jahrhundert kannte.

»Sie hat Spaß am Laufen und am Radfahren, und sie liebt die Arbeit im Garten. Sie war eine erfolgreiche Architektin, die jedes Baugerüst hochgeklettert ist. Auch noch mit Ende Fünfzig und oft genug ohne Sicherheitshelm. Die Männer sind ihr nachgelaufen«, hatte ich schließlich erwidert. Nicht mehr scharenweise, aber über mangelndes Interesse hatte sie sich auch in den letzten Jahren nie beklagen können, fügte ich in Gedanken hinzu. Und wie redet man mit einer Frau, die einen blicklos anstarrt und von der man nicht weiß, ob sie einem überhaupt zuhören möchte? Dass sie es konnte, daran zweifelte ich nicht im Geringsten.

Der Physiotherapeut hatte sich geräuspert. »Familie, Freunde?«

»Ich bin ihre Familie. Es gibt einige gute Freunde, aber sie will keine anderen Menschen sehen. Sie schämt sich.«

»Sind Sie sicher?«

Ich nickte. Ja, ich war sicher. Hundertprozentig sicher. So gut kannte ich sie immer noch, auch wenn wir in den letzten zwei, drei Jahren nicht mehr ganz so viel Zeit miteinander verbracht hatten wie früher. Meine Arbeit beim LKA forderte mich zunehmend, und nach der letzten Beförderung hatte ich in der Regel einen Zehn-Stunden-Tag und selten ein wirklich freies Wochenende. Dennoch hatten wir uns regelmäßig gesehen, waren häufig essen gegangen oder auch mal ins Kino. Ich liebte Karens Fröhlichkeit. Ihre Unverfrorenheit und ihren messerscharfen Verstand. Sie tat mir gut. Wir hielten zusammen – das traf es unbedingt.

Nach dem Unfalltod unserer Eltern fünfzehn Jahre zuvor hatte es nur noch uns beide gegeben. Karens Ehe war kurz gewesen und kinderlos geblieben, danach hatte sie zig Affären genossen und einige lockere Beziehungen geführt. Ich hatte seither viele Liebschaften und Abenteuer erlebt sowie zwei Gefährtinnen gehabt, an die ich gerne zurückdachte, aber auf eine dauerhafte Partnerschaft hatte auch ich mich bislang nicht einlassen können. Aus unterschiedlichen Gründen. Im Mittelpunkt hatte sowohl bei Karen als auch bei mir immer der Job gestanden. An zweiter Stelle war die Schwester gekommen. Eigentlich ungewöhnlich, aber ich hatte noch nie intensiver darüber nachgedacht.

Ich zog mir einen Stuhl heran und setzte mich neben sie.

»Ich weiß, der Winter will kein Ende nehmen«, sagte ich. »Daran können wir nichts ändern.« Das klang furchtbar banal, aber ich meinte es genau so. Ich seufzte leise und ließ den Satz stehen. Manchmal fehlten mir die richtigen Worte, aber Schweigen war auch keine Lösung. »Magst du auch einen Tee?«

Keine Antwort. Ich wartete einen Moment, dann stand ich auf und ging in die Küche, um Wasser aufzusetzen. Wieder im Wohnzimmer schaltete ich den Fernseher ein. »Willst du die Nachrichten sehen? Oder lieber was anderes?«

Ihre linke Hand zuckte. Eigentlich müsste sie mit der Hand viel mehr zustande bringen können als ein wie zufällig wirkendes Zucken, hatte der Arzt gesagt. Ich hörte, dass der Wasserkocher leise zu summen begann. Es schien ewig zu dauern, bis das Wasser kochte und ich den Tee aufgießen konnte. Sofort roch es intensiv nach Orange und Pfirsich. Sommerduft. Als ich ins Wohnzimmer zurückkam, begann mein Diensthandy zu vibrieren. Ich zog es aus der Innentasche meines Blazers. *Ben Krüger* stand auf dem Display. Krüger war seit gut zwei Jahren mein persönlicher Mitarbeiter. Ein junger drahtiger Typ, der zu oft *CSI Miami* geguckt hatte und manchmal mit Schnoddrigkeit wettzumachen suchte, was ihm an Erfahrung fehlte, der aber dennoch ein fähiger Kripobeamter war, mit dem ich mich gut verstand.

»Der Chef hat gerade angerufen«, sagte er statt einer Begrüßung. »Er ist nach wie vor nicht hundertprozentig Ihrer Meinung und möchte regelmäßig auf dem Laufenden gehalten werden – sein üblicher Spruch, so kennen wir ihn. Aber letztlich hätten Sie in der Sache das Sagen, meint er und gibt sein Okay. Ich dachte mir, dass Sie sofort Bescheid wissen möchten.«

»Und ob«, erwiderte ich. »Na wunderbar. Dann kommt das Ganze ja jetzt endlich richtig ins Rollen. Was hat ihn denn plötzlich doch einwilligen lassen?«

»Dass Sie selbst vor Ort sind und das Risiko tragen.«

Ich lächelte. Typisch. »Gut, danke für die Nachricht. Die Einzelheiten besprechen wir dann morgen.«

Ich beendete die Verbindung und legte das Handy beiseite. Als ich hochblickte, waren Karens Augen auf mich gerichtet. Mit beinahe erschreckender Klarheit. Ich erwiderte den Blick.

»Das war mein junger Kollege Ben«, sagte ich leise. »Sagt dir der Name noch was?«

Ihre Hand zuckte.

»Ich habe dir häufig von ihm erzählt. Was ich natürlich gar nicht darf.«

Sie sah mich weiterhin an. Bleib, dachte ich. Bitte bleib hier und hör mir zu.

»Geheimhaltung und der ganze Kram«, fuhr ich fort. »Aber manchmal habe ich dir eben doch von meinem Job berichtet und auch von laufenden Ermittlungen, die mich sehr beschäftigten, weil sie ziemlich brisant waren oder mich auf besondere Weise berührten. Aber ich habe niemals die richtigen Namen der Leute genannt, gegen die wir ermittelten – so korrekt war ich dann doch und so vorsichtig. Wusstest du das eigentlich?«

Ihre Hand zuckte erneut.

»Das Leben hält manchmal die unmöglichsten Zufälle parat. Ich bin der Meinung, dass man nie ein unnötiges Risiko eingehen sollte.«

Karens aufmerksamer Blick beschleunigte meinen Herzschlag.

»Projekt Hotel«, fuhr ich fort. »Du kennst sogar die Besitzerin – du kennst sie sogar ausgesprochen gut, aber lassen wir das zunächst mal beiseite.« Ich lächelte. Vielleicht war es keine schlechte Idee, für ein wenig Spannung zu sorgen. »Ich bereite die Sache seit einiger Zeit vor, und mein Chef hat gerade das weitere Vorgehen abgesegnet. Wenn uns die Fische ins Netz gehen, die ich im Visier habe, und wir denen ein für allemal das Handwerk legen können, werden einige Leute sehr froh sein. Willst du mehr hören?«

Sie blieb stumm, natürlich, aber klar und wach, so schien es mir jedenfalls, als ich ihr schmales Gesicht einen Moment betrachtete. Der wintertrübe Garten war vergessen. Ich holte mir eine Tasse Tee.

»Ich muss etwas weiter ausholen«, begann ich einige Minuten später zu erzählen, während ich mich aufs Sofa setzte. Karens Rollstuhl hatte ich an den niedrigen Couchtisch geschoben, und sie sah mich mit unverminderter Neugierde an. »Die Voruntersuchungen laufen nämlich schon eine ganze Weile. Die ersten Hinweise oder sagen wir besser: Stichworte, an die ich mich später erinnern sollte, erhielt ich von einem unserer Fahnder aus der Internetabteilung.«

Ich lehnte mich zurück. »Die ermittelten seit geraumer Zeit gegen eine Gruppe von Internetbetrügern, die besonders erfolgreich im Abzocken von Passwörtern fürs Onlinebanking waren. Stichwort: Pishing-Mails. Das sagt dir was, oder? Wir haben uns mal darüber unterhalten.« Ich nickte ihr zu. »Du bekommst eine Mail mit einem Link und einer Aufforderung, bei deiner Bank ein paar Angaben zu machen. Die Seite, die sich auftut, sieht der Eröffnungsseite deiner Bank täuschend ähnlich. Meist beinhaltet sie eine kurze Erklärung, dass Daten überprüft werden müssten oder so was. Viele Gutgläubige geben daraufhin bereitwillig Passwörter und TAN-Nummern ein und sind in kürzester Zeit eine Menge Geld los. Häufig wissen sie nicht mal warum, und wenn dann endlich eine Überprüfung erfolgt, sind längst alle Spuren verwischt. Oder jedenfalls die meisten.«

Einen Moment lang hatte ich den Eindruck, dass Karen zu überlegen schien und gleich eine Frage stellen oder eine sachkundige Bemerkung machen würde, aber das war natürlich reines Wunschdenken. Eine absurde Hoffnung, wie ich mich sogleich selbst entlarvte. Aber immerhin, sie betrachtete mich nach wie vor aufmerksam, während ich mich an die Einzelheiten des Gesprächs mit Rüdiger erinnerte, das viele Monate zurücklag. Karen war noch quietschfidel auf ihren Baustellen unterwegs gewesen – lachend, schimpfend, lebensfroh.

»Saubande«, hatte er geflucht und sich mit einer Tasse Kaffee in der Cafeteria zu mir gesetzt. Ohne zu fragen natürlich. Rüdiger war ziemlich ungehobelt, das war bekannt, aber es war ihm egal, was andere von ihm hielten. Erstaunlicherweise ging er mir weniger auf die Nerven, als viele meiner Kolleginnen und Kollegen beim LKA wohl vermutet hätten. Ich galt als distanziert und autoritär – eine Beamtin, mit der man sich besser nicht anlegte. Rüdiger ließ sich davon kaum beeindrucken, was ich an ihm wiederum sympathisch fand.

Ich legte meine Zeitung nicht beiseite, sah aber hoch. »Setz dich doch oder meinst du etwa mich mit der ›Saubande‹?«

Er grinste kurz. »Willst du auch einen Kaffee?«

»Danke, ich hab noch.«

Er nickte. »Wir sind den Pishing-Leuten auf den Pelz gerückt und haben die ersten Vernehmungen durchgeführt.«

»Ich gratuliere. Und warum fluchst du dann so?«

»Das ist eine wirklich perfide Geschichte«, erwiderte Rüdiger nach kurzem Überlegen und trank schlürfend einen Schluck Kaffee. »Ich erspare dir die weitschweifenden Einzelheiten der wirklich aufreibenden Ermittlungsarbeit, zumal wir dabei mit mehreren anderen LKAs kooperieren mussten, um die Verdächtigen schnappen zu können. Auf jeden Fall hatten die Jungs nicht nur die E-Mail-Adressen der Leute, sondern sogar deren Anschriften und Geburtsdaten. Das wirkt hundertprozentig überzeugend, insbesondere auf Leute, die noch nie schlechte Erfahrungen gemacht haben beziehungsweise nicht sofort stutzig werden.«

»Und wie sind die da rangekommen? Trojaner?«

»Viel zu aufwändig und in dem Fall wohl auch gar nicht nötig.« Rüdiger schüttelte den Kopf. Er war sichtlich erfreut über mein Interesse. »Ich habe gestern einen der Hauptverdächtigen vernommen und ziemlich unter Druck gesetzt. Er ist gerade Vater einer süßen Tochter geworden, und als ich ihm in bunten Farben ausmalte, dass er die Einschulung seines Kindes wohl nicht miterleben würde, wurde er ziemlich unruhig und entschieden mitteilungsfreudiger – zumindest in einigen Punkten.«

Ich bemühte mich um eine strenge Miene. »Das ist nicht die feine englische Art. Außerdem hast du schamlos übertrieben.«

»Ich weiß. Aber was die gemacht haben, ist auch nicht gerade die feine englische Art. Wie dem auch sei. Er hat ein bisschen aus dem Nähkästchen geplaudert. Und weißt du, was er mir erzählt hat?« Er machte eine Kunstpause.

»Natürlich nicht. Also was?«

»Er hat das Adressmaterial nicht aus dem Netz gefischt oder fischen lassen, sondern gekauft – von einer Lady, die ihm über zwei Ecken vermittelt worden war.«

»Ist das ungewöhnlich?«

»So stellte er es zumindest dar. Außerdem handelte es sich um besonders detailliertes Material, das sich richtig gelohnt hat, wie er betonte. Die Adressen waren aktuell, die Konten gut gefüllt – sie hatten eine Menge Treffer zu verzeichnen. Wenn die Jungs sich mit der ersten Ausbeute begnügt hätten, statt noch mal zuzugreifen, wären wir ihnen wohl gar nicht auf die Schliche gekommen, aber im Zusammenhang mit den anderen …«

Ich winkte ab, bevor Rüdiger so richtig in Fahrt kam und mir fünf Nebenkapitel seiner Story präsentierte. »Schon gut. Und weiter?«

Rüdiger seufzte. »Ich schweife wohl etwas ab. Nun gut. Der Typ war von der Frau offensichtlich schwer beeindruckt. Die hätte ihm sogar Firmeninterna angeboten, wie er berichtete. Aber das sei nicht sein Gebiet.«

»Was für Interna? Betriebsgeheimnisse?«

»Ja, anzunehmen.«

»Einen Namen konnte er natürlich nicht nennen? Oder eine Branche?«

»Natürlich nicht.« Rüdiger zuckte die Achseln.

»Will er nicht oder kann er nicht?«

Erneutes Achselzucken. »Schwer einzuschätzen. Aber einen Hinweis hatte er dennoch. Er meinte, dass die Frau hier in Berlin übernachtet hätte. In einem Frauenhotel.«

»Und woraus hat er das geschlossen?«

»Ganz einfach – er hat sie verfolgen lassen, sicherheitshalber und aus reiner Neugier, wie er sagt. Frauen sind in dem Geschäft eher die Ausnahme. Vielleicht wollte er auch nur ihren Namen rausbekommen, weil sie ihm gut gefiel, aber an der Tür des Frauenhotels war dann Schluss ...« Rüdiger grinste. »Da lassen sie keine Kerle rein.«

Ich lächelte. »Nicht dumm, die Dame.«

»Einige Zeit später sollte ich mich an dieses Gespräch wieder erinnern«, erklärte ich Karen abschließend.

Ich versuchte, munter zu klingen, aber die Müdigkeit war stärker. Ich gähnte und warf meiner Schwester einen entschuldigenden Blick zu. »Ich hab morgen wieder einen sehr langen Tag vor mir. Lass uns ins Bett gehen.«

Ihr Mund zuckte. Unwillig, aber vielleicht war das nur meine persönliche Einschätzung.

»Wenn du willst, erzähl ich morgen Abend weiter.«

Karen sah mich regungslos an. Eine halbe Stunde später hatte ich sie ins Bett gebracht. Sie war ein Leichtgewicht, dennoch atmete ich schwer, als ich sie schließlich zudeckte.

»Gute Nacht«, sagte ich leise und versuchte zu lächeln.

3 *Charlotte*

Ich war so aufgeregt, dass ich Mühe hatte, mich auf den Anmeldebogen zu konzentrieren. Vor mir war gerade eine Gruppe Englisch sprechender junger Frauen eingetroffen, und die beiden Angestellten an der Rezeption hatten alle Hände voll zu tun, den Ansturm der quirligen Gäste zu bewältigen. Ich hatte bereitwillig Platz gemacht und mich an einen der kleinen Tisch im Foyer gesetzt, um erst mal tief durchzuatmen und in aller Ruhe anzukommen. Atmosphäre zu tanken.

Ich blickte mich um, während ich mein laut klopfendes Herz zu beruhigen versuchte. Das Ambiente gefiel mir – ach was: Ich war begeistert und verblüfft zugleich, und ich beglückwünschte Marie nachträglich zu ihrer Entscheidung für dieses Haus, mit der sie meinen Geschmack hundertprozentig getroffen hatte.

Ich mochte weder große, hypermoderne Hotels, in denen Kühle und Kargheit vorherrschten, noch Häuser, die mit aufdringlichen Farben, üppigen Formen und schweren Möbeln zu beeindrucken suchten; von beiden Varianten hatte ich in den letzten zwanzig Jahren einige gesehen – einige zu viel, überall auf der Welt. Ich liebte klare geometrische Formen und bevorzugte Erdfarben, Ledergarnituren sowie gut ausgeleuchtete luftige Räume, und – so albern es auch klingen mochte – mir ging das Herz auf, wenn das Hotelpersonal einheitlich adrett gekleidet war und vorzügliche Manieren an den Tag legte.

Die Tatsache, dass ich Maries Entscheidung für ein Frauenhotel erst nach anfänglichem Zögern zugestimmt hatte, kam mir inzwischen ganz schön lächerlich vor. Wahrscheinlich hatte ich insgeheim befürchtet, in einem lilafarbenen, schwülstig verlotterten Laden zu landen, in dem es von lesbischen Frauen nur so wimmelte, die ihre gegenseitige Zuneigung ständig in aller Öffentlichkeit bekundeten. Ich lachte leise auf – Marie hatte wirklich recht: Es wurde Zeit – Zeit für alles Mögliche.

»Es tut mir leid, dass Sie warten müssen. Kann ich Ihnen eine Erfrischung anbieten?«

Die Hotelangestellte lächelte. *Lisa Krone* las ich auf ihrem Namensschild. Ich wusste nicht, ob sie schon länger vor mir stand und ich zu sehr in meine Gedanken versunken gewesen war, um ihre Anwesenheit zu bemerken – das passierte mir in letzter Zeit häufiger.

»Das ist nicht weiter schlimm«, erwiderte ich. »Ich warte gerne ein paar Minuten und lasse die Atmosphäre auf mich wirken. Das ist ein sehr schönes Hotel. Meine Freundin hat nicht übertrieben.«

»Danke, das finde ich auch. Haben Sie ein Zimmer reserviert?«

Ich nickte. »Ja, ein Doppelzimmer auf den Namen Charlotte Winkler. Meine Freundin kommt aber erst später.« Meine Güte, ich wurde tatsächlich rot. Ich spürte förmlich, wie die Hitze in meinen Wangen hochloderte, aber ich war so hervorragender Stimmung, dass ich keine Lust hatte, mich darüber zu ärgern, und Lisa Krone bemerkte nichts oder tat zumindest so.

»Ich kümmere mich um Ihre Anmeldung«, sagte sie. »Und bringe Ihnen eine Tasse Kaffee. Oder hätten Sie lieber etwas Kühles?«

»Danke – gar nichts im Moment.« Ich hätte wahrscheinlich die Hälfte verschüttet.

Lisa Krone wandte sich freundlich lächelnd um und bahnte sich zielsicher einen Weg hinter die Rezeption. Sie sah attraktiv aus in ihrem dunkelblauen Hosenanzug. Die kastanienbraunen Locken hatte sie zu einem Zopf gebändigt. Ich beobachtete, wie sie sich einen Monitor zurechtrückte und einen Moment abwartete, nachdem sie, wie ich vermutete, meinen Namen eingegeben hatte. Im hinteren Bereich der Rezeption entdeckte ich plötzlich eine hochgewachsene dunkelhaarige Frau. Es wirkte, als stünde sie schon eine ganze Weile dort, um das Treiben ihrer Mitarbeiterinnen und das Eintreffen der Gäste zu verfolgen – ja, ich ging sofort davon aus, dass die Frau eine Vorgesetzte war. Selbst auf die Entfernung hin meinte ich ihren prüfenden, kritischen Blick zu erkennen und ihr Bemühen zu spüren, alles sehr genau im Auge zu behalten. Lisa Krone sah kurz zur Seite und nickte der Frau zu; die trat hinter sie und heftete ihre Augen ebenfalls auf den Bildschirm.

Ich weiß nicht, warum mich die Situation fesselte. Ich habe schon immer gerne beobachtet und mir vorzustellen versucht, was Menschen bewegt, dieses oder jenes zu tun oder zu lassen. Vielleicht schien mir aber gerade in diesen ersten Minuten nach meiner Ankunft jede Kleinigkeit wichtig, jede Beobachtung kostbar, und ich hielt alles fest, um es mir später immer wieder vor Augen führen zu können. Atmosphäre entsteht durch die Wahrhaftigkeit und Dichte im Zusammenspiel aller noch so kleinen Details. Das hatte ich schon häufig festgestellt.

Einige Minuten später kam Lisa Krone mit dem Anmeldeformular zu mir zurück. Obwohl alle möglichen Einzelheiten abgefragt wurden – ein Großteil zu statistischen Zwecken, wie es hieß –, waren die nötigen Formalitäten kurz darauf erledigt, und sie begleitete mich zu meinem Zimmer. Maries und meinem Zimmer – für zwei Tage. Erst einmal. Es war so schön, wie ich es mir aufgrund der Architektur des

Hauses und der Gestaltung des Foyers erhofft hatte. Helle zierliche Kirschholzmöbel, frische Blumen, eine Schale mit Obst, luftige zimtfarbene Vorhänge, und vom Fenster aus konnte ich einen Blick auf die Berliner Humboldt-Universität erhaschen. Das Bad war klein, aber es mangelte an nichts. Zwei flauschige Bademäntel hingen an der Tür.

Lisa Krone vergewisserte sich, dass alles zu meiner Zufriedenheit war und wünschte mir noch einen schönen Aufenthalt, bevor sie ging. *Assistentin der Geschäftsführung* stand in zierlichen Buchstaben unter ihrem Namen auf dem Schild an ihrem Revers, wie ich im Fahrstuhl gesehen hatte. Hörte sich gut an, bedeutete aber im Arbeitsalltag nichts anderes, als dass man ständig überall hingescheucht und für alles verantwortlich gemacht wurde, was nicht klappte. Für alles, was reibungslos funktionierte, wurde jedoch die Geschäftsführung gelobt, während die Assistenz kaum Erwähnung fand oder höchstens in einem beiläufig hingeworfenen Nebensatz. Ich kannte dieses Spiel hinlänglich. Mein Mann war seit zwanzig Jahren als selbstständiger Wirtschafts- und Personalberater tätig. Oder sollte ich sagen – mein Ex-Mann? Durfte ich das schon? Rein rechtlich natürlich noch nicht. Aber ging es hier um Rechte, um juristisch einwandfreie Formulierungen? Wohl kaum. Wie dem auch sei – ich hatte viele Jahre an seiner Seite mitgearbeitet und die Firma, wie ich mit Fug und Recht behaupten durfte, in einzelnen Bereichen entscheidend mitgeprägt und wusste, wovon ich redete.

Lisa Krone schien, obwohl sie keine ganz junge Frau mehr war, neu in dem Metier – unverbraucht, natürlich und fröhlich. Ihr Lächeln wirkte keineswegs eingeschliffen, ihre Sätze klangen nicht einstudiert und lustlos heruntergebetet. Ich konnte nicht ausschließen, dass ich in meiner Begeisterung für das Hotel bereit war, alles um mich herum durch eine leicht rosa getönte Brille zu betrachten, doch dann wiederum war ich erfahren genug im Umgang mit Menschen und beruflichen Herausforderungen und durfte mir diese Einschätzung erlauben. Wenn mich nicht alles täuschte, war die andere Frau, die mit Argusaugen über das Tun ihrer Leute wachte, die Geschäftsführerin oder zumindest die Personalchefin.

Ich öffnete meinen Koffer und zog die Türen des Kleiderschranks auf, um meine Sachen aufzuhängen. Ich hatte genügend Zeit, um mich einzustimmen und zu freuen. Zu träumen. Vielleicht zwei, drei Stunden oder auch vier. Bis zum späten Nachmittag, frühen Abend wollte sie eintreffen. Genauer hatte Marie es nicht sagen können. Sie hatte noch einiges zu erledigen, bevor sie sich auf den Weg nach Berlin machen konnte. Vor zwei Tagen hatte sie ebenfalls mit ihrem Mann gesprochen. Nägel mit Köpfen gemacht und für Klarheit gesorgt.

Manchmal bin ich sehr pathetisch, überlegte ich, während ich mein Abendkleid auf den Bügel hängte. Es knisterte, als ich über den Stoff strich. Andererseits – wie oft im Leben traf man so wichtige Entscheidungen? Ein wenig Pathos schien mir durchaus angebracht.

Wir würden mit Champagner feiern und dann zwei Tage die Stadt genießen – Ausflüge in Museen und Galerien und Besichtigungstouren unternehmen, dabei verstohlen oder auch weniger verstohlen nach der Hand der anderen greifen, schick essen und vielleicht tanzen gehen, die Zukunft planen. Ich sehnte mich nach dem neugierigen Blick ihrer Augen, ihren schlanken und doch so kraftvoll zupackenden Händen.

Wir hatten uns ein gutes halbes Jahr zuvor kennengelernt, genauer gesagt vor acht Monaten, hier in Berlin auf einer

Tagung für europäische Wirtschaftsfragen. Sie war mit ihrem Mann, einem gefragten Anwalt und Inhaber einer angesehenen Hamburger Wirtschaftskanzlei, angereist; ich hatte meinen Gatten begleitet, obwohl ich lieber zu Hause in Hannover geblieben wäre. Ich hätte es gut und gerne einige Tage ohne ihn ausgehalten, aber Wilfried hatte so lange herumgenörgelt, bis ich mich schließlich überreden ließ. Glücklicherweise.

Nach einem Tag voller Vorträge, Fachsimpeleien, Smalltalk am kalten Büfett, Diskussionen und Geschäftsanbahnungsgesprächen stand sie abends an der Bar plötzlich neben mir. Wilfried war mit seinem Thekennachbarn in ein Gespräch über das amerikanische Bankensystem vertieft; ich hatte gerade festgestellt, dass ich hundemüde war und keine Lust mehr auf Trubel hatte. Ich wollte ins Bett, vielleicht noch irgendeinen schnuckeligen Film ansehen und mir dazu einen Drink genehmigen oder auch zwei sowie ein paar Nüsse oder Salzstangen knabbern, um schließlich wohlig einzuschlafen. Das Seufzen neben mir war laut und anhaltend. Ich wandte den Kopf und tauchte im nächsten Moment in ein tiefbraunes Augenpaar, das mich neugierig-amüsiert musterte.

»Ich mache nur das passende Geräusch zu Ihrem Gesichtsausdruck«, flüsterte sie, während sie sich zu mir herüberbeugte. Ein leises Kichern folgte der Bemerkung.

»So schlimm?«, fragte ich lächelnd.

Sie legte mir kurz die Hand auf den Arm, und ich stellte fest, dass ich die Berührung als sehr angenehm empfand. Ich suchte ihren Blick, dann kicherten wir beide, und mir schoss der Gedanke durch den Kopf, dass ich die Frau schon viel länger kannte als eine halbe Minute. Das sagte mir jedenfalls mein Gefühl. Dabei wusste ich noch nicht mal ihren Namen und hatte sie noch nie zuvor gesehen.

»Ich heiße Marie«, sagte sie. »Nachnamen spielen keine Rolle, oder? Nehmen wir einen Drink zusammen, während unsere Männer das amerikanische Bankensystem von Grund auf sanieren?«

Es wurden drei oder vier Drinks, und mit jedem wurden wir ausgelassener. Wir kicherten vergnügt und plauderten über dieses und jenes. Die Themen waren gänzlich unwichtig, Hauptsache, sie hatten nichts mit dem geschäftlichen Alltag zu tun. Es tat mir gut, einfach nur zwanglos fröhlich zu sein. Außerdem konnte ich dahinter ein ganz anderes irritierendes Gefühl gut verbergen. Ich hatte in meinem bisherigen, immerhin schon fünfundvierzig Jahre währenden Leben nie etwas anderes als freundschaftliche oder verwandtschaftliche Gefühle für Frauen gehegt. Ich hatte Freundinnen und Bekannte, die ich mochte oder auch sehr mochte, und es gab sowohl Frauen, die ich attraktiv und sympathisch fand, als auch solche, die ich als langweilig bezeichnen würde, und natürlich auch Frauen, die ich nicht ausstehen konnte. Aber es war mir noch nie passiert, dass ich mich von einer Frau erotisch angezogen gefühlt hatte. Bis zu diesem Augenblick.

Marie verwirrte mich. Ich genoss jede mehr oder weniger zufällige Berührung und sagte mir zwischendurch einige Male, dass mir der Alkohol zu Kopf gestiegen war. Vielleicht auch der Beginn der Wechseljahre. Eine gewisse Langeweile nach so vielen Ehejahren, die mich plötzlich und unvermutet nach Abwechslung schmachten ließ.

Eine knappe Stunde später hatten Wilfried und sein Thekennachbar Klaus, Maries Mann, das amerikanische Bankensystem grundlegend reformiert. Sie schlugen sich gegenseitig auf die Schultern und waren sehr zufrieden. Wilfried rutschte von seinem Barhocker. Auch er hatte den einen oder anderen Drink genommen. Er gab mir ein Zeichen – es war Zeit aufzubrechen. Geh doch schon mal vor, hätte ich am liebsten gesagt, aber ich tat es nicht.

Marie sah mich an, und es schien, als wüsste sie zu gern, was ich dachte. Oder sie ahnte, was mir durch den Kopf ging und war gespannt, ob und wie ich es äußern würde. Aber ich lächelte sie nur an – unsicher, verblüfft, fast ein wenig ärgerlich. Sie lachte, und wir verabschiedeten uns. Später fand ich ihre Visitenkarte in der Tasche meines Blazers: Marie Hauser, Gesellschafterin und Mitarbeiterin der Hamburger Unternehmens- und Steuerberatungsgesellschaft. Nobel, dachte ich, aber wirklich beeindruckt hatte mich etwas ganz anderes.

Wie heißt es so schön – Hals über Kopf? Man könnte auch sagen: Herz über Kopf. Das traf es viel eher. Ich begegnete ihr am nächsten Morgen im Schwimmbad. Ich hatte schlecht geschlafen und wollte ein paar Bahnen zurücklegen, bevor ich mich wieder den beruflichen Herausforderungen stellte. Sie schien das Gleiche vorzuhaben. Ihr Kopf tauchte plötzlich auf der Bahn neben mir auf.

»Guten Morgen«, sagte sie. »Gut geschlafen?«

Ich schüttelte den Kopf, während mein Herz wie verrückt gegen die Rippen zu schlagen begann.

Sie lachte. »Lust auf Sauna?«

»Die vertrage ich nicht am frühen Morgen.«

»Was verträgst du denn am frühen Morgen?«

Wir sahen uns sekundenlang schweigend an, bis Marie sich umdrehte und zum Beckenrand schwamm. Ich folgte ihr, ohne eine Sekunde darüber nachzudenken. Sie schwang sich aus dem Wasser, drehte sich um und reichte mir die Hand, um mich hochzuziehen. Wir gingen wortlos zu den Umkleideräumen. Sie zog mich in eine Kabine und verschloss die Tür hinter uns. Wasser perlte auf den Boden. Ich atmete, sie atmete. Sie hob die Hände und berührte mein Gesicht mit den Fingerspitzen. Behutsam, zart. Dabei lächelte sie und hielt meinen Blick fest. Ich zitterte. Sie schob langsam die Träger meines Badeanzuges herunter, stellte sich dicht vor mich und strich mit dem Daumen über meine Lippen. Mit der anderen Hand zog sie den Badeanzug bis zum Bauchnabel herunter.

Ein Teil von mir stand daneben und wollte nicht glauben, was geschah, der andere war wie gefangen in einem Begehren, für das ich bislang keine Worte gebraucht hatte. Weil es nicht existiert hatte. Nun schien sich mein ganzer Körper dafür zu öffnen, jede einzelne Pore. Sie schüttelte den Kopf, als ich die Hände hob und sie an mich ziehen wollte, und ließ sich langsam auf die Knie sinken. Der Badeanzug wand sich plötzlich als nasses Bündel um meine Fußgelenke. Sie legte den Kopf zurück und sah zu mir hoch. »Nicht schreien. Oder willst du vom Bademeister gerettet werden?«

Ich schnappte nach Luft, als sie meine Beine auseinanderschob und sich ihre Zunge auf den Weg machte. Die Warnung war berechtigt gewesen.

Als ich eine halbe Stunde später mit Wilfried beim Frühstück saß, war ich nur bedingt in der Lage, meine Gedanken zu sortieren, geschweige denn die dazugehörigen Gefühle. Ein absurder Traum, das schien mir noch die vernünftigste Erklärung zu sein. Aber Vernunft war hier gar nicht gefragt. Innerlich zitterte ich immer noch vor Erregung, doch ehrlich gesagt, die Empörung über die Tatsache, einen Seitensprung begangen zu haben, hielt sich in Grenzen, weil ich wusste, dass Wilfried sich hin und wieder eine kleine Affäre gönnte. Was mich jedoch schockierte, war nicht nur die Tatsache, dass ich mich mehr als willig von einer Frau hatte verführen lassen, sondern innerhalb von Sekunden nur noch diese eine Sehnsucht gespürt hatte, mit einem Ungestüm und einer Gier, die ich niemals für möglich gehalten hätte.

Ein einmaliger Ausrutscher, resümierte ich bei der zweiten Tasse Kaffee und nickte mir innerlich mit feierlichem Ernst zu. Was sonst? So was kommt schließlich in den besten Familien vor. Morgen ist die Tagung zu Ende, ich kehre nach Hannover und in meinen Alltag zurück, und Marie ist nur noch ein aufregender Tagtraum, der sich immer mehr verflüchtigt. Bis er gar nicht mehr wahr ist. Ich stellte die Tasse ab, weil meine Hände verräterisch zitterten.

»Du siehst richtig klasse aus, Schatz«, sagte Wilfried einige Minuten später, als wir den Frühstückssaal verließen. »Das Schwimmen ist dir wohl gut bekommen.«

Ich hüstelte und wurde nicht mal rot. Oder nur ein wenig.

Bis zum darauffolgenden Abend hatte ich noch dreimal Sex mit Marie, und es ließ sich beim besten Willen nicht behaupten, ich sei den raffinierten erotischen Künsten einer seit Jahren bisexuell lebenden Frau hilflos ausgeliefert gewesen. Nein, ganz und gar nicht, und so hatte schließlich alles begonnen: als wilde ungezügelte Affäre, die wir bei unserer Abreise einmütig für beendet erklärten, um uns nur wenige Tage später in Hamburg zu treffen und eine Woche darauf in Hannover, und im Grunde war spätestens da absehbar, dass es um mehr als ein sexuelles Abenteuer ging.

Wann immer es sich einrichten ließ, entflohen wir von da an unserem jeweiligen Geschäfts- und Ehealltag, für Stunden oder auch mal für eine ganze Nacht oder gar ein kurzes Wochenende, wenn die Ehemänner auch gerade unterwegs waren oder die zurechtgelegten Alibis besonders überzeugend ausfielen – Wiedersehen mit uralten Freundinnen mussten dabei als Ausrede ebenso herhalten wie absurde Schuljubiläen und kulturelle Veranstaltungen. Gestohlene Stunden voller Hitze und Gier, die rundum süß und aufregend schmeckten. Je besser wir uns kennenlernten, desto schwerer wurde der Abschied.

Marie war zehn Jahre jünger als ich und hatte Erfahrung mit dem Doppelleben. Ihr Mann wusste nichts von ihrer Leidenschaft für Frauen, von ihren Affären und Nebenbeziehungen; wenn er einen Verdacht hegte, stellte er sich, warum auch immer, überzeugend ahnungslos. Die beiden führten eine ansonsten harmonische Ehe, wie Marie betonte, eine Partnerschaft, in der das Geschäftsleben ganz im Vordergrund stand – ähnlich wie bei Wilfried und mir, nur dass Marie sich dagegen entschieden hatte, in der Kanzlei ihres Mannes mitzuarbeiten. Unabhängigkeit und Selbstständigkeit waren ihr wichtig. Es wunderte mich nicht, dass Maries Ehe, wie meine auch, kinderlos geblieben war, aber im Gegensatz zu mir hatte sie nie ernsthaft darüber nachgedacht, Kinder in die Welt zu setzen.

Wir waren zwei erfolgreiche, selbstbewusste Frauen, die sich hemmungslos ineinander verliebt hatten und gleichzeitig überzeugt waren, das Leben mit all seinen Herausforderungen und eben auch im Einklang mit unseren Ehen bestens im Griff zu haben. Alles schien nur eine Frage der Organisation. So naiv können nur Verliebte sein.

Es dauerte nur wenige Monate, bis die Fahrerei stressig wurde, die Lügerei zu lähmen begann und aus der beschwingten Vorfreude auf ein Wiedersehen die drängende Empfindung erwuchs, wertvolle Stunden auf der Autobahn zu vergeuden. Die Suche nach überzeugend klingenden Alibis, mit denen ich Wilfried abspeiste, verlor ihre Leichtigkeit, während ich zugleich immer mehr Mühe hatte, mit ihm zu schlafen, geschweige denn Lust dabei zu empfinden.

Ich weiß nicht, wer von uns beiden den bitteren Nachgeschmack dieses Doppellebens als Erste so deutlich spürte, dass Unruhe entstand. Unzufriedenheit und Unbehagen. Missmut und Erschöpfung. Vielleicht Marie, aber sie sprach es nicht aus; vielleicht ich, und ich sprach es aus, weil ich im Umgang mit derlei Belastungen weniger geübt war als sie. Aber das war eigentlich auch egal, zumindest dachte ich, dass es unwichtig wäre. Irgendwann stand das Thema jedenfalls im Raum – so präsent, dass es sich nicht länger beiseiteschieben ließ. Eine Weile schlichen wir drumherum, um schließlich festzustellen, dass ein weiteres Ausweichen von allen Fehlern, die wir begehen konnten, der größte und weitreichendste wäre.

Im Grunde war es ganz einfach – es gab nur drei Möglichkeiten: Wir ließen alles, wie es war, und bemühten uns gleichzeitig, die Rahmenbedingungen zu optimieren und vernünftiger mit unseren Kräften zu haushalten. Oder wir beendeten die Beziehung, bevor sie uns endgültig entglitt. Oder aber wir entschieden uns ganz und gar füreinander. Ohne Wenn und Aber, was im Klartext nichts anderes hieß als die Entscheidung gegen unsere Ehen.

Ich weiß noch, wie wir uns anstarrten, als der Satz ausgesprochen war und die Möglichkeit vor uns lag wie ein seltsames fremdes Wesen, das wir nie zuvor richtig betrachtet hatten und das uns, je eingehender wir uns nun damit beschäftigten, immer vertrauter schien und sich zunehmend richtig anfühlte, bis die Entscheidung vor drei Wochen dann endgültig fiel. Marie würde mit ihrem Mann sprechen und ich mit meinem, und dann würden wir uns in Berlin treffen, in einem besonders schönen Hotel – um zu feiern, zu träumen, zu planen. Abschied vom alten Leben, Aufbruch in ein neues. Ja, das klang alles sehr pathetisch, aber ich fand es angemessen. Schließlich handelte es sich um die tiefgreifendste und folgenschwerste Entscheidung, die ich je getroffen hatte.

Ich stellte meinen Koffer beiseite und entschied mich nach einem Blick auf die Uhr für einen Rundgang durchs Hotel. Ich hatte noch viel Zeit, bis Marie eintreffen würde. Ich könnte zur Feier des Tages einen Drink in der Bar nehmen, mir die Fotoausstellung im Kaminzimmer ansehen oder Marie und mich gleich mal für eine der Ausflugstouren, die das Hotel anbot, eintragen. Ich könnte auch ein paar Bahnen schwimmen gehen.

4 *Lisa*

Die erste Zeit im Hotel Marlene war anstrengender, als ich befürchtet hatte, und es verging gerade zu Beginn kein Tag, an dem ich mich nicht fragte, warum die Geschäftsführung es ausgerechnet mit mir versuchte, statt bei einer geschulten und erfahrenen Kandidatin wie der Fee zuzugreifen – ohne eine befriedigende Antwort darauf zu finden.

Hinzu kam, dass das Hotel sich in einer Umbruchphase befand und Amelie Rupert, wie ich erst jetzt erfuhr, als externe Unternehmensberaterin beauftragt war, die Geschäftsabläufe langfristig zu begleiten und eingehend zu durchleuchten, um die Hotelbesitzerin Margot Sander im Hinblick auf geeignete Marketingkonzepte und nötige Modernisierungsmaßnahmen insbesondere im PC- und Datenerfassungsbereich zu beraten. Obwohl die Rupert nur stundenweise im Hotel war und sich manchmal tagelang kaum blicken ließ, hatte sie den Status einer Geschäftsführerin, und ich war ihr als Assistentin direkt unterstellt. War sie aushäusig, hinterließ sie mir in der Regel einen Berg Arbeit; ansonsten sorgte Margot Sander in ihrer gütigen Art dafür, dass kein Leerlauf entstand.

Ich war aufgeregt und nervös wie noch bei keinem neuen Job zuvor. Schließlich hatte das Hotel Marlene Klasse und war auf gehobene Ansprüche eingestellt. Mit flotten Sprüchen, Jeans und verfusselten Pullovern kam ich hier nicht weit, aber auch mit meinem guten Blüschen für die sogenannten besonderen Anlässe war ich in diesem Hause völlig underdressed, wie Margot Sander mir zwar in herzlichem Ton, aber dennoch unmissverständlich klarmachte, als ich das erste Mal damit aufkreuzte. Ich hatte stets den dunkelblauen, selbstverständlich tadellos aussehenden Hosenanzug zu tragen, dazu hochwertige Schuhe und Blusen, die mitnichten vom Grabbeltisch stammten, und ein Make-up aufzulegen, das nicht gleich auf den ersten Blick für Verwirrung sorgte. Sicherheitshalber ließ ich mir anfangs von meiner langvertrauten Nachbarin helfen – um mich anschließend im Spiegel kaum selbst wiederzuerkennen.

Das hieß aber wohl nicht viel, denn sowohl die Hotelinhaberin als auch die Unternehmensberaterin nickten nach kurzer Begutachtung und waren wohl der Ansicht, mich so auf die Gäste des Hotels loslassen zu können. Amelie Rupert hielt es für nötig, in kühlem Tonfall hinzuzufügen, dass im Haus erstklassige Umgangsformen erwartet wurden und sie sich nicht scheuen würde, gegebenenfalls korrigierend einzugreifen. Ich glaubte ihr aufs Wort und hatte nicht die geringste Lust, diese Erfahrung zu machen.

Hauptzielgruppe des Hotel Marlene waren Frauen jeden Alters mit dem nötigen Kleingeld, die Wert legten auf exquisite Ausstattung in Kombination mit Hauptstadtflair, individueller Betreuung und einer breiten touristischen Angebotspalette. Manche Gäste wollten lediglich ein schönes Zimmer und ein gutes Frühstück in angenehmster Atmosphäre, um dann solchermaßen gestärkt Berlin auf eigene Faust zu erkunden; andere Frauen buchten die vom Hotel organisierten Ausflugs- und Besichtigungstouren bis hin zu abendlichen Theater- und Opernbesuchen; wieder andere trafen sich zu einem Seminar im Marlene oder wünschten sich einfach nur Entspannung, nahmen die Wellness-Angebote wahr und vergnügten sich mit Freundinnen oder ihrer Liebsten.

Welche Arbeit hinter einem solchen Service steckte, wurde mir mit jedem Tag ein bisschen klarer. Dass ich keine Ahnung gehabt hatte, worauf ich mich einließ, noch dazu mit einer, sagen wir kühl-forschen Vorgesetzten wie Amelie Rupert und einer warmherzigen, aber auf ihre Art ebenso fordernden Hotelchefin, auch. Flexibilität bedeutete für beide, dass ich jederzeit überall im Hause eingesetzt werden konnte, und dagegen ließ sich schon allein aufgrund meiner nicht vorhandenen Vorbildung kaum etwas einwenden. Schließlich hatte ich alles zu lernen, von der Pike auf, wie die Rupert bemerkte. Das fing bei organisations- und verwaltungstechnischen Vor- und Nachbereitungen im Büro an, ging weiter über den Empfang und das Betreuen der Gäste beim Ein- und Auschecken und hörte bei der Gestaltung der Besichtigungstouren noch lange nicht auf.

Gut die Hälfte meiner Arbeitszeit verbrachte ich am PC und am Telefon, während der übrigen Zeit sauste ich durchs Haus, und immer hatte ich auf Zuruf der Rupert alles stehen und liegen zu lassen, um adhoc irgendeine natürlich noch viel wichtigere Aufgabe zu erledigen. Dabei setzte sie meine Bereitschaft, Überstunden zu machen, selbstredend und stillschweigend voraus.

Hatte ich schon erwähnt, dass Amelie Rupert sehr unangenehm werden konnte, wenn man sich nicht an ihre Anweisungen hielt oder gar meinte, eigene Entscheidungen treffen zu können und sich dabei erwischen ließ? Und dass es überhaupt wenig ratsam schien, sie zu erzürnen? Manchmal trat sie so plötzlich in mein Büro, dass ich mich arg zusammenreißen musste, um nicht erschrocken hochzufahren, und sie hatte eine beobachtende Art, die selbst beim schneeweißesten Gewissen kaum zu ertragen war. Und wer hatte das schon? Ich schon mal gar nicht.

Selbst wenn sie nicht im Haus war, hatte ich häufig das merkwürdige Gefühl, ihr gletscherblauer Blick würde mir überallhin folgen und jede Missetat registrieren. Und wenn sie ruhig atmend hinter mir stand und auf den Monitor blickte, während ich am PC arbeitete, vertippte ich mich bei jedem Wort dreimal. Jede Wette, dass dann ein ironisches Zucken in ihren Mundwinkeln spielte. Lächeln wäre zu viel gesagt.

Immerhin war ich nicht die einzige – viele Mitarbeiterinnen reagierten nervös, wenn sie in der Nähe war und deren Tun kritisch beäugte. Allerdings hatte ich immer wieder das Gefühl, dass sie ihre Position mir gegenüber besonders gern ausspielte; ich kann jedoch nicht ausschließen, dass ich empfindlicher reagierte als nötig. Warum auch immer.

Wie dem auch sei, mein Resümee nach den ersten Wochen lautete, dass ich die neue berufliche Herausforderung insgesamt spannend fand. Mit den meisten Kolleginnen kam ich gut zurecht, mit den Gästen in der Regel auch, nachdem ich ein paar Benimmregeln gelernt hatte, und Amelie Rupert war ein Fall für sich, wie man ihn schließlich überall antreffen konnte. Ich verdiente gut, meine wesentlichen Aufgaben waren klar umrissen, ich konnte meine Rechnungen wieder bezahlen und saß nicht Trübsal blasend zu Hause herum, um den Sinn meines merkwürdigen Daseins zu erforschen. Eigentlich saß ich zu Hause gar nicht mehr herum – entweder war ich nicht da oder aber ich sank erschöpft in die Horizontale, sobald ich die Wohnung betreten und mein Sofa erblickt hatte.

Kurz nachdem ich mir ein erstes vorsichtiges Durchatmen gegönnt hatte, zitierte mich Amelie Rupert an einem relativ ruhigen Vormittag ins Allerheiligste – in ihr Büro, das niemand betreten durfte, ohne eigens dazu aufgefordert worden zu sein, und das in ihrer Abwesenheit stets verschlossen war. Den Gedanken, mit der positiven Einschätzung der ersten Zeit vielleicht völlig falsch gelegen zu haben und dafür nun die Rechnung präsentiert zu bekommen, schob ich eilig beiseite, ebenso das grundlos vor sich hin nagende schlechte Gewissen, das mir unruhiges Herzflattern und eine durchaus unkonventionelle Atemfrequenz bescherte. Ich würde schon noch früh genug erfahren, ob mir irgendwelche schwerwiegenden Fehler unterlaufen waren. Vielleicht hatte ich versehentlich eine spanische Baronin geduzt oder mir war am Telefon eine doppeldeutige Bemerkung entschlüpft. Wer weiß. Mein Liebesleben lag völlig brach, da konnte so was durchaus schon mal passieren. Selbstverständlich war das kein Argument, mit dem ich bei Amelie Rupert zu punkten versucht hätte.

Meine Chefin saß hinter ihrem Schreibtisch und bedeutete mir mit sparsamer Geste, auf dem Stuhl davor Platz zu nehmen.

»Wie gefällt Ihnen die Arbeit, Lisa?«, fragte sie mich in beiläufigem Ton, nachdem sie mich einen Moment gemustert hatte.

»Gut«, beeilte ich mich zu versichern.

»Wirklich?«

»Ja, natürlich.« Einen Moment lang konnte ich es kaum glauben – die eisige Rupert wollte doch tatsächlich wissen, wie mir die Arbeit gefiel. Was sollte das denn bedeuten? Höfliche Einleitung eines nichtsdestotrotz flotten Abschieds, auch Rauswurf genannt?

Sie nickte. »Doch, den Eindruck habe ich auch. Meistens jedenfalls.« Plötzlich deutete sie so etwas wie ein Lächeln an – nicht nur völlig grundlos, wie mir schien, sondern von einer Wärme begleitet, die unmöglich mir gelten konnte –, und da es sich genauso schnell wieder verflüchtigte, wie es erschienen war, zweifelte ich im Nachhinein an meiner Wahrnehmung und verbuchte es schlicht unter Wunschtraum.

Sie lehnte sich zurück. »Gut, kommen wir zur Sache. Im PC- und Datenerfassungsbereich hat das Hotel noch nicht einmal ansatzweise das erreicht, was man unter internationalem Standard versteht«, hob sie an. »Da muss sich zügig einiges ändern. Da Sie inzwischen einen ersten Einblick in die grundlegenden Arbeitsabläufe gewonnen haben, kann ich Sie nun in Ihre Hauptaufgabe einweisen.«

Ich nickte artig. Was sollte ich auch sonst tun?

»Frau Sander hat mir in der Gestaltung und Konzeption der datentechnischen Belange völlig freie Hand gelassen, und ich möchte einige wesentliche Neuerungen einführen«, begann Amelie Rupert für ihre Verhältnisse relativ ausschweifend zu erläutern. »Dazu gehört eine umfangreiche Gäste-Datenbank, die neu angelegt, mit allen eventuell schon vorliegenden Informationen gefüttert und selbstverständlich täglich gepflegt werden muss. Ich möchte, dass künftig jederzeit aktuelle Listen mit allen möglichen Kategorien abgerufen werden können – und damit meine ich nicht nur wie bisher den Zimmerbelegungsplan. Außerdem sind die Anmeldeformulare in einigen Punkten zu ergänzen. Nach dem, was ich bisher gesehen habe, gehe ich davon aus, dass Ihre PC-Kenntnisse für diese Aufgaben ausreichen. Falls nicht, muss ich Sie bitten, sich entsprechend zu schulen.«

Nach einer Bitte klang das zwar eher nicht, aber ich verkniff mir eine Bemerkung und nickte erneut. »Ich denke, dass ich das hinbekomme.«

»Wie schön. Dann lassen Sie uns am besten gleich beginnen.«

Meine Hauptaufgabe gestaltete sich – ja: irritierend aufwändig. Amelie Rupert legte ein so ausgeprägtes Faible für ihre sogenannten Gästelisten an den Tag, dass ich ihr schon nach kurzer Zeit den Spitznamen *Ameliste* verpasste. Während ich Unterlagen und Dateien prüfte und Informationen sortierte und eingab, bis mir der Kopf nur so schwirrte und die Handgelenke schmerzten, sagte ich mir, dass Organisation gerade in einem Hotel die halbe Miete war und das Management selbstverständlich genau über die Vorlieben und Eigenheiten seiner Gäste Bescheid wissen muss, um sich noch besser auf sie einstellen zu können. Kategorien wie Aufenthaltsdauer und Servicewünsche oder Vermerke über gebuchte Besichtigungstouren und bevorzugte Veranstaltungen schienen in diesem Zusammenhang sehr sinnvoll. Und dass eine Geschäftsführerin Kenntnis darüber haben musste, ob schon mal ein Scheck geplatzt war oder ein Konto nicht belastet werden konnte, verstand ich auch.

Aber was nützte beispielsweise ein Hinweis darauf, wie viele Tage im voraus ein Zimmer reserviert wurde? Was war interessant an dem Umstand, dass eine Buchung storniert wurde? Und warum war es wichtig, zum Zeitpunkt des Aufenthaltes des jeweiligen Gastes die gerade aktuelle Zimmerbelegung aufzuführen? Wenn sie nicht die Schwester von

Monk war, was wollte Ameliste mit solchen Informationen, noch dazu häufig zweimal am Tag? Oder war ich einfach nur zu – sagen wir: unerfahren in der Branche, um das Naheliegende zu begreifen? Vielleicht.

An einem späten Nachmittag ungefähr drei, vier Wochen, nachdem ich im Hotel Marlene angefangen hatte, schlich ich nach unten in die Küche, während Amelie Rupert einen Rundgang im Haus machte. Von Beginn an hatte ich mich mit der Köchin und ihrem Team gut gestellt. Es kann nie schaden, die Küchenchefin auf deiner Seite zu wissen.

Inge Torbach sah so aus, wie man sich eine Köchin vorstellt: Sie war rund und drall und hatte bemerkenswert fleischige Oberarme und riesige Pranken, dazu die Stimme eines Feldwebels und kleine fröhlich blinkende Augen unter einer feuerroten Kurzhaarfrisur. Inge war meist guter Laune, es sei denn, sie war hungrig und fand keine Zeit, ausgiebig zu essen. Das kam sehr selten vor.

Am Abend war der große Seminarraum für einen Vortrag gebucht, und das Küchenpersonal war mit den Vorbereitungen für ein kleines Büfett beschäftigt. Wenn ich den Duft richtig zu deuten wusste, gab es unter anderem eine scharfe Fischsuppe. Mir lief das Wasser im Mund zusammen. Seitdem ich im Hotel Marlene arbeitete, hatte ich eigentlich ständig Hunger, und ich aß, wann immer ich Gelegenheit dazu fand. Trotzdem saßen meine Hosen so locker wie seit Jahren nicht mehr. Wie erfreulich. Ameliste macht schlank, dachte ich. Wenigstens etwas.

»Hier, probier mal!« Inge reichte mir ein Schälchen dampfender Suppe, und ich löffelte in andächtigem Schweigen – für anderes war in diesem Moment kein Raum.

»Na, schmeckt wohl?«

Ich verdrehte die Augen und seufzte. »Du bist eine wahre Kochkünstlerin!«

»Ach, hör schon auf!« Inge winkte ab, aber ich wusste, dass sie sich über das Kompliment freute. »Irgendwelche Sonderaufträge? Ich hoffe nicht, wir haben nämlich viel zu tun.«

»Das sehe ich. Ich habe ungefähr eine Viertelstunde Zeit. Kann ich dir bei irgendwas helfen?«

Inge kniff die Augen zusammen. »Du liebe Güte, was ist denn mit dir los? Willst du Pluspunkte für die nächste Mahlzeit sammeln?«

Ich wiegte bedächtig den Kopf. »Gar keine schlechte Idee, aber ehrlich gesagt geht's um was anderes. Ich würde gerne mal ein paar Takte mit dir reden, und wenn du viel zu tun hast, pack ich halt mit an, während wir ein bisschen plauschen ...«

»Kochen und plauschen gleichzeitig geht nicht!«, fiel sie mir ins Wort, während wir in den hinteren Bereich gingen, wo Gemüse und Salat geputzt wurden. »Jedenfalls nicht wenn das Essen gelingen soll.«

Inge eilte trotz ihrer beträchtlichen Rundungen behände durch den Gang, und ich versuchte ihr auf den Fersen zu bleiben. Sie öffnete die Gefrierkammer, aus der eine große eisige Nebelwolke herausquoll und sie für einen Moment einhüllte. Sekunden später stand sie mit zwei mächtigen Fleischkeulen, die sie mir bedrohlich vors Gesicht hielt, wieder vor mir und grinste, als ich respektvoll zurückwich.

»Komm mit, du kannst den Nachtisch kosten!«, befahl sie und legte die Keulen zum Auftauen in eine Schüssel. »Ich muss sowieso mal fünf Minuten Pause machen. Cappuccino?«

Was für eine Frage! Kurz darauf saßen wir in dem kleinen Pausenraum für das Küchenpersonal. Ich ließ mir ein Schälchen Moccacreme mit Sahne-Mandel-Decke, dazu einen doppelten Cappuccino schmecken – viel hätte nicht gefehlt und ich wäre in animalisches Grunzen ausgebrochen.

»Also, worum geht's?«, fragte Inge schließlich. Sie lockerte Nacken und Schultern und nippte dann an ihrem Espresso. »Ach nein – lass mich raten: Du hast Ärger mit der Rupert!«

»Ärger ist nicht das richtige Wort«, beeilte ich mich zu versichern. »Sie ist schon eine besondere Nummer, und es ist nicht einfach, gut mit ihr auszukommen ...«

Inge grinste. »Lass dich nicht ins Bockshorn jagen – Unternehmensberaterin hin, Geschäftsführerin her. Die kocht auch nur mit Wasser, und das weiß sie.«

»Tatsächlich?« Ich lehnte mich zurück, nachdem ich die Moccacreme restlos verputzt hatte. Am liebsten hätte ich das Schälchen ausgeleckt, aber ich riss mich zusammen. Selbstbeherrschung ist sozusagen mein zweiter Vorname.

Inge nickte. »Wenn man so viele Jahre Hotelerfahrung auf dem Buckel hat wie ich, sieht man einiges mehr und vieles gelassener. Da kommst du auch noch hin, früher oder später. Lass dir das von einer alten Köchin sagen.«

Gelassenheit gehörte noch nie zu meinen herausragenden Charaktereigenschaften, und wenn ich mit meiner Selbsteinschätzung richtig lag, würde das auch nie der Fall sein, aber ich nahm mir vor, Inges Hinweis zu gegebener Zeit eingehend zu überdenken.

»Hm. Apropos Erfahrung: Die Rupert macht einen ziemlichen Wind um ihre Gästelisten, um Zimmerbelegungspläne und Datenerfassung, Informationsverarbeitung und diesen ganzen Kram. Ist das eigentlich üblich im Hotelgewerbe?«

Inge zuckte mit den Achseln. »Seit es Computer gibt, werden die Möglichkeiten auch genutzt. Mal mehr, mal weniger. Ob das immer sinnvoll ist, wage ich zu bezweifeln, aber ich verstehe auch nicht viel davon. Die Rupert führt in Absprache mit Margot Sander eben einige Neuerungen ein – es wird sich zeigen, was die bringen.«

»Okay, aber die Rupert hat einen wahren Datentick – anders kann man es kaum bezeichnen«, wandte ich ein. »Wozu braucht man zweimal am Tag eine komplette Zimmerbelegungsliste? Und kann es irgendwie von Bedeutung sein, wenn man weiß, dass Inge Tunichtgut und Heide Weißkaumbescheid gemeinsam in der Gemäldegalerie waren?« Ich hob beide Augenbrauen – nur eine mit leicht anzüglichem Blick zu heben übte ich noch.

Inge grinste und schlürfte dann den Rest ihres Espressos. »Na und? Dann hat sie eben einen Datentick. Wenn dich die Einzelheiten so brennend interessieren, warum fragst du sie dann nicht einfach?«

»Ich soll sie fragen, wie sinnvoll die Arbeit ist, die sie mir tagtäglich aufbrummt?«, hielt ich ihr entsetzt und leicht hysterisch entgegen. »Milde ausgedrückt halte ich ein solches Vorgehen für wenig diplomatisch, es sei denn, ich wäre scharf darauf, von ihren Blicken erdolcht zu werden oder im Handumdrehen meinen Job loszusein. Oder beides.«

»Ach was, du übertreibst. So schlimm ist sie nun auch wieder nicht. Sie kann sogar richtig charmant sein, finde ich ...« Mein Gesichtsausdruck muss Bände gesprochen haben. »Schon gut.« Inge hob beschwichtigend die Hände. »Vergiss es. Vielleicht will sie dich nur gut beschäftigt wissen, weil du sonst vor lauter Langeweile umkommst oder dich in der Küche rumtreibst oder hübsche Frauen anschmachtest.«

»Iiich?«

Inge winkte lachend ab. »Mach dir nicht so viele Gedanken. Ist doch kein schlechter Job, Listen zu führen, oder? Soll sie doch das Kaminzimmer damit tapezieren oder ihr Büro.«

Inge war sehr pragmatisch. Vielleicht hatte sie recht, auch wenn ich den Tapeziervorschlag schon allein aufgrund datenrechtlicher Bedenken ablehnen musste, von den ästhetischen ganz zu schweigen. Fünf Minuten später verließ ich die Küche und stieß im Flur mit Amelie Rupert zusammen. Bingo, dachte ich und suchte vergeblich nach einem überzeugend gleichmütigen Gesichtsausdruck.

»Was machen Sie denn hier?« Sie musterte mich von oben bis unten, und ich fröstelte leicht. »Oben klingelt das Telefon wahrscheinlich fröhlich vor sich hin. Haben Sie etwa den Anrufbeantworter eingeschaltet?«

Das hatte ich tatsächlich, obwohl Ameliste das zu den üblichen Geschäftszeiten strikt untersagt hatte. Ich holte tief Luft. »Es könnte sein, dass ich aus Versehen …« Ihr Blick ließ mich verstummen, nein, falsch: Er vereiste mich im Bruchteil einer Sekunde.

»Aus Versehen?«

Ich trat zwei Schritte zurück. »Ich bin schon auf dem Weg. Tut mir leid …«

»Lisa?«

»Ja?«

»Ich schätze es gar nicht, wenn man meine Anweisungen missachtet.«

»Ja, ich weiß. Soll nicht wieder vorkommen«, ließ ich sie schnell wissen.

»Falsch – es *wird* nicht wieder vorkommen.«

Ich nickte eifrig. Meine Güte, sie hatte wirklich einen umwerfenden Charme – ich fühlte mich wie eine Schülerin, die beim Mogeln ertappt worden war. Na ja, so ähnlich war es ja auch.

Als ich kurz darauf in meinem Büro am Schreibtisch saß, schwor ich mir, nie wieder etwas zu tun, was Amelie Rupert sauer aufstoßen könnte. Sie würde ihre Listen bekommen, pünktlich und akkurat geführt und ohne dass ich mir weiterhin den Kopf zermarterte, was sie damit anstellte. Oder darauf zu hoffen, ein Lächeln zu erhaschen. Auf Wunsch würde ich sogar noch klaglos Spalten hinzufügen, in denen aufgelistet war, welches Klopapier ein Gast bevorzugte oder ob ein Müslifan die nussige Version der Rosinenvariante vorzog. Ich kicherte. Es hätte mich schon gereizt herauszufinden, ob Amelie so humorlos war, wie sie tat oder ob ich damit völlig falsch lag. Das wollte ich nicht grundsätzlich ausschließen ... Doch heute war ganz bestimmt nicht der richtige Tag dafür.

Vielleicht hätte ich meinen Schwur halten können. Zumindest für ein paar Wochen. Doch einige Tage später wurde ich zufällig Zeugin eines Gesprächs, das mir nicht mehr aus dem Sinn ging.

5 Hannah

Vielleicht täuschte ich mich, aber ich hatte das Gefühl, dass ein Vorwurf in ihrem Blick lag. Zumindest ein leiser. In den letzten Tagen war ich stets so spät nach Hause gekommen, dass ich die Pflegerin hatte bitten müssen, Karen ins Bett zu bringen.

»Es ging wirklich nicht anders«, bemerkte ich entschuldigend, während ich den Rollstuhl an den Esstisch schob. »Leistest du mir Gesellschaft, während ich esse? Vielleicht magst du ja auch noch eine Kleinigkeit.«

Frau Kern hatte mich darauf hingewiesen, dass Karen nach wie vor wenig aß und viel zu dünn war. Ich hatte mir einen Salat mit Schafskäse und Oliven zubereitet und von unterwegs ein ofenwarmes Baguette mitgebracht. Früher hätte ich Karen nicht zweimal bitten müssen. Sie hatte immer Appetit gehabt und zugelangt wie ein Maurer – ihre eigenen Worte. Ich stellte ihr einen Salatteller hin, brach etwas Brot für sie ab und füllte dann meinen Teller. Es war so still, dass nur meine Kaugeräusche zu hören waren. Und Karens Atem. Sie beachtete ihr Essen nicht, sondern sah mich an.

»Vielleicht magst du den Schafskäse probieren«, sagte ich. »Er zergeht auf der Zunge und schmeckt wunderbar – ganz cremig und würzig.«

Ich spießte ein Stück auf ihre Gabel und hielt sie ihr hin. Sie kniff die Lippen zusammen. Eine winzige Bewegung, aber ich war inzwischen Spezialistin für winzige Bewegungen, und ich ahnte, was sie mir damit sagen wollte.

»Ich weiß, dass du nicht viel schmeckst und keinen Appetit hast. Aber nicht zu essen ist einfach keine Lösung.« Das klang verdammt pädagogisch. Wenn sie gekonnt hätte, wäre Karen aufgesprungen, um mir einen Vogel zu zeigen und empört den Kopf zu schütteln. Das hatte sie schon als Kind hervorragend beherrscht, zum Leidwesen unserer Eltern. Ich lächelte. »Ein, zwei Bissen kriegst du runter«, ermunterte ich sie weiter.

Ihre Augen fixierten meinen Mund, und ich ließ die Gabel langsam auf ihren Teller zurücksinken. Was sollte das heißen: Red du nur weiter, du hast doch keine Ahnung? Oder: Iss das Zeug doch selber und sei endlich still? Sie atmete zweimal tief durch und sah weiter auf meinen Mund. Ich tastete kurz über meine Lippen. »Hab ich da einen Krümel?«

Sie verdrehte die Augen. Das konnte Zufall oder Absicht sein. Ich tippte auf Letzteres. »Kann es sein, dass du entnervt bist? Oder auf etwas wartest?«

Sie blieb stumm, aber ihr Blick wanderte. In Richtung meines Diensthandys, das am Ende des Tisches lag – ohne zu stören, aber in greifbarer Nähe. Karen deutete ein Nicken an.

Du willst etwas, dachte ich. Das war ein großer Schritt, ein sehr großer sogar. Plötzlich war ich hellwach.

»Du willst mich an den Anruf von Ben erinnern«, stellte ich verblüfft fest. »Und dass ich dir von meinem Fall erzählt habe. Ist es das? Hab ich recht? Du willst hören, wie es weitergeht?«

Ihre Hand zuckte heftig. Die Reaktion war unmissverständlich.

»Lass uns ein bisschen was essen, und dann erzähle ich weiter, ja?«, schlug ich mit leiser Stimme vor.

Natürlich war das eine kleine Erpressung, aber dazu stand ich. Wahrscheinlich würde sie mir dafür irgendwann in der Zukunft an die Gurgel gehen – sofern sie dazu in der Lage sein würde –, aber das Risiko nahm ich gern in Kauf. Karen starrte mich eine ganze Weile mit dunklem Blick an, dann probierte sie von dem Schafskäse. Zwei kleine Bissen, gefolgt von einigen Krumen Brot, und sie ließ mich dabei nicht aus den Augen.

»Ich hab doch gesagt, dass der lecker ist«, sagte ich schließlich forsch.

Wenig später räumte ich den Tisch ab und schenkte mir ein Glas Wein ein. Ich streckte mich auf dem Sofa aus – so, dass ich Karen im Blick behalten konnte und sie mich.

»Die Sache mit den Pishing-Mails«, hob ich an. »Die Lady, die in einem Frauenhotel verschwindet. Du erinnerst dich?«

Karen atmete tief durch, und ich war hundertprozentig sicher, dass sie sich an meine Erzählung erinnerte, und zwar in allen Einzelheiten. Sie war ganz Ohr.

Eine ganze Weile nach Rüdigers anschaulichem Bericht in der Cafeteria landete ein Fall auf meinem Tisch, der von der Kripo an uns verwiesen worden war und bei dem ich mit der österreichischen Polizei zusammenarbeiten musste. Als leitende Beamtin in der Abteilung für Wirtschaftsdelikte des LKA hätte ich ihn auch an einen Mitarbeiter delegieren können, um mich lediglich mit den Ermittlungsergebnissen zu befassen und weitere Maßnahmen zu koordinieren, aber mein Chef bat mich, höchstpersönlich aktiv zu werden, da ihm das gute Verhältnis zu den österreichischen Kollegen am Herzen läge. Dahinter steckte nichts anderes als die Aufforderung, zwar behutsam zu Werke zu gehen und die Kollegen nicht zu verprellen, aber doch zielstrebig zu ermitteln.

Ein erfolgreiches mittelständisches Berliner Softwareunternehmen namens Sotec hatte Anzeige erstattet und den schwerwiegenden Vorwurf erhoben, von einem Konkurrenten aus Wien bestohlen worden zu sein. Sotec konnte lückenlos nachweisen, dass sie seit zwei Jahren an einer speziellen Software für Medizintechnik gearbeitet und ein Programm entwickelt hatten, mit dem inzwischen jene Firma aus Wien auf den Markt gegangen war. Die behauptete schlicht das Gleiche und konnte das ähnlich gut nachweisen, wie die ersten Ermittlungen ergaben, die die österreichischen Kollegen durchgeführt hatten. Sotec habe großen finanziellen Schaden davongetragen und wolle die Sache keinesfalls auf sich beruhen lassen, wie mir der Geschäftsführer Karsten Siebert telefonisch mitteilte. Da ich mir gern persönlich ein Bild mache, fuhr ich in seine Firma, die ihren Sitz in einem aufwändig sanierten Haus in der Pariser Straße in Wilmersdorf hatte – eine teure und feine Gegend, in der nur gutsituierte Geschäftsleute ansässig waren.

Karsten Siebert war ein hektischer, früh ergrauter Fünfzigjähriger mit dünnem Schnauzer und Rodenstock-Brille. Er hatte schmale Lippen und sah aus wie jemand, der nicht viel vergaß, aber ständig Angst hatte, es könnte ihm doch mal etwas durch die Lappen gehen. Krawatte und Hosen saßen zu locker. Vielleicht vergaß Siebert das Essen. Er hatte mich nach einem kleinen Rundgang durch mehrere Abteilungen des erfolgreich am Markt agierenden Unternehmens in sein Büro geführt, wo ich in einem dunkelroten Ledersessel in einer Sitzecke Platz nahm. Eine Sekretärin servierte duftenden Kaffee und lächelte zuvorkommend, als ich mich bedankte.

»Das ist ein herber Rückschlag für uns«, betonte Siebert erneut, während er sich mir gegenüber niederließ und drei Löffel Zucker in seine Tasse schaufelte. »Und das kann kein Zufall sein. Dieses Programm ist auf eine ganz bestimmte Klientel zugeschnitten und …«

»Nämlich?«, unterbrach ich ihn.

»Es analysiert Laborwerte nach festgelegten Parametern und ordnet sie Patientenakten zu, um es mal kurz und prägnant auszudrücken.«

Und um Laien nicht zu überfordern, fügte ich in Gedanken hinzu. Noch dazu eine Frau.

»Und warum sollte man in Österreich nicht Ähnliches entwickeln wollen und können?«, fragte ich.

Siebert schlug ein Bein über das andere und trank einen Schluck von seinem Zuckergebräu. »Ähnliches schon, das will ich gar nicht bestreiten, aber das Programm, das die Österreicher anbieten, stimmt in so vielen Einzelaspekten, noch dazu in besonders kniffligen, hundertprozentig mit unserem überein …« Er schüttelte den Kopf. »Wie ich schon sagte – ein Zufall kann das nicht sein, egal, was die behaupten.«

»Herr Siebert, ich habe Sie schon während unseres Telefonats danach gefragt, aber ich wiederhole es noch einmal – sind Gebäude und Computer ausreichend geschützt? Es dürfte Ihnen bewusst sein, dass …«

Er winkte ab und stellte seine Tasse auf den Tisch, um dann das andere Bein überzuschlagen. »Die eingesetzten Überwachungstechniken sind umfassend und hochmodern – das habe ich den Kripoleuten sogar vorgeführt. Mein Alarmsystem reagiert bei den kleinsten Unregelmäßigkeiten. Darüber hinaus beschäftige ich einen Hacker, der den ganzen Tag nichts anderes tut, als Sicherheitslücken ausfindig zu machen – wir sind wirklich bestens abgeschirmt, glauben Sie mir.«

»Was ist mit Ihren Leuten?«

»Für die lege ich die Hand ins Feuer!«

»Warum?«

Siebert stutzte einen Moment. »Sie verdienen einen Haufen Geld, das ist das eine. Zum anderen ist Sotec eine angesehene Firma, in der viele Informatiker gerne arbeiten würden. Wer hier einen Job hat, setzt ihn nicht aufs Spiel. Zum dritten wäre niemand von meinen Leuten so blöd, komplette Programmteile eins zu eins zu verkaufen. Das muss auffallen – wie ja gerade geschehen.«

»Na und?«

Siebert starrte mich an. »Wie darf ich das denn verstehen?«

Für einen erfolgreichen Geschäftsmann war er bemerkenswert begriffsstutzig. Durch den Diebstahl von Betriebsgeheimnissen entstanden jährlich Schäden in Milliardenhöhe, und in vielen Fällen waren die Angestellten der betreffenden Firmen mit von der Partie – in welcher Weise auch immer.

»Nun, so lange den Österreichern nicht zweifelsfrei nachgewiesen werden kann, dass sie das Programm oder Teile davon tatsächlich gestohlen oder widerrechtlich erworben haben – und danach sieht es zur Zeit ganz und gar nicht aus –, kann man lediglich festhalten, dass ihre eigenen Ansätze zu ähnlichen Ergebnissen geführt haben wie Sotecs Arbeit. Tut mir leid, aber so gestaltet sich die Rechtslage im Moment.«

Siebert kniff die Augen zusammen und nahm wieder seine Tasse zur Hand. »Das war es also? Zwei Jahre Arbeit umsonst, und ich kann jetzt sehen, wo ich bleibe?«

Ich schüttelte langsam den Kopf. »Nicht unbedingt, aber ich brauche ein greifbares Indiz für illegale Machenschaften – also zum Beispiel Einbruchspuren oder offensichtliche Manipulation an den Computern, Kontakte Ihrer Mitarbeiter zu Kollegen aus Österreich oder ähnliches, sonst können wir nicht ermitteln. Und ein vager Verdacht allein genügt nicht, um eine andere Firma komplett auf den Kopf zu stellen, in der Hoffnung, dabei irgendeine Spur zu entdecken.«

»Und nun?«

»Haben Sie schon mit Ihren Leuten gesprochen?«

»Ja, natürlich. Es wissen alle Bescheid, und jeder einzelne ist geknickt.«

»Wie viele Mitarbeiter sind direkt mit der Programmentwicklung beschäftigt?«, hakte ich nach.

»Zwölf bis fünfzehn insgesamt. An diesem speziellen Projekt waren vier Informatiker beteiligt.«

»Mit denen möchte ich reden – zunächst mal.«

»Was versprechen Sie sich davon?«

Ich seufzte innerlich. »Einen Hinweis, eine Idee, eine Spur, die ich weiterverfolgen kann.«

Siebert nickte langsam. »Na schön, aber für meine Leute lege ich wirklich die Hand ins Feuer.«

Damit wäre ich sehr vorsichtig, dachte ich, sprach den Gedanken aber nicht aus. Vielleicht lag er ja richtig mit seinem Vertrauen. Ich wollte ihm die Illusion nicht von vornherein nehmen.

Um die Sache zu beschleunigen, stellte Karsten Siebert mir für die Befragungen ein kleines Büro zur Verfügung.

Die einzige Frau unter den Informatikern befragte ich als Letzte. Sie weckte sofort mein Interesse, und zwar nicht nur weil Frauen meine Aufmerksamkeit grundsätzlich mehr erregen als Männer. Sofia Heinrich war Ende zwanzig und überaus apart. Ein dunkler weicher Typ Frau, der so gar nicht in das Bild einer Computerexpertin passen wollte – zumindest nicht in das Bild, das ich mir von einer Frau, die in diesem Metier arbeitete, machte. Träfe ich sie auf der Straße oder in einem Café, wäre ich nicht erstaunt, wenn sie sich als Designerin, Fotografin oder auch Malerin vorstellte. Doch davon abgesehen war sie auffallend unsicher und nervös.

Die drei Männer waren auch nicht sonderlich begeistert gewesen, mit mir reden zu müssen, aber sie hatten es als notwendiges Übel achselzuckend über sich ergehen lassen und dabei ihre Empörung über die Unverfrorenheit der Österreicher wortreich zum Ausdruck gebracht. Aber bei Sofia Heinrich schwang noch etwas anderes mit.

Sie setzte sich und sah mich abwartend an, während ich mich kurz vorstellte und das Aufnahmegerät einschaltete.

»Haben Sie eine Ahnung, wie das passiert sein könnte?«, fragte ich rundheraus.

Sie schüttelte den Kopf, kaum dass ich die letzte Silbe ausgesprochen hatte, und taxierte den Recorder. »Nein.«

Ich wartete einen Augenblick, um ihr Gelegenheit zu geben, ausführlicher zu werden, aber sie verzichtete darauf. »Was meinen Sie – kann ein Konkurrent tatsächlich zum gleichen Zeitpunkt ein ähnliches Programm entwickeln, noch dazu in einem so speziellen Bereich Ihrer Branche?«

»Das ist schon ziemlich unwahrscheinlich – allerdings kann man die Möglichkeit rein rechnerisch zumindest nicht hundertprozentig ausschließen.«

Ich sah sie eine Weile an. Sie ließ den Blick sinken und betrachtete einen Moment ihre Hände, um dann wieder hochzuschauen und ein Lächeln zu versuchen. Sie war blass.

»Wo ist der Schwachpunkt?«, fragte ich.

»Wie meinen Sie das?«

»Nun, Ihr Chef sagt, dass die Firma bestens gesichert ist, die Computer sowieso, und auf seine Leute lässt er nichts kommen. Was kann wie und wo passiert sein?«

Sie zuckte mit den Achseln. »Ich weiß es nicht.« Ihr Blick wanderte erneut zum Aufnahmegerät.

»Es ist Ihnen klar, welcher Schaden entstanden ist, nicht wahr?«

»Ja, natürlich.«

»Gut.«

Ich wartete noch einen Augenblick, dann griff ich in meine Tasche und zog eine Visitenkarte hervor. »Wenn Ihnen noch etwas einfällt, rufen Sie mich bitte an.«

Sie sah mich erstaunt an, während sie die Karte einsteckte. »Ja, das mache ich, natürlich ... War es das?«

»Fürs erste ja.«

Sie stand sofort auf. Diesmal gelang ihr das Lächeln ganz gut. Ich nickte ihr zu und schaltete den Recorder nach einer abschließenden Bemerkung aus. Als Sofia Heinrich das Büro verließ, wusste ich, dass wir uns bald wiedersehen würden.

Ich trank den letzten Schluck Wein und lächelte Karen an.

»Eine interessante Frau, diese Sofia Heinrich«, schloss ich.

»Ich wusste, dass sie mehr zu erzählen hatte, und ich war überzeugt, dass sie bereits ahnte oder sogar befürchtete, dass ich mich mit ihren kargen Antworten nicht zufriedengeben würde.« Ich richtete mich auf. »Morgen erzähle ich dir, wie es weiterging. Oder übermorgen.«

Karen sah mich an und runzelte eine Augenbraue.

»Lass uns schlafen gehen, Schwesterherz.«

6 Charlotte

Das Kaminzimmer war schon am frühen Nachmittag gut besucht. Bei den winterlichen Temperaturen war es verlockend für alle Gäste, die noch oder schon wieder im Hotel waren und keine Lust hatten, auf ihrem Zimmer zu bleiben. Ich setzte mich mit einer Tasse Kaffee und einer Hochglanzillustrierten in einen bequemen Ledersessel in die Nähe des prasselnden Feuers und fühlte mich sofort rundum geborgen und verwöhnt. Die großformatigen Schwarzweißfotos vom alten Berlin, auf denen Frauenmotive vorherrschten, trafen zwar nicht hundertprozentig meinen Geschmack, passten aber sehr gut zum Charakter des Raumes. Gut ein halbes Dutzend Frauen wärmten sich vor dem Kamin auf und tranken wie ich Kaffee oder Tee. Einige unterhielten sich mehr oder weniger leise, und ich schnappte einzelne Gesprächsfetzen auf, andere lasen oder schrieben Postkarten – in Zeiten von SMS und MMS ein selten gewordener Anblick. Zwei Liebespaare flirteten miteinander. In einer Ecke des Raumes beugten sich zwei Frauen über eine Karte und stellten ihre nächste Tour zusammen. Eine Hotelangestellte trat ein und servierte Törtchen und Gebäck. Jemand lachte.

Ich sah hoch und entdeckte eine Frau mit langen dunklen Haaren und ausdrucksvollen Augen.

»Du bist unmöglich, Linda, und außerdem eine Kulturbanausin«, sagte sie halblaut zu der neben ihr sitzenden Frau. Aber sie schmunzelte dabei und legte ihr den Arm um die Schulter. Eine vertrauliche liebevolle Geste.

»Tatsächlich?«, hörte ich Linda fragen, obwohl sie sich bemühte, leise zu sprechen. »Ich hab nun mal keine Lust auf Oper, nicht heute und auch nicht morgen. Ich gehe mit dir in jede Ausstellung, die dich interessiert, auch ins Theater und natürlich ins Kino, Berlinale ohne Ende – aber in die Oper kriegen mich keine zehn Pferde und auch keine Katharina, die mir schöne Augen macht! Ich bitte dich, Liebes – wir haben nur ein paar Tage, dann müssen wir in Wolfsburg wieder auf der Matte stehen. Ich hab überhaupt keine Lust, kostbare Zeit zu verschwenden, indem ich ...«

»Schon gut, schon gut! Also keine Oper«, gab Katharina sich geschlagen. »Du hast gewonnen. Was hältst du von einem Abstecher in den Whirlpool, bevor wir aufbrechen?«

Der Vorschlag nahm der Freundin offensichtlich endgültig den Wind aus den Segeln. Das verstand ich gut. Ich überflog die neuesten Diät-Tipps in meiner Zeitschrift und blätterte weiter, als das Paar wenig später das Kaminzimmer verließ, aber ich konnte mich nicht aufs Lesen konzentrieren. Ich war nicht in der Lage, meinen Aufenthalt gelassen zu genießen. Die Zeit schlich dahin. Ich konnte es kaum erwarten, bis Marie endlich vor mir stehen würde. Mit ihrem typischen frechen Lachen und dem anzüglichen Blick, der meinen Puls regelmäßig in schwindelerregende Höhen trieb. Selbst hier und jetzt und ohne sie. Noch ohne sie. Aber bald nicht mehr. Ich atmete tief durch.

Später Nachmittag, früher Abend. Und wenn ich ihr eine

SMS schrieb und fragte, ob die Autobahn frei war? Das wirkte bestimmt unauffällig. Ich verdrehte innerlich die Augen. Natürlich nicht, aber was sollte der Quatsch auch? Warum sollte ich meine Gefühle und meine Ungeduld verschleiern? *Wo bleibst du, Marie? Ich habe Sehnsucht nach dir und kann es kaum erwarten, dich in die Arme zu schließen.* So etwa müsste die Nachricht lauten.

Ja, warum eigentlich nicht? Ich nestelte das Handy aus der Innentasche meines Blazers und verschickte nach kurzem Zögern genau diesen Text, unterschrieben mit einem dicken Smiley-Kuss. Zwei Minuten später vibrierte mein Telefon, und ich öffnete eilig und mit klopfendem Herzen die Mitteilung: »*Tut mir leid, Süße, Abfahrt verzögert sich. Gibt noch einiges zu klären. Wird eher später Abend. Tausend Küsse – Marie.*«

Der Stich war überdeutlich spürbar. Meine Vorfreude bröckelte. Genau so etwas hatte ich nicht lesen wollen und auch nicht erwartet. Ich las die SMS noch zweimal, wie auf der Suche nach einem tieferen Sinn oder einem versteckten Hinweis, und steckte das Handy dann wieder ein. Es schien mir wenig sinnvoll, darauf zu antworten. Meine Enttäuschung würde sich in jeder Silbe widerspiegeln, ob ich wollte oder nicht. Die leise Furcht auch. Und die würde mit jeder Stunde lauter werden, wenn ich ihr nicht sofort Einhalt gebot. Mit jeder Minute.

Gibt noch einiges zu klären. Der Satz rumorte in mir. Wir hatten in den letzten beiden Tagen zweimal telefoniert und einige Mails geschrieben, bevor ich an diesem Morgen aufgebrochen war. Die Lage war völlig eindeutig, nichts war in der Schwebe geblieben. Sie hatte mit ihrem Mann reinen Tisch gemacht, ich mit meinem. Wie abgesprochen. Natürlich hatten sowohl Maries Mann Klaus wie auch Wilfried höchst aufgebracht, ja entsetzt reagiert – das stand beiden auch zu. Es war kein einfaches Gespräch gewesen, eher eine heftige Auseinandersetzung, an deren Einzelheiten ich ungern zurückdachte. Aber nach stundenlangen, zum Teil hitzigen Diskussionen war deutlich geworden, dass die Trennung unvermeidlich war und dabei doch möglichst friedlich über die Bühne gehen sollte. Wie unter zivilisierten Menschen eben. So ließ sich die Aussprache mit Wilfried letztendlich auf den Punkt bringen, und ganz ähnlich hatte Marie von ihren Gesprächen berichtet.

Ich sah auf meine Hände. Sie zitterten. Hör auf, beschwor ich mich lautlos. Es ist nichts anderes als eine Verzögerung. Kein Grund, so heftig zu reagieren – es dreht sich nur um wenige Stunden – die spielten doch nun wirklich keine Rolle mehr! Vielleicht hatten sich überraschend geschäftliche Probleme ergeben, die zusätzliche Termine erforderlich machten, und ein Aufschub war nicht möglich, auch nicht für zwei Tage. Schließlich musste so vieles bedacht, geplant und erledigt werden, und das normale Leben lief ja weiter. Es hat nichts mit Maries eigentlicher Entscheidung zu tun. Gar nichts. Das hätte sie mir gesagt und gemailt und per Handy mitgeteilt. Ganz sicher. Marie würde mich nicht im Ungewissen lassen. Das hatte sie noch nie.

Und wenn sich die Dinge erst seit dem Vormittag, seit meinem Aufbruch verändert hatten? Der Gedanke schob sich machtvoll in mein Bewusstsein, stand wie ein Klotz vor mir und ließ sich nicht mehr verrücken. Ein eiskalter Schauer kroch mir plötzlich über den Rücken. Bitte nicht, flüsterte ich lautlos.

»Entschuldigen Sie – ist der Platz hier noch frei?«

Ich schrak zusammen. Meine Gedanken hatten mich so gefangen genommen, dass ich die junge Frau erst jetzt bemerkte. Ihrem irritierten Blick nach zu urteilen, stand sie schon eine ganze Weile vor mir.

»Wie bitte?«, stammelte ich und war erbost, dass ich dermaßen die Fassung verloren hatte. Wer weiß, was sich in meinem Gesicht alles abgespielt hatte.

»Tut mir leid, ich wollte Sie nicht stören«, wiederholte sie freundlich. »Ist der Sessel neben Ihnen noch frei?«

»Ja, ja, natürlich ... Ich war etwas ... abwesend. Bitte nehmen Sie Platz«, erwiderte ich.

»Danke, gerne.«

Sie hatte rotblonde Locken, die grazile Figur einer Tänzerin und hätte meine Tochter sein können. Na ja – fast jedenfalls. Ich schätzte sie auf Anfang dreißig, wobei sie locker für fünfundzwanzig hätte durchgehen können. Nachdem sie ihren Imbiss abgestellt hatte, rückte sie sich den Sessel vor dem Kamin zurecht und ließ sich schließlich wohlig seufzend hineinsinken.

»Mmhh, was für ein Genuss«, schwärmte sie. »Ich bin trotz des scheußlichen Wetters seit heute früh unterwegs – und dass obwohl ich letzte Nacht kaum geschlafen habe, sondern in einem ziemlich coolen Club war. Klasse Musik! Kann ich nur empfehlen. Nachher will ich unbedingt noch in eine Frauenkneipe und in die Dalí-Ausstellung. Ich schätze, die darf man wirklich nicht verpassen. Waren Sie schon da?« Sie warf mir einen schnellen Blick zu und räusperte sich dann. »Entschuldigung – ich bin ziemlich mitteilungsfreudig. Wenn ich Sie nerve, sagen Sie es bitte gleich. Dann halte ich sofort den Mund und Sie haben Ihre Ruhe – versprochen!«

Ich zögerte. Noch einen Moment zuvor hatte ich tatsächlich innerlich aufgestöhnt, aber das unbekümmerte Eingeständnis entlockte mir nun sogar ein kleines Lächeln. Vielleicht war es gar nicht schlecht, auf andere Gedanken zu kommen ... Trübsal zu blasen und mir dramatische Szenarien auszumalen war weder erfreulich noch änderte es irgendetwas, außer dass meine Anspannung wuchs. Und warten musste ich so oder so.

»Nein, nein, schon gut«, erwiderte ich. »Wenn ich meine Ruhe haben wollte, könnte ich mich ja auf mein Zimmer zurückziehen.«

»Aber einen Augenblick lang haben Sie überlegt, ob Sie den Rückzug antreten sollen, stimmt's? Sie können es ruhig zugeben.« Sie zwinkerte mir aus hellgrünen Augen fröhlich zu.

»Einen winzigen Moment lang«, gab ich zu, und sie lachte mich an.

»Finde ich gut, dass Sie ehrlich sind. Das ist manchmal gar nicht so einfach.«

»Stimmt. Da kann ich Ihnen nur beipflichten.«

Sie nahm ihre Teetasse in beide Hände und trank vorsichtig und konzentriert zwei kleine Schlucke, bevor sie den Blick wieder hob. »Und? Können Sie mir schon einen Tipp geben, was Dalí angeht?«

»Nein, tut mir leid. Ich bin vorhin erst eingetroffen.« Außerdem warte ich auf Marie, fügte ich stumm hinzu. »Ausflüge und Besichtigungen stehen erst ab morgen auf dem Programm«, ergänzte ich. Wenn mein neues Leben begonnen hat.

Sie musterte mich einen Augenblick. »Ach so.« Sie nickte. »Erst mal richtig ankommen.«

»Ja, genau. Sie sind schon länger hier?«, ergriff ich die Initiative.

»Seit gestern Morgen. Ich bin mit dem Frühzug aus Bielefeld gekommen, und übermorgen geht es wieder nach Hause. Ich fahre seit fünf Jahren um diese Zeit für einige Tage nach

Berlin, wenn es sich einrichten lässt – und immer in dieses Hotel. Es ist toll, nicht?«

»Ja. Ich bin zum ersten Mal hier und sehr beeindruckt.«

Sie schlug ein Bein über das andere. »Mein Name ist übrigens Inken. Inken Tohlhaus«, stellte sie sich kurz vor. »Inken würde mir aber reichen.«

Ich streckte die Hand aus. »Ich heiße Charlotte.«

»Und wie sind Sie auf dieses Hotel gestoßen?«, hakte sie nach.

»Durch meine Freundin. Ich erwarte sie in Kürze.«

Inken lächelte. »Ich verstehe.«

»Tatsächlich?«

»Na ja – glaube ich jedenfalls«, versicherte Inken eilig. »Aber ich kann natürlich auch falsch liegen.«

Sie lag natürlich nicht falsch, aber ich ging nicht weiter darauf ein, und einen Moment lang schwiegen wir beide. Dann öffnete sich die Tür, und die Geschäftsführerin trat ein. Mit schnellem Blick erfasste sie alle Gäste, nickte und deutete einen Gruß an, sobald jemand zu ihr hinübersah. Es schien, als wolle sie nach dem Rechten sehen. Einen Augenblick später schloss sich die Tür wieder hinter ihr.

»Sie ist neu hier«, erklärte Inken halblaut. »Und ein ganz anderer Typ als die Hotelbesitzerin. Irgendwie ganz schön zackig drauf, wenn Sie mich fragen.«

»Eine Geschäftsfrau durch und durch.«

»Ich weiß nicht, ob das hier so angebracht ist.«

»Warum nicht? Ein Hotel ist ein Geschäftsbetrieb«, wandte ich ein. »Und nur weil es sich auf Frauen spezialisiert hat, muss es nicht automatisch weniger professionell wirken.«

»Nein, natürlich nicht, nur ... na ja, vielleicht ist es einfach ungewohnt. Die Besitzerin ist eine sehr warmherzige, zugewandte Frau, in deren Gegenwart man sich rundum wohl fühlt. Ich finde, das kann man von der Geschäftsführerin nicht sagen, zumindest nicht auf den ersten Blick. Und das scheint mir doch im Hotelgewerbe durchaus wichtig – egal, ob ein Mann oder eine Frau das Sagen hat.«

»Sie mögen Frau Rupert nicht«, stellte ich fest.

Inken lächelte. »Das habe ich nicht gesagt. Vielleicht ist sie einfach nicht mein Typ, obwohl ...« Das Lächeln verschwand wieder. Inken runzelte die Stirn. »Etwas an diesem forschenden Blick erinnert mich durchaus an meine Freundin, wie ich gerade feststelle – zu meiner Verwunderung.«

Das scheint aber keine angenehme Erinnerung zu sein, fuhr es mir durch den Kopf, und während ich mich noch fragte, ob Inken das Gespräch an der Stelle überhaupt fortsetzen wollte, lächelte sie plötzlich wieder. »Ja, vielleicht tue ich mich deshalb so schwer mit der Frau. Meine Freundin wirkte manchmal ganz ähnlich in ihrer Art, als wir uns kennenlernten – sachlich, kühl, distanziert und doch neugierig. Ich habe mir die Zähne an ihr ausgebissen. Das hat wohl Spuren hinterlassen.«

Ohne Zweifel, zumal Inken in der Vergangenheit von ihr sprach. Sie zuckte mit den Achseln. Ich sah sie erwartungsvoll an. »Was ist passiert?«

»Wollen Sie das wirklich wissen?«

»Ja. Wenn Sie es erzählen mögen.« Das entsprach der Wahrheit, und zwar ohne jegliche Einschränkung, was mich selbst erstaunte. Offensichtlich war ich ziemlich versessen darauf, mich von meiner eigenen Geschichte ablenken zu lassen.

Inken biss ein Stück von ihrem Marmorkuchen ab und kaute einen Moment schweigend, bevor sie einen Schluck Tee trank und mich schließlich ansah. »Wir haben uns vor sechs Jahren hier in Berlin kennengelernt. Auf der Berlinale.

Sie war Journalistin, ich habe noch studiert. Anna war gut fünfzehn Jahre älter als ich und so kühl und abweisend, dass ich neugierig wurde und dabei feststellte, dass ihre Signale nicht eindeutig waren.«

»Wie meinen Sie das?«, warf ich ein.

»Nun, sie gab mir auf der einen Seite zwar zu verstehen, dass sie mich auf keinen Fall näher kennenlernte wollte, auf der anderen Seite spürte ich deutlich, wie interessiert sie an mir war. Wir flirteten, aber auf seltsam unpersönliche Art und Weise. Manchmal wirkte sie hin- und hergerissen, dann wieder verletzte sie mich, wie es schien, mit voller Absicht, um im nächsten Moment gar nicht auf mich zu reagieren und mir im übernächsten ein Lächeln zu schenken, das mein Herz höher schlagen ließ, als ich es ihm je zugetraut hätte. Sehr verwirrend, sehr anstrengend und durchaus aufregend, aber je länger das Spiel sich hinzog, desto mehr sehnte ich mich nach Klarheit. Irgendwann hatte ich die Nase voll von dem Hin und Her und verlangte eine eindeutige Entscheidung von ihr. Ich will, dass du ehrlich zu mir bist, habe ich sie angeschrien. Ich bin es schließlich auch, und so wie bisher können wir keinesfalls weitermachen – zumindest ich kann es nicht.« Inken schwieg kurz und bedachte mich mit einem unsicheren Blick. »Soll ich wirklich weitererzählen? Ich meine, es ist sehr persönlich und ...«

»Selbstverständlich«, betonte ich. »Sie können mich doch jetzt nicht mit der halben Geschichte hier sitzenlassen. Was hat sie erwidert?«

Inken nickte langsam. »Sie hat mich gewarnt«, fuhr sie fort. »Sie meinte, manchmal sei es besser, nicht nachzufragen oder aber belogen zu werden – das täte weniger weh. Ich war natürlich empört und noch verwirrter als vorher und verlangte, dass sie mir offen und ehrlich antwortete. Sie schickte mich weg – einmal, zweimal, dreimal. Dann gab sie nach, schweren Herzens. Du wirst mich hassen, sagte sie. Vielleicht nicht heute, aber morgen oder spätestens übermorgen. Niemals, erwiderte ich, aber was dann kam, traf mich tatsächlich völlig unvorbereitet. Ich hatte damit gerechnet, dass sie gebunden war und sich nicht trennen wollte oder mich für viel zu jung hielt oder meine Gefühle nicht im selben Maße erwiderte oder ich nicht in ihre Pläne passte. Für all diese oder ähnliche Fälle war ich bestens gewappnet. Ich würde kämpfen, sie mit meinem ganzen Charme zu überzeugen versuchen und geduldig warten, so meine Devise. Aber es gab keinen anderen Menschen in ihrem Leben, und ihre Gefühle für mich stimmten auch.«

Ich legte meine Hände ineinander und sah Inken aufmerksam an.

»Es gab eine Krankheit. Eine tödliche Krankheit, mit der sie niemanden mehr belasten wollte, weil es keine Hoffnung auf Rettung gab. Nicht mal den Funken einer Hoffnung. Uns blieben nur noch acht Monate. Und sie sollte recht behalten: Es gab unzählige Situationen, da hasste ich – zwar nicht sie, aber die Ungerechtigkeit des Lebens, mein spezielles Unglück, ihre Krankheit natürlich sowieso. Die Momente unseres Glücks waren stets durchwoben vom Gefühl des Abschieds, der Trauer und der Angst. Wut. Dem Gefühl der Sinnlosigkeit. Warum verliebe ich mich in einen Menschen, mit dem mir nur noch so wenig Zeit bleibt? Und warum verliebt sie sich kurz vor ihrem Tod so intensiv, dass der Abschied um so schwerer fallen muss? Schwierige Fragen, nicht wahr?«

»Das kann man wohl sagen.« Ich atmete tief durch und schwieg einen Moment. »Und seitdem fahren Sie jedes Jahr nach Berlin?«, fragte ich dann.

»Ja.«

»Aber tut das nicht sehr weh?«

»Am Anfang schon. Doch der Schmerz wird weniger. Und das genieße ich sehr. Irgendwann werde ich mich vielleicht mit einem Gefühl der Melancholie an Anna erinnern können. Darauf freue ich mich jetzt schon.« Sie lächelte. »Der Club, in dem ich gestern war – dort haben wir damals zusammen getanzt. Etwas Aufregenderes habe ich nie zuvor erlebt. Sie konnte wunderbar tanzen. Gestern hatte ich genau dieses Bild vor Augen: wie sie damals tanzte, mit mir, ohne mich, und wie sehr ich mich nach ihr sehnte, noch bevor ich sie kennenlernte ...«

Ich wusste nicht, was ich sagen sollte. Sie ist ungeheuer mutig, dachte ich auf einmal. Wäre ich so mutig wie sie, würde ich zum Telefon greifen und Marie einfach anrufen. Sag mir, was los ist, würde ich fordern. Ich will es genau wissen. Die ganze Wahrheit. Alles andere ertrage ich nicht länger. Ich zuckte zusammen.

»Und Sie?«, hob Inken plötzlich wieder an. »An wen denken Sie gerade? An Ihre Freundin?«

»Ja.«

»Möchten Sie darüber sprechen?«

Nein, dachte ich und schüttelte langsam den Kopf, während Inken ein verständnisvolles Lächeln aufsetzte. Was hielt mich zurück, ihr genauso viel Vertrauen zu schenken, wie sie mir entgegengebracht hatte? Ganz einfach: Laut ausgesprochen würde sich meine Geschichte auf einmal vielleicht erschreckend banal anhören. Naiv. Vielleicht sogar langweilig. Erst recht im Vergleich mit Inkens Liebesgeschichte. Ich setzte gerade zu einer Erklärung an, als mein Handy zu vibrieren begann. Mit fahrigen Händen zog ich es hervor.

»Entschuldigen Sie«, sagte ich eilig zu Inken und öffnete die SMS.

Wie kannst du das tun? Nach über 20 gemeinsamen Jahren. Wilfried.

7 *Lisa*

Ich war so früh dran, dass ich mich schon als überpünktlich bezeichnen konnte. Aber natürlich war ich nicht freiwillig fast eine Stunde früher aufgestanden, eher aus gut kalkuliertem Selbstschutz: Freitags war in der Regel viel zu tun – die Wochenendgäste standen vor der Tür, während die Geschäftsfrauen abreisten –, hinzu kam, dass an diesem Abend ein größeres Fest stattfand, für das noch einiges organisiert werden musste, und ich überdies mit meiner Datenerfassung ein wenig im Rückstand war. Ameliste kam meist nicht vor zehn Uhr ins Hotel. Also hatte ich genügend Zeit, meinen Kram aufzuarbeiten, um ihr die aktuellen Listen später freudestrahlend präsentieren zu können. Na ja – eher vorsichtig lächelnd und auf Zehenspitzen wieder aus dem Allerheiligsten hinausschleichend, während meine Chefin sich stirnrunzelnd über die Ausdrucke beugte und hoffentlich nichts zu beanstanden fand.

Ich tauschte den dicken Pullover gegen den Hotelblazer, der über meinem Schreibtischstuhl hing, und eilte nach unten in die Küche, um mir einen Cappuccino und ein Croissant zu besorgen. Es war noch ruhig auf der Büroetage. Ich genoss die ungewöhnliche Stille. Irgendwo weit entfernt klingelte ein Telefon. Als ich in mein Büro zurückschlüpfte, fiel mir zunächst auf, dass es eisig kalt war. Ich fröstelte und wollte gerade mein Frühstück beiseite legen, um den Heizkörper aufzudrehen, als mich ein Geräusch stutzen ließ. Es kam aus Amelie Ruperts Büro, das sich direkt neben meinem befand. Eine unauffällig zwischen einem breiten Aktenschrank und einem Wandregal eingelassene Verbindungstür ermöglichte es meiner Chefin, zu jeder Zeit schnell und spontan in mein Büro zu platzen. Unnötig zu erwähnen, dass mir dieser Weg nicht offen stand. Ich hatte natürlich außen herum zu gehen und die Flurtür zu benutzen, nachdem ich respektvoll geklopft und auf ihr »Herein» gewartet hatte, versteht sich.

Ein Stuhl wurde gerückt – das Geräusch war unverkennbar. Ich blickte zur Verbindungstür und entdeckte, dass sie einen kleinen Spalt offen stand. Das war ungewöhnlich. Ameliste war am Tag zuvor noch bei mir gewesen, fiel mir dann ein, und hatte vielleicht vergessen, die Tür abzuschließen. Vergesslichkeit passte allerdings gar nicht zu ihr. Sehr viel wahrscheinlicher war, dass sie eingetroffen war, während ich mich unten in der Küche mit Frühstück versorgte, und einen prüfenden Blick in mein Büro geworfen hatte, um sich zu vergewissern, dass ihre Untergebene zu dieser frühen Morgenstunde noch nicht an ihrem Platz saß. Und warum hatte sie dann die Tür nicht wieder geschlossen? Vielleicht wollte sie mitbekommen, wann ich eintraf oder sich noch eine Akte holen oder …

An diesem Punkt meiner Überlegungen angelangt, schien es mir ratsam, mich bemerkbar zu machen, doch bevor ich den Gedanken in die Tat umsetzen konnte, erklang plötzlich ihre Stimme – nicht laut, aber deutlich vernehmbar.

»Ja, ich bin's«, sagte sie, und mir wurde zweierlei klar: Erstens telefonierte meine Chefin, und zweitens sollte ich mich nun wirklich schleunigst bemerkbar machen oder ziemlich zügig den Rückzug antreten. Das wäre klug und umsichtig – zwei Eigenschaften, die auch nicht unbedingt auf Anhieb mit mir in Verbindung gebracht werden konnten. Ich zögerte zwei Sekunden. Folgenschwere Sekunden.

»Richtig«, fügte Amelie Rupert nach längerem Schweigen beziehungsweise Zuhören hinzu. »Alles wie gehabt. Es funktioniert genau so, wie ich es letztens erläutert habe, und die Gründe dafür liegen auf der Hand: Sie ist nicht blöd, sie hat schon eine Menge Jobs gemacht, ist aber völlig unerfahren im Hotelgewerbe, was unseren Absichten sehr entgegenkommt. Außerdem braucht sie die Stelle dringend.«

Ameliste ließ dieser Bemerkung ein leises Lachen folgen, das ich unter anderen Umständen höchst erfreut zur Kenntnis genommen hätte, denn es klang sympathisch und warm, geradezu herzlich – so wie ich meine Chefin bislang noch nicht kennengelernt hatte. Leider. Aber weil ich natürlich sofort wusste, von wem sie da sprach, erstarrte ich noch inmitten meiner Betrachtungen über Amelistes Lachen zur Salzsäule. Was für Absichten meinte sie?

»Es gibt nach wic vor überhaupt keine Probleme«, fuhr sie fort. »Sie sammelt und sortiert inzwischen eifrigst alle Daten, und wenn sie sich darüber wundern sollte, wie viele Informationen ich gespeichert und ausgewertet haben möchte und welche Sorgfalt ich dabei verlange, so sagt sie es entweder nicht, weil sie um ihren Job fürchtet, oder sie macht sich einfach keine weiteren Gedanken darüber – ich tendiere zu Letzterem. Sie scheint keine Frau zu sein, die spontan etwas in Frage stellt und länger darüber nachgrübelt oder tiefschürfend nach Erklärungen sucht.«

Es folgte eine kurze Pause, in der offensichtlich der Mensch am anderen Ende der Leitung etwas entgegnete, während eine heiße Zorneswelle in mir hochstieg, gegen die sich die fliegende Hitze meiner Mutter und ihrer Freundinnen aus der Kleingartenkolonie lau ausnehmen dürfte, und meine Zähne so laut knirschten, dass ich mich nicht gewundert hätte, wenn Ameliste forschend um die Ecke gespäht hätte.

»Nein, nein, keine Sorge, sie ist ungebunden, und ich habe nicht den Eindruck, dass sie zur Zeit viele Sozialkontakte hat, mit denen sie darüber reden könnte. Aber ich weise sie nicht extra auf ihre Schweigepflicht hin, um erst gar keine schlafenden Hunde zu wecken.«

Ich stellte meine Kaffeetasse so leise wie möglich ab, obwohl ich sie spontan gerne an die Wand geschleudert oder, noch besser, Amelie Rupert, der großen Persönlichkeitsanalytikerin, an den Kopf geworfen hätte, ließ das Croissant in der halbgeöffneten Schreibtischschublade verschwinden und wandte mich vorsichtig zum rückwärtigen Büroschrank um. Die Rolltür stand ein Stück auf, und wenn mich nicht alles täuschte, konnte ich mich zumindest für einige Minuten dahinterquetschen und unter den eingebauten Ablagetisch hocken, ohne vor lauter Platzangst sofort in Panik zu geraten. So würde die große Analytikerin mich zumindest nicht auf Anhieb bemerken, falls sie nach dem Ende ihres aufschlussreichen Telefonats in mein Büro trat – um sich zum Beispiel eine Akte zu holen oder die Kaffeemaschine in Gang zu setzen.

Ich schlüpfte hinter die Rolltür und hockte mich auf den Boden. Mein Herz hämmerte gegen die Rippen – vor Aufregung und Wut –, aber eines war auch längst klar: Ich wollte den Rest dieses Gesprächs keinesfalls verpassen, auch wenn die Gefahr, erwischt zu werden, mit jeder Sekunde stieg. Wie war das noch gleich – nicht blöd oder tiefschürfend, aber dafür unerfahren, einsam und kaum fähig, die richtigen Fragen zu stellen? Also schlichtweg ein Dummchen, deren Einfältigkeit man sich gut zunutze machen konnte? Wofür auch immer ... Nun denn. Es war ja wohl klar, dass ich diese Einschätzung nicht einfach so im Raum stehen lassen konnte, noch dazu in einem Kontext, den ich nicht einmal ansatzweise verstand.

»Natürlich«, hob Amelie Rupert wieder an, während ich mit gespitzten Ohren angestrengt lauschte. »Darauf achte ich ganz besonders. Sobald es konkrete Hinweise gibt, treffen wir die nötigen Vorbereitungen. Wir müssen schnell und unauffällig handeln.« Sie räusperte sich. »Selbstverständlich. Nein.« Sie lachte wieder.

Meine Güte, dieses Miststück konnte wundervoll lachen! Ich ballte die Hände zu Fäusten und spürte gleichzeitig einen Stich in der Herzgegend, über den ich nicht näher nachdenken wollte.

»Bis dann, ja. Natürlich. Ich melde mich.«

Zwei Sekunden später hörte ich, wie die Verbindungstür zugezogen und abgeschlossen wurde, und kurz darauf verließ Ameliste ihr Büro. Auch das schloss sie sorgfältig ab. Ich wartete noch einen Moment, dann kletterte ich aus meinem Versteck und setzte mich an den Schreibtisch. Die Gedanken schlugen Purzelbäume in meinem Kopf, meine Hände zitterten, und ich war so entrüstet, dass ich kaum wusste, wie ich ihr später begegnen sollte, ohne dass meine Mimik mich verriet. Irgendjemand hatte mal bemerkt, ich könne es nur schlecht verbergen, wenn ich wütend wäre – eine Art Säbelrasseln würde sich in meinen Zügen widerspiegeln. Doch die Rupert durfte auf keinen Fall stutzig werden und auch nur den leisesten Verdacht hegen, dass ich ihr Telefonat belauscht hatte und darum sehr genau wusste, was sie von mir hielt.

Immerhin war nun endlich sonnenklar, warum sie ausgerechnet mich eingestellt hatte, statt sich für die zauberhafte

Fee oder ähnlich begabte und gut ausgebildete Wesen zu entscheiden – das war das eine. Das andere aber wog trotz meiner Empörung deutlich schwerer: Worum ging es hier eigentlich? Wofür benötigte die Unternehmensberaterin Amelie Rupert die vielen Daten, die sie von einer willigen, tumben und abhängigen Jobberin wie mir zusammenstellen ließ? Warum und inwiefern musste sie unauffällig handeln und gewisse Vorbereitungen treffen? Mit wem hatte sie telefoniert? Einem Mitarbeiter? Ihrem Chef? Hatte sie überhaupt einen? Und wer konnte mir helfen, Antworten auf diese doch drängenden, zumindest aber sehr verwirrenden Fragen zu finden? Margot Sander?

Obwohl zunächst naheliegend, verwarf ich den Gedanken nach einigem Überlegen wieder. Wenn ich die Situation so wiedergeben würde, wie ich sie erlebt hatte, klang sie irgendwie merkwürdig: »*Dann hörte ich, dass Frau Rupert telefonierte. Da ich mich nicht rechtzeitig zurückzog, bekam ich mit, wie sie jemanden beschrieb, und zwar mich, die aufgrund ihrer Abhängigkeit vom Job und ihrer wenig nachdenklichen geschweige denn beharrlichen oder gar tiefschürfenden Persönlichkeit gut geeignet wäre für die Aufgabe, Datenmaterial zu sammeln. Um weitere Einzelheiten zu erfahren, versteckte ich mich dann im Büroschrank …*«

An dieser Stelle angelangt, würde Margot Sander, die garantiert nicht viel für lauschende Mitarbeiterinnen übrig hatte, wahrscheinlich abwinken und den Rest gar nicht mehr hören wollen oder aber Ameliste zum Gespräch dazubitten, was bestimmt auch nicht zur Entspannung beitragen würde. Jede Wette: Eine steile Karriere im Hotel Marlene stand mir dann gewiss nicht mehr bevor – ich würde kaum die Probezeit überstehen. Außerdem erweckten die beiden, wenn ich sie mal zusammen erlebte, durchaus den Eindruck, als würden sie sich schon länger kennen. Und falls Amelie Rupert es vorzog, das Telefonat vollkommen anders darzustellen oder sich ausschüttete vor Lachen …? Meine Karten wurden nicht besser.

An diese Überlegungen schloss sich die Frage an, ob ich überhaupt mit jemandem über das, was ich unfreiwillig oder doch wenigstens zu zwei Dritteln rein zufällig belauscht hatte, sprechen konnte, ohne dass man mich für mindestens ein bisschen durchgeknallt hielt. Mal ehrlich – wie würde ich reagieren, wenn mir eine Freundin so eine Geschichte erzählte? Ich würde wahrscheinlich den leisen Verdacht hegen, dass ihre persönliche Kränkung bei der Schilderung durchaus eine Rolle spielte, vielleicht sogar eine entscheidende …

Nachdem mein Herzschlag sich etwas beruhigt hatte, öffnete ich kurzerhand die Datenbank, die mich schon so viel Arbeit gekostet hatte, und sah mir die einzelnen Kategorien unter dem Eindruck des Telefonats noch einmal genau an: Name, Anschrift, Telefon, E-Mail-Adresse, Alter, Beruf, Firma, Nummer des Personalausweises, Einzelheiten zum Aufenthalt, Begleitpersonen, Interessen, unter Umständen das Bankkonto, von dem bezahlt worden war, und so weiter und so fort. Inzwischen gab es sogar eine Kategorie, in der vermerkt war, wie der Gast anreiste. Konnten diese Informationen missbräuchlich verwendet werden? Natürlich. Persönliche Daten konnten immer missbraucht werden. Aber auf welche Hinweise warteten Amelie Rupert und ihre Leute?

Die einzelnen Informationen in der Datenbank ließen sich unter allen möglichen Gesichtspunkten immer wieder neu zusammenstellen. So konnte, wenn gewünscht, jederzeit die aktuelle Zimmerbelegung abgerufen werden – ein Umstand, der die große Analytikerin von Anfang an besonders interessiert hatte – oder alle Barzahlerinnen fanden sich plötzlich in einer Liste wieder oder alle Frauen, die Besichtigungstouren gebucht hatten, und so weiter.

Minutenlang starrte ich auf die elend langen Tabellen, die mich in ihrer Ausführlichkeit nicht zum ersten Mal beschäftigten, ohne dass ein Funke in mir gezündet hätte, der über absurde Ideen hinausgegangen wäre. Nur so viel schien mir sonnenklar: Ameliste führte etwas im Schilde, was über ihre Aufgaben als Unternehmensberaterin genauso hinausging wie über die einer Hotelmanagerin. Aller Wahrscheinlichkeit nach sprengte es sogar den Rahmen der Legalität – in welcher Weise blieb mir im Moment allerdings noch verborgen. Und wenn ich daran interessiert war, mehr zu erfahren, ohne mir Ärger einzuhandeln, blieb mir nichts anderes übrig, als insgeheim Augen und Ohren offenzuhalten und Amelie Rupert in dem Glauben zu lassen, dass ich erfreulich dämlich war und mich als williges Werkzeug für was auch immer bestens eignete. Vielleicht ergaben sich noch weitere Situationen, die das Ganze so erhellten, dass der Zusammenhang ein wenig klarer wurde. Oder auch nicht. Dann hatte ich mich zumindest nicht unnötig weit aus dem Fenster gehängt.

Ich nickte grimmig. Welchen Sinn sollte es auch haben, plötzlich Fragen zu stellen, aus denen meine Vorgesetzte schließen konnte, dass Klein-Lisa, vielleicht aus Versehen, ihren Verstand eingeschaltet hatte und nun mehr zu wissen begehrte? Gar keinen – ich würde meinen Job verlieren und höchstwahrscheinlich eine verärgerte oder sogar stinkwütende Amelie Rupert und eine enttäuschte Margot Sander kennenlernen. Wer wollte das schon?

Ich betrachtete das Ergebnis meiner Überlegungen noch einen Moment von allen Seiten, fand es immer noch logisch und nachvollziehbar und griff schließlich seufzend zur Telefonliste, um die Reservierungen für die kommende Woche einzugeben. Zugleich bemühte ich mich, meine Gesichtszüge zu entspannen.

Zwei Stunden später traf die Rupert wieder im Hotel ein und kam kurz darauf in mein Büro gerauscht, um sich die Zimmerbelegungsliste ausdrucken zu lassen. Ich verbot mir jeglichen Kommentar. Einen Moment lang musterte sie mich, wie mir schien, aufmerksam. Dann – völlig unerwartet – folgte ein Lächeln; eines von der höchst seltenen Sorte. Ich lächelte verwirrt zurück. Sie nahm die Liste an sich und verschwand in ihrem Büro. Ich sah ihr nach, minutenlang, wie mir schien. War mir je zuvor aufgefallen, dass sie einen hinreißenden Gang hatte? Erst das Telefonklingeln unterbrach meine verwunderte Kontemplation. Gaby Liebold war am Apparat.

Gaby war Buchhalterin und arbeitete bei der Steuerberatungsgesellschaft, von der das Hotel Marlene seit Jahren seine Bilanzen erstellen ließ. Ich hatte regelmäßig mit ihr zu tun. Sie war eine fröhliche, selbstbewusste Frau, mit der ich mich auf Anhieb gut verstanden hatte. Und wenn mich nicht alles täuschte, war sie sogar einem kleinen Flirt mit mir nicht abgeneigt. Den konnte ich jetzt gut gebrauchen.

»Du kommst mir gerade recht«, sagte ich.

»Ich weiß auch warum, Herzchen.«

»Ach?« Das Herzchen ging mir runter wie Öl.

»Ja. Das Fest.«

»Welches Fest?«, fragte ich verblüfft.

»Mensch, das enttäuscht mich jetzt aber – heute Abend ist das alljährliche Marlene-Fest, das Kostümfest, da geht es immer hoch her. Ich wollte dich fragen, ob du auch kommst.«

»Ach, das Fest ... Aber Angestellte dürfen nicht ...«

»Meine Güte, bist du immer so treubrav und artig?«

Ich schluckte. Nicht schon wieder.

»Wir verkleiden uns natürlich vom Allerfeinsten! Wie sieht's aus – hast du Lust, mal völlig abzuschalten, den Alltag zu vergessen? Tanzen, feiern, in eine andere Rolle schlüpfen, sich ein bisschen fallenlassen. Oder auch ein bisschen mehr.« Ihre Stimme hatte sich gesenkt.

Und ob ich das hatte. Mein Leben bestand in der Tat nur noch aus Alltag, Arbeit, Datenkram sowie einer Chefin, die ganz offensichtlich mehr war als das, was sie vorgab, oder sogar etwas gänzlich anderes und in diesem Zusammenhang nicht müde wurde, sich an meinen geringen geistigen Qualitäten zu erfreuen.

Es wurde höchste Zeit, mal auf andere Gedanken zu kommen. Und wenn mich nicht alles täuschte, konnte das sogar eine sehr lange Nacht werden.

8 Hannah

Mir war leicht ums Herz. Leichter als sonst, wenn ich nach Hause kam. Es war noch früh am Nachmittag. Karen würde erstaunt sein, mich zu sehen. Dass ich am Abend noch mal wegmusste, würde ich ihr später sagen.

Sie saß vor dem Fernseher. Frau Kern hatte ihr irgendeine Doku-Soap eingeschaltet. »Damit sie etwas abgelenkt wird«, hatte die Pflegerin eilig hinzugefügt, als ich ins Wohnzimmer trat.

Es gab garantiert bessere Möglichkeiten, um Karen auf andere Gedanken zu bringen, schoss es mir durch den Kopf, aber ich verkniff mir die Bemerkung, weil ich mir da gar nicht so sicher sein konnte. Außerdem war Frau Kern den ganzen Tag mit Karen zusammen und konnte schlechterdings nicht stundenlang Monologe halten.

»Hallo, Karen, interessiert dich die Sendung wirklich?«, fragte ich stattdessen.

Ihr Kopf ruckte herum. Der schiefe Mund verzog sich.

»Ich glaube, sie lächelt«, sagte Beate Kern.

Ich griff zur Fernbedienung und schaltete ab. Möglich, dachte ich.

»Ja, ich glaube, sie lächelt wirklich«, wiederholte die Pflegerin, zupfte die Decke über Karens Beinen zurecht und blickte mich dann an. »Es bleibt dabei – Sie können mich jetzt für ein paar Stunden entbehren, und ich komme am Abend wieder?«

»Ja – es reicht, wenn Sie um neun Uhr zurück sind.«

»Sie haben aber auch einen anstrengenden Job«, meinte Frau Kern in besorgtem Krankenschwestern-Tonfall und schüttelte den Kopf. Sie wartete einen Moment ab, ob ich wohl mit Einzelheiten herausrücken würde, aber ich nickte nur höflich.

»Gut, dann mache ich mich jetzt mal auf den Weg. Bis nachher«, verabschiedete sie sich.

Wenig später klappte die Haustür. Ich holte mir einen Kaffee und setzte mich zu Karen. Wieder verzog sich ihr Mund. Ich entschied, dass es tatsächlich ein Lächeln war.

»Wir haben Zeit«, sagte ich. »Genügend Zeit, um dir von Sofia Heinrich zu erzählen, okay?«

Karens Blick wurde wach und hielt mich fest.

Ich wartete im Auto auf sie. Sofia Heinrich hatte um achtzehn Uhr Feierabend. Wenige Minuten später stieg sie in ihren schwarzen Mini und fuhr in Richtung Schöneberg. Ich wusste, dass sie in der Nähe des Bundesplatzes in der Detmolder Straße wohnte, und folgte ihr ohne Eile durch den allmählich nachlassenden Feierabendverkehr.

Sofia Heinrich zwängte sich geschickt in eine viel zu schmale Parklücke und betrat ein vierstöckiges Wohnhaus, in dem sie unter dem Dach wohnte. Allein, wie es schien, denn auf dem Türschild fand sich kein zweiter Name. Ich ließ ihr Zeit, zu Hause anzukommen, bevor ich ihr einige Minuten später nach oben folgte. Die Klingel schrillte unangemessen laut. Fast augenblicklich hörte ich Schritte im Wohnungsflur. Ich lächelte in Richtung des kleinen Türspions. Einen Moment später drehte sich ein Schlüssel im Schloss, und die Tür öffnete sich einen Spaltbreit.

»Sie?« Das kam sehr gedehnt und höchst überrascht.

»Ja. Ich denke, wir haben noch etwas zu besprechen«, erwiderte ich förmlich.

Mir war natürlich klar, dass die junge Frau eine Fortsetzung der Befragung rundweg verweigern konnte, so lange ich nichts vorzuweisen hatte außer dem sicheren Gefühl, dass sie etwas verschwieg, was im Hinblick auf das gestohlene Programm von Sotec eine Rolle spielen könnte. Und ihr war das wahrscheinlich auch klar.

»Wie kommen Sie darauf? Hat Siebert Sie geschickt?«, erwiderte sie rasch.

»Ich lasse mich nur selten schicken«, entgegnete ich. »Ich möchte noch einmal mit Ihnen reden, das ist alles.«

»Aber …«

»Nicht hier im Hausflur.«

Sie zögerte merklich. Dann zog sie die Tür auf. »Na schön. Kommen Sie herein.«

»Danke, das ist nett.«

Der Flur war in strahlendem Weiß gehalten, während das Wohnzimmer in Gelb, Orange und hellem Rot leuchtete – ein beeindruckendes Farbenspiel, in das schwarze Ledersessel und eine hellbraune Essecke Ruhe brachten. Auf dem niedrigen Wohnzimmertisch lagen Computerzeitschriften und zwei Frauenmagazine. Auf einem kleinen Tablett standen wohlgeordnet einige Gläser sowie eine Flasche Sherry und eine Karaffe mit Saft bereit.

Wir nahmen am Esstisch Platz. Sofia bot mir nichts an. Sie war immer noch oder schon wieder blass. Wir schwiegen einen Moment. Schließlich nickte ich ihr zu. »Erzählen Sie doch einfach. Das verkürzt die Sache ungemein.«

»Ich weiß nicht, wie Sie darauf kommen, dass ich noch etwas zu erzählen hätte«, entgegnete sie und verschränkte die Arme vor der Brust. Sie wirkte deutlich weniger weich als noch vor einigen Stunden im Büro ihres Arbeitgebers. »Was ich weiß, habe ich doch schon in der Firma gesagt.«

»Nun, ich glaube, dass Sie einen Verdacht haben und ihn, aus welchen Gründen auch immer, nicht aussprechen wollten. Nicht dort zumindest. Deswegen bin ich hier.«

Sie strich sich eine Haarsträhne aus dem Gesicht. »Ach? Und das soll ich Ihnen abnehmen? Siebert hat Sie doch geschickt, nicht? Sagen Sie es ruhig – der hat mich ohnehin auf dem Kieker und wartet jetzt nur, dass …«

»Nein!«, unterbrach ich sie. »Sie täuschen sich. Siebert weiß gar nicht, dass ich hier bin.«

»Warum sollte ich Ihnen das glauben?«

Ich zeigte ein flüchtiges Lächeln. »Glauben Sie es oder glauben Sie es nicht. Aber bedenken Sie bitte: Wenn Siebert etwas gegen Sie in der Hand hätte, noch dazu im Zusammenhang mit dem gestohlenen Programm, wären Sie längst entlassen, hätten eine Anzeige am Hals, und wir würden

Ihre Wohnung auf den Kopf stellen. So aber möchte ich nur ein Gespräch fortsetzen – in der Hoffnung, dass Sie vielleicht einen vagen Anhaltspunkt für mich haben.«

Sie starrte mich wortlos an.

»Falls ich richtig liege und auf Grund eines Hinweises von Ihnen entsprechend weiterermitteln kann, bleibt Ihr Name außen vor«, versicherte ich ihr.

»Na klar«, pflichtete sie mir in ironischem Ton bei. »Und morgen verteilt der Papst Kondome – mit Erdbeergeschmack.«

»Kein Aufnahmegerät, kein Protokoll, kein Kollege, der dieses Gespräch bezeugen könnte«, fuhr ich fort und gab mich unbeeindruckt, notierte mir aber im Stillen den Papst-Vergleich.

Sie zog die Schultern hoch. »Warum sollte ich ...?«

»Ganz einfach: um die Ungewissheit los zu sein und das schlechte Gewissen.«

Sofia Heinrich stutze durch und ließ die Arme sinken. Treffer, dachte ich und atmete einmal tief durch. »Also, was ist passiert?«

»Ich habe nur eine ... Vermutung. Mehr ist es wirklich nicht«, begann sie zögernd. »Aber ... Sie nehmen wirklich nichts auf? Versprochen?«

Ich hob kurz die Hände. »Keine Tricks.« Das entsprach der Wahrheit. Natürlich hätte ich ein winziges verborgenes Mikrofon benutzen können, sogar eine kleine Überwachungskamera, getarnt mit einem Knopf zum Beispiel, aber ich hatte darauf verzichtet. Mein Gedächtnis funktionierte gut. Mehr brauchte ich nicht. Jedenfalls im Augenblick nicht.

»Es war vor einigen Monaten auf der ComBär«, begann Sofia Heinrich leise und verschränkte ihre Finger ineinander. »Da könnte etwas passiert sein, wie mir jetzt allmählich klar wird – wegen des ganzen Theaters mit dem Programm. Vorher habe ich keinen Gedanken daran verschwendet, zumal … na ja.« Sie sah kurz auf ihre Hände. »Ich fange am besten von vorne an.«

Ich nickte ihr zu. »Gute Idee.«

»Wir hatten auf der Messe mehrere Termine mit Kunden vereinbart …«

»Wer ist wir?«

»Mein Kollege Georg Tabert, mit dem Sie ja heute auch gesprochen haben, und ich. Dabei haben wir Demoversionen des Programms vorgestellt.«

»Sie hatten also wichtige Unterlagen dabei?«

Sie nickte. »Na klar, so könnte man es ausdrücken, sogar CDs. Schließlich wollten wir das Programm vorführen.«

»Wo haben Sie die Sachen aufbewahrt?«

»In einem gutgesicherten Koffer, der sich nur mit Passwort und PIN öffnen lässt.«

»Okay. Was ist geschehen?«

Sie überlegte einen Moment. »Das ist eine gute Frage. Also: Georg ist nach den Terminen gleich abgehauen – er musste zu einem Geburtstag. Am nächsten Tag, das war ein Samstag, wollten wir uns in der Firma zur Nachbesprechung treffen.«

»Und Sie haben den Koffer mit zu sich nach Hause genommen?«, hakte ich, hellhörig geworden, nach.

»Ja … nein … Ich meine …«

Ich hob eine Augenbraue.

»Wir haben natürlich Anweisung, wichtige Unterlagen und Programm-CDs so schnell wie möglich wieder in die Firma zu bringen. Da Georg es eilig hatte, blieb der Job an mir hängen. Aber dazu ist es ja gar nicht erst gekommen.«

Ich runzelte die Stirn und sparte mir eine Zwischenfrage.

Sie räusperte sich. »Ich habe auf der Messe jemanden kennengelernt.« Die Blässe wich plötzlich einem zarten Rotton – passend zur farblichen Gestaltung ihres Wohnzimmers. »Wir hatten uns zu einem Drink verabredet, und danach wollte ich den Koffer in die Firma bringen – das war jedenfalls der Plan. Eine Stunde früher oder später schien mir nicht so entscheidend, warum auch? Ich hatte ein Date, und der Koffer befand sich in meiner Obhut. Es gab keinen Grund zur Eile oder zu Misstrauen …« Sie schloss kurz die Augen. »Wie dem auch sei, es wurde ein langer Abend mit sehr vielen Drinks. Wir wechselten die Bar und später … ähm … na ja … landete ich in einem Hotel.«

Und noch ein wenig später in einem Hotelbett, riet ich und schüttelte innerlich den Kopf.

Sofia Heinrich sah mich an. »Das eigentliche Problem ist, dass ich einen Filmriss hatte und immer noch habe, auch wenn das in Ihren Ohren wahrscheinlich nicht gerade überzeugend klingt«, fuhr sie fort. »Ich weiß noch, dass ich mich überreden ließ, den Koffer mit ins Hotel zu nehmen, obwohl mir nicht ganz wohl dabei war … Doch, daran zumindest erinnere ich mich noch.« Sie wandte den Kopf und blickte einen Moment zum Fenster hinaus. »Aber dann war plötzlich alles ganz unwichtig.« Sie räusperte sich erneut. »Im Nachhinein bin ich davon überzeugt, dass es nicht nur der Alkohol war, der mich derart umgehauen hat. Ich weiß nämlich nichts mehr – als ich am nächsten Morgen aufwachte, hatte ich einen dicken Kopf und war allein. Der Koffer war noch da. Er wirkte völlig unberührt, und es fehlte nichts. Deswegen habe ich mir auch keine Gedanken gemacht. Bis vor kurzem jedenfalls.«

»Wissen Sie denn, mit wem Sie in welchem Hotel waren? Ich meine, können Sie sich an einen Namen erinnern?«

»Nein, ich weiß keinen Namen, und auch die Erinnerung an das Gesicht bleibt verschwommen. Und von dem Hotel weiß ich nur, dass es ein Frauenhotel war.«

Ach? Das kam mir doch irgendwie bekannt vor. Abgesehen davon war es eine interessante Geschichte, die tatsächlich abenteuerlich und an den Haaren herbeigezogen klang, aber gerade deshalb neigte ich dazu, Sofia Heinrich Glauben zu schenken. Warum sollte sie mir eine solche Lügenstory auftischen? Sie war denkbar ungeeignet, um von einem eventuellen Verdacht gegen sich selbst abzulenken. Dass ihr Chef davon nichts erfahren durfte, lag klar auf der Hand.

»Und Sie haben die Frau nie zuvor gesehen und sind Ihr danach auch nicht noch einmal begegnet?«, hakte ich nach.

»Nein. Sie war nicht aus Berlin, und sie war eine ziemlich taffe Lady.«

Jetzt schrillte es laut und deutlich. Rüdiger, dachte ich, wir müssen uns unbedingt noch mal unterhalten.

»Aber sie ist auch auf der ComBär gewesen?«

»Ja. Sie kam an unseren Stand, und plötzlich hat es mächtig gefunkt ... na ja ... Sie war ausgesprochen charmant.«

»Sie wissen wirklich keinen Namen? Nicht mal eine Silbe?«

Sofia Heinrich schüttelte den Kopf. »Wirklich nicht, glauben Sie mir. Es ist alles wie durch ein Sieb durchgefallen, deswegen vermute ich ja, dass sie mir was in meinen Cocktail gemixt hat. Einen solchen Gedächtnisausfall hatte ich noch nie.«

Sie blickte mich an, als erwarte sie einen Kommentar dazu, doch den verkniff ich mir.

»Aber was ist mit Siebert?«, fragte ich stattdessen. »Hat Ihr Chef nicht nachgeprüft, ob Sie den Koffer am Abend zurückgebracht haben? Anhand der Überwachungstechnik bei Sotec ist doch nachvollziehbar, ob und wann jemand ins Büro kommt. Und gerade jetzt ...«

Sofia kratzte sich kurz im Nacken. »Ja, eigentlich schon. Ich ... ähm ... Na ja, wissen Sie, ich habe die Aufzeichnungen korrigiert – sicherheitshalber sozusagen.«

Sicherheitshalber war ein bemerkenswerter Ausdruck in diesem Zusammenhang. Ich beugte mich vor. »Bitte?«

Sie setzte kein besonders glückliches Gesicht auf. »Ich bin am Samstagvormittag in die Firma gegangen, hab den Koffer zurückgebracht und die Aufzeichnungsdaten ein bisschen manipuliert ... Einem Fachmann wäre das aufgefallen, wenn er genau hingesehen hätte, doch wer nichts Böses ahnt, hätte festgestellt, dass ich den Koffer am Freitagabend zurückgebracht habe. Und inzwischen sind die alten Daten natürlich längst überschrieben. Man hebt das Zeug ja nicht ewig auf.«

»Ich verstehe. Aber jetzt, nachdem der Datenklau bekannt wurde, hat Siebert da nicht noch mal rekapituliert, ob bei irgendwelchen Terminen was schiefgegangen sein könnte?«

Sie zuckte die Schultern. »Ja, klar. Wir sind alle Möglichkeiten durchgegangen, aber es gibt ja keine Anhaltspunkte – es war nichts beschädigt oder verschwunden oder verändert, und außerdem gab es noch andere Außentermine, so dass der ComBär-Besuch nicht im Mittelpunkt stand.«

»Aber das bedeutet doch im Klartext nichts anderes, als dass die taffe Lady, um Ihre Bezeichnung zu verwenden, Passwort und PIN gewusst hat und den Koffer öffnen konnte, um sich Kopien zu machen, während Sie selig Ihren Rausch ausschliefen«, stellte ich nach einer längeren Gesprächspause fest. »Was mich unmittelbar zur nächsten Frage führt: Halten Sie es für möglich, dass Sie der Frau die Codes genannt haben?« Mitten im Erotiktaumel zum Beispiel, fügte ich in Gedanken süffisant hinzu und fixierte Sofia Heinrich auf, wie ich wusste, höchst uncharmante Weise.

»Ich weiß es nicht«, entgegnete sie. »Aber ich kann das nicht ausschließen.« Sie wurde noch eine Spur röter, und in ihren Augen blitzte es plötzlich auf.

»Interessant«, bemerkte ich und meinte es auch so – in jeder Hinsicht.

Fast sah es so aus, als würde Karen den Kopf schütteln wollen.

»Heiße Sache, was?« Ich lächelte. »Die Heinrich ist natürlich völlig entsetzt über die Geschichte. Sie hat Angst um ihren Job und ihre Karriere überhaupt. Aber ich denke, was ihr am heftigsten zu schaffen macht, ist die Tatsache, derart schnöde hereingelegt worden zu sein. Ich glaube, sie würde sich gerne auf die eine oder andere Weise revanchieren.«

Karens Hand zuckte. Zustimmend.

»Soll ich uns erst mal einen Tee kochen? Oder magst du lieber einen Saft trinken?«, fragte ich einen Moment später.

Sie machte ein unschlüssiges Gesicht, und ich sah auf die Uhr. Es war noch genug Zeit, um weiterzuerzählen und später in Ruhe zu essen. Ich hatte Lamm besorgt und hoffte, dass Karen mit etwas mehr Appetit essen würde.

»Ich wandte mich an Rüdiger, um mich genauer über die Pishing-Leute ins Bild setzen zu lassen, aber er konnte mir nicht viel mehr sagen als das, was er bereits bei jenem Plausch in der Cafeteria berichtet hatte«, fuhr ich schließlich fort, während Karen mich unverwandt ansah. »Die Frau, die sein Hauptverdächtiger, dem gerade der Prozess gemacht wurde, angesprochen hatte, war in einem Frauenhotel in Berlin abgestiegen, hatte gut ausgesehen und einen taffen Eindruck gemacht – sie war jemand, die wusste, was sie tat. So beschrieb er sie. Punkt. Mehr konnte oder wollte er nicht sagen. Gaunerehre? Vielleicht.«

Ich beauftragte Ben Krüger zum einen damit, Sofia Heinrich im Polizeicomputer zu überprüfen und nach Auffälligkeiten in ihrem Lebenslauf zu forschen, obwohl ich davon überzeugt war, dass ihre Darstellung stimmte und sie abgesehen von sträflichem Leichtsinn und gehöriger Naivität, um nicht zu sagen: Dummheit, nichts mit dem Fall zu tun hatte. Aber ich musste natürlich ganz sichergehen. Zum anderen sollte er bundesweit Fälle recherchieren, in denen der Vorwurf des Diebstahls von Firmengeheimnissen und Personendaten erhoben worden war und eine Frau beschuldigt wurde oder eine Rolle zu spielen schien. Zwei Tage später stand er vor meinem Schreibtisch und wedelte mit einer Akte.

»Obwohl die Sache schon eine ganze Weile zurückliegt, glaube ich, dass wir da mal nachhaken sollten«, meinte er mit gewichtiger Miene.

Ich schloss mein E-Mail-Programm und sah ihn an. »Wie lange?«

»Knapp zwei Jahre.«

»Das ist in der Tat lange, aber legen Sie trotzdem mal los.«

Ben nahm sich einen Stuhl. »Ein Mitarbeiter einer Schönheitsklinik in der Nähe von Lüneburg ist beschuldigt worden, Datenspeicher mit Behandlungsmethoden und Interna über Patienten geklaut zu haben, doch die Ermittlungen sind im Sande verlaufen. Der Mann hat Stein und Bein geschworen, dass die Vorwürfe gegen ihn haltlos seien, und es gab in der Tat auch keine verwertbare Spur, die zu ihm führte. Aufgeflogen ist die Sache zufällig bei einem umfassenden Systemcheck. Dabei stellte sich nämlich heraus, dass mehrere USB-Sticks mit Sicherheitskopien einfach gegen andere Datenträger ausgetauscht worden waren.« Er tippte sich kurz an die Stirn. »Keine schlechte Idee. Das wäre ohne den Check wahrscheinlich ewig und drei Tage nicht aufgefallen.«

»Aha. Und weiter?«

»Den Chef der Klinik hat das seinerzeit so gewurmt, dass er einen privaten Ermittler einsetzte.«

»Hat es sich gelohnt?«

»Seiner Meinung nach nicht.« Ben erlaubte sich ein Grinsen. »Ich habe vorhin mit ihm telefoniert. Er meinte, dass sein Geld wesentlich besser angelegt gewesen wäre, wenn er in den Urlaub auf die Malediven geflogen wäre, statt den Detektiv zu engagieren und auf seine Mutmaßungen einzugehen. Der hatte nämlich eine Frau im Visier, der er bis nach Frankfurt nachgereist sei, wo sie sich mit einer anderen Frau getroffen habe, aber den eigentlichen Beweis, dass jene Dame oder gar beide Frauen etwas mit dem Klau der Daten zu tun hatten, sei er schuldig geblieben. Vielleicht sollten wir trotzdem mal mit dem reden – ich meine mit diesem Detektiv. Der Klinikchef ist übrigens ein höchst unangenehmer Typ. Marke Besserwisser und Kotzbrocken in einem. Na, Sie wissen schon.«

Ich nickte langsam, ohne auf Bens Bewertung einzugehen. Auch wenn auf den ersten Blick weder zeitlich noch örtlich eine Übereinstimmung in Sicht war, hielt ich die Empfehlung meines Mitarbeiters für richtig. Gerade am Anfang solcher Ermittlungen taten wir manchmal wochenlang nichts anderes, als zahllosen Hinweisen nachzugehen und im berühmten Heuhaufen herumzustochern, um irgendwann tatsächlich eine Spur zu entdecken oder uns dem nächsten Heuhaufen zuzuwenden.

»Das tun wir«, sagte ich und griff zum Telefonhörer.

Ben diktierte mir die Nummer. Wenig später hatte ich den Privatdetektiv Gerald Meinhard am Apparat, dem ich kurz schilderte, dass wir seine Hilfe bei einer Ermittlung bräuchten und dieses Telefonat, wie in solchen Fällen üblich, aufgezeichnet werden würde. Meinhard war nur mäßig beeindruckt, mit dem LKA zu tun zu haben – kein Wunder: Er war ein alter Fuchs und seit zwanzig Jahren im Geschäft.

»Die Schönheitsklinik in Lüneburg – ja, ich erinnere mich gut: ein Reinfall auf der ganzen Linie, kann ich nur sagen. Der Chef, ein gewisser Dr. Harald Krimholz, war ein ziemliches Ekelpaket und ist es aller Wahrscheinlichkeit nach immer noch«, meinte der Detektiv, nachdem ich ihm einige Eckpunkte genannt und er seine Unterlagen herausgekramt und sich eine Zigarette angezündet hatte, wie ich seinem betonten Ausatmen anhörte.

»Ach? Könnten Sie deutlicher werden?«

»Na ja, er hatte einen Mitarbeiter in Verdacht, aber der war entweder viel zu schlau oder aber völlig unschuldig. Ich habe von Anfang an auf Letzteres getippt – der Typ war meiner Ansicht nach heilfroh, diesen Job zu haben und ist aus allen Wolken gefallen, als er später mitbekam, dass er in Verdacht stand. Na ja, egal – ich hatte jedenfalls den Eindruck, dass Krimholz enttäuscht war, dass ich dem Mann nichts nachweisen konnte. Vielleicht wollte er den loswerden. Wie auch immer. Ich habe den Mitarbeiter, wie gewünscht, gecheckt, seine Kontakte geprüft und so weiter …« Meinhard räusperte sich, und ich entschied mich, nicht nach den Details seiner Observation zu fragen. Technisch war heutzutage viel mehr möglich, als manch einer überhaupt wissen wollte.

»Nichts«, fuhr er schließlich fort. »Ich hab Krimholz dann vorgeschlagen, spaßeshalber mal nachzuhaken, wer in der letzten Zeit abseits des üblichen Tagesgeschäfts mit klinischen Interna zu tun hatte und sich dabei ganz unauffällig in den Büros bewegen konnte.«

»Da kamen doch sicherlich jede Menge in Frage …«

»Auf den ersten Blick schon, weil in einer Klinik natürlich alle möglichen Leute mit Patientenakten zu tun haben oder Einblick nehmen können, ohne dass das großartig auffallen würde, aber da ja keine einzelnen Berichte fehlten, sondern die Sicherheitskopien mit Hunderten von Daten, musste ich mich auf die Leute konzentrieren, die in den Büros zu tun hatten und vom Aufbewahrungsort der Kopien wussten, und in diesem Zusammenhang nach Besonderheiten beziehungsweise Abweichungen Ausschau halten – jedenfalls war diese Vorgehensweise meiner Ansicht nach einen Versuch wert. Die schlichte Frage lautete: Was war anders als sonst? Und können wir daraus etwas ableiten?«

Das hörte sich vernünftig an. »Und wie reagierte Krimholz?«

Meinhard schnaubte verächtlich. »Der hielt das zunächst für keine gute Idee, weil er den Eindruck hatte, dass ich wochenlang auf seine Kosten relativ locker gutes Geld verdienen wollte, stimmte aber schließlich doch zu, als ich ihm nach einiger Diskussion anbot, mit dem Preis runterzugehen, falls ich länger als eine Woche bräuchte, um einen Anhaltspunkt oder eine brauchbare Spur zu finden.«

»Und?«

»Ich stellte nach zwei Tagen fest, dass zwei Wochen vor dem Systemcheck eine eingehende betriebswirtschaftliche Beratung in der Klinik stattgefunden hatte. Krimholz fand den Hinweis lächerlich – die Firma würde ihn seit Jahren bestens beraten und seine Steuererklärungen machen. Ich hab dann trotzdem angeregt, einen Köder auszulegen, nur um ganz sicherzugehen.«

»Wie sah dieser Köder aus?«

»Krimholz sollte in der Firma anrufen und durchblicken lassen, was passiert war. Falls jemand oder auch mehrere

Leute dort etwas mit dem Diebstahl zu tun hatten, würde meiner Erfahrung nach Bewegung in die Sache kommen. Entweder weil sie noch im Besitz ihrer Beute waren, wovon ich ausging, weil es eine Weile dauert, derart heiße Ware professionell loszuwerden, und das Geschäft nun beschleunigen würden. Oder die Übergabe hatte erst kürzlich stattgefunden. Dann würde man aller Wahrscheinlichkeit nach den Käufer warnen.«

»Und das hätten Sie auch mitbekommen?«, fragte ich.

»Nun ja, die Möglichkeit schloss ich nicht aus ...« Meinhard räusperte sich, und ich entschied erneut, nicht weiter nachzuhaken. Immerhin wurde das Gespräch mitgeschnitten, was der private Ermittler sicherlich keine Sekunde vergaß. Er würde nur so viel aus dem Nähkästchen plaudern, wie unbedingt nötig war und nichts verlauten lassen, was unangenehme Fragen von offizieller Seite nach sich ziehen könnte.

»Und was ist passiert?«

»Es ist Bewegung in die Sache gekommen, genau wie ich es vorausgesagt hatte«, sagte er mit einer guten Portion Selbstgefälligkeit in der Stimme. »Die Frau, für die Krimholz, wie er sagte, seine Hand ins Feuer legen würde, hat sich wenige Tage später mit einer anderen Frau in einem Frankfurter Hotel getroffen.« Meinhard machte eine kurze Pause. Ich hörte, dass er sich eine weitere Zigarette anzündete.

»Sie sind ihr gefolgt?«, fragte ich.

»Ja, das bin ich, aber ...«

»Ja?«

»Sie hat was spitzgekriegt. Ich weiß bis heute nicht, wie ...«

Ich runzelte die Stirn. »Sie hat gemerkt, dass ihr jemand auf den Fersen war.«

»Genau.« Meinhard schien zu nicken.

Ich warf meinem Kollegen, der das auf Lautsprecher gestellte Gespräch mitverfolgte, einen Blick zu. Wir wussten beide, was Meinhard nicht sagen wollte. Aller Wahrscheinlichkeit nach hatte er das Zimmer der Frau verwanzt, und sie hatte es bemerkt – ob aus Zufall oder weil sie Verdacht geschöpft hatte, hätte mich brennend interessiert. Wenn die Frau so umsichtig war, ihr Zimmer zu inspizieren und auch noch wusste, worauf sie zu achten hatte, konnten wir davon ausgehen, dass sie ein Profi war.

»Hat sie sich ein anderes Zimmer genommen?«, fragte ich.

»Nein, sie ist noch in derselben Nacht abgereist. Und die Freundin oder Bekannte oder wer auch immer ebenfalls.«

»Hm.«

»Ja, so ähnlich habe ich auch reagiert. Krimholz hat dann erstens getobt, weil ich sein schönes Geld vergeudet hätte, wie er meinte, und sich zweitens ausgeschüttet vor Häme, weil er überzeugt war, dass ich völlig im Dunklen tappte und mich wie ein Idiot benommen hatte. Ich muss wohl kaum erwähnen, dass unsere Zusammenarbeit dann recht abrupt endete und auch nie wieder neu belebt wurde.«

Nein, dass musste der Detektiv ganz sicher nicht.

Doch Meinhards Bericht klang auf jeden Fall interessant. Ich sah wieder Ben an. Er schien ähnlicher Meinung zu sein wie ich. Ob tatsächlich ein Zusammenhang mit dem Sotec-Fall oder sogar mit Rüdigers Ermittlungen bestand, würde sich zeigen.

»Könnten Sie uns die relevanten Auszüge Ihrer Akte zur Verfügung stellen?«, fragte ich höflich. »Namen, Orte, Fotos, die uns weiterhelfen könnten?«

Meinhard schwieg einen Moment. »Na ja, wissen Sie …«

»Gegen eine entsprechende Aufwandsentschädigung natürlich«, fügte ich rasch hinzu.

Der Klinikchef hatte sich seinerzeit garantiert geweigert, die Honorarrechnung des Detektivs vollständig zu begleichen, und ganz sicher war es kein Zufall, dass Meinhard bislang keinen der entscheidenden Namen genannt hatte. Natürlich hätten wir uns noch einmal mit Krimholz in Verbindung setzen können, um Einzelheiten in Erfahrung zu bringen, aber Meinhard vermutete nicht zu Unrecht, dass es mir lieber war, den Klinikchef aus den Ermittlungen herauszuhalten.

»Ja, klar, mach ich natürlich«, meinte der Detektiv nun deutlich lebhafter. »Ich tüte die Unterlagen noch heute ein.«

Karen sah mich fragend an, als ich abbrach. Ich hatte Hunger, und eine gute Stunde später saßen wir gemeinsam am Esstisch. Das Lamm war hervorragend. Dazu gab es Röstkartoffeln und Brokkoli, zum Nachtisch Eis mit heißen Himbeeren. Ich war keine besonders geübte Köchin und war verblüfft, wie gut es schmeckte. Ich fütterte Karin nicht, ich half ihr beim Essen oder ich reichte es ihr an. Die Unterscheidung sei wichtig, hatte mir eine junge Krankenschwester ein paar Monate zuvor erklärt: Erwachsene Menschen sollten nicht zu Babys gemacht werden. Auch sprachlich nicht. Das hatte ich mir hinter die Ohren geschrieben.

Karen aß mit Appetit. Es war sehr still im Haus. Früher war es nie still gewesen.

»Soll ich eine CD auflegen?«, fragte ich.

Karen bewegte den Kopf. Sehr langsam, aber es war deutlich zu erkennen, dass sie verneinte. Immerhin.

»Ich muss gleich los«, sagte ich, als ich hörte, dass die Haustür klappte. Frau Kern war zurückgekehrt. »Ins Hotel. Wir sehen uns beim Frühstück, okay? Und dann erzähle ich weiter.«

Plötzlich spürte ich, wie angespannt ich war.

Ich wollte nur noch auf mein Zimmer und allein sein. Inken hatte mich kurz mit fragend hochgezogenen Augenbrauen angesehen, als ich mich so abrupt verabschiedete, doch eine Erklärung mochte ich ihr nicht geben. Was hätte ich auch sagen sollen, ohne Gefahr zu laufen, eine lange Geschichte erzählen zu müssen? Mein Mann ist verletzt, weil ich ihn nach zwanzig gemeinsamen Jahren wegen einer Frau verlassen habe, und ganz offensichtlich gibt er sich mit dem, was wir lange und ausführlich besprochen haben, doch nicht einfach so zufrieden, wie ich es angenommen hatte, als ich nach Berlin aufgebrochen war, um mich mit Marie zu treffen. Aufbruch, Neubeginn und so weiter. Vielleicht war es naiv von mir gewesen, keine Komplikationen zu erwarten, nachdem die Entscheidung einmal gefallen war, und immerhin hatte Wilfried mich nach unserer Aussprache zumindest ziehen lassen, während Marie, davon war ich inzwischen überzeugt, ihrem Klaus wohl immer noch Rede und Antwort stehen musste.

Ich sah zum Fenster hinaus. Vor wenigen Stunden hatte ich an derselben Stelle gestanden. Der Stimmungsumschwung war so gewaltig, dass ich erstens peinlich berührt war und mich zweitens fragte, wie ich überhaupt auf die Idee gekommen war, alles könnte reibungslos über die Bühne gehen – wie bei einem Geschäftsvorfall. Nur weil Marie und ich das so wollten? Weil wir unser Glück einforderten, auch wenn das kitschig klang? Waren das schlagkräftige Argumente? Fühlte es sich so an, wenn eine Seifenblase platzte? Ich spürte, dass sich ein bitterer Zug um meinen Mund gelegt hatte.

Das Handy klingelte, und ich zuckte zusammen. Dann nahm ich das Gespräch an.

»Sag mir, dass das nur ein böser Alptraum ist.« Wilfrieds Stimme klang müde und melancholisch. Vielleicht auch ein bisschen weinselig oder cognacgetränkt. Wer wollte ihm das verübeln?

»Das kann ich nicht«, entgegnete ich ruhig.

»Charlotte, das ist doch verrückt – wegen einer Affäre mit einer Frau willst du alles über Bord werfen? Das kann nicht dein Ernst sein!«

»Darüber haben wir ausführlich gesprochen ...«

»Ausführlich? Die paar Stunden wiegen doch keine Ehe auf, die bereits seit zwanzig Jahren besteht und immer gut funktioniert hat!« Er brach ab. »Oder meistens jedenfalls. Wir machen alle Fehler, und du hattest es nicht immer leicht mit mir. Ja, ich war dir manchmal untreu, aber niemals hätte ich ...«

»Nein?«, fiel ich ihm ins Wort. »Niemals? Wie kannst du dir so sicher sein?«

»Niemals – ich bin ganz sicher, so einfach ist das!«

»Und wenn du dich so richtig verliebt hättest – mit allem drum und dran?«

»Woher willst du wissen, dass ich das nicht getan habe?«

»Hör auf! Das haben wir alles schon mehrfach durchgesprochen«, wehrte ich ab. »Du hast dich öfter mal verliebt, dich aber immer wieder für unsere Ehe entschieden. Ich hingegen war dir nie zuvor untreu, aber mich hat es jetzt richtig erwischt – so, dass ich nicht einfach weitermachen kann wie bisher, selbst wenn ich es wollte. Das ist eben der Unterschied zu irgendwelchen Seitensprüngen.«

»Das ist doch Quatsch, Charlotte! Du verliebst dich in eine Frau, zum ersten Mal in deinem Leben, wie du beteuerst, und einige Monate später ist nichts mehr wie vorher und du willst alles hinschmeißen, was bislang von Bedeutung gewesen ist, einschließlich aller Menschen, die bisher eine Rolle gespielt haben, die dir wichtig waren und denen du etwas bedeutest?«

»Wenn das nötig sein sollte – ja.«

»Freunde, Familie, Geschäftspartner, Nachbarn – meine Wenigkeit, die Firma. Alle müssen mit deiner Entscheidung irgendwie klarkommen?«

»Ja.«

»Und sie sieht das genauso?«

»Ja.« Ich hoffte, dass Wilfried das winzige Zögern überhörte. Es war schlimm genug, dass es überhaupt existierte.

»Bist du sicher?«

»Sie hat ebenfalls mit ihrem Mann gesprochen.«

»Ihr seid doch verrückt! Wovon wollt ihr eigentlich in den nächsten Jahrzehnten leben?«

Ich setzte mich an den kleinen Tisch und wechselte das Handy ans andere Ohr. »Sie ist selbstständig und finanziell abgesichert und ich ebenfalls. Mir gehört außerdem ein Teil der Firma. Darüber haben wir auch schon gesprochen.«

»Na und? Darüber wird noch öfter zu sprechen sein! So was fegt man doch nicht einfach vom Tisch«, erwiderte Wilfried heftig. »Was glaubst du, wie engagiert ich noch für das einst gemeinsam aufgebaute Geschäft ackern werde, wenn du nicht mehr da bist, sondern dich von deiner Geliebten verwöhnen lässt – auf meine Kosten!«

»Ich bin nicht auf die Einnahmen aus der Firma angewiesen«, erwiderte ich ruhig. »Außerdem kannst du sie haben. Ich verkaufe dir meinen Anteil – zu einem fairen Preis.«

Er lachte kurz auf. »Fair? Ausgerechnet du sprichst von Fairness? Das ist wirklich unglaublich!«

»Es ist ein Angebot, wie wir uns einigen könnten, ohne dass allzu großer Schaden entsteht.«

»Wie großmütig von dir«, höhnte er. »Und wie naiv. Warum sollte ich dir den Firmenanteil überhaupt abkaufen und dich aus der Verantwortung entlassen? Gerade jetzt. Ich muss dir doch nicht sagen, dass die Zeiten alles andere als rosig sind. Auch wir haben wirtschaftliche Probleme. Oder hast du in letzter Zeit gar nichts mehr mitbekommen? Und ausgerechnet jetzt willst du alles hinschmeißen. *Das* ist nicht fair, um bei deinen Worten zu bleiben.«

Ich atmete zweimal tief durch. »Wilfried – es tut mir leid. Ich habe das weder geplant noch irgendwie vorausgesehen, und nun müssen wir vernünftige Lösungen finden, damit möglichst wenig Schaden entsteht. Das habe ich von Anfang an betont.«

»Möglichst wenig Schaden?«, fragte er plötzlich mit leiser, verletzter Stimme. »Ich hätte da einen Vorschlag, und der ist realistisch, vernünftig, einfach und fair: Gib uns noch eine Chance! Bitte.«

Einen Moment war es still.

»Überstürze nichts. Genieß die Zeit mit ihr, aber lass dich nicht gleich scheiden«, fuhr er fort. »Wer weiß, was in einem halben Jahr ist oder in drei Wochen. Kannst du die Hand für sie ins Feuer legen? Für einen Menschen, den du erst so kurze Zeit kennst? Du weißt doch gar nicht, was auf dich zukommt. Ist sie jetzt bei dir?«

»Nein«, sagte ich, ohne lange nachzudenken. »Wir treffen uns erst später.«

Wilfried schwieg erneut, und ich hörte seinen angestrengten Atem. »Sag mir, wer sie ist.«

»Nein.«

»Warum nicht? Habe ich nicht wenigstens ein Recht darauf zu erfahren, wer mir meine Frau ausspannt?«

»Der Name wird dir nichts sagen. Du kennst sie nicht«,

behauptete ich. Dass die beiden sich bei diesem Kongress damals begegnet waren, verschwieg ich besser.

»Und wenn ich nur für mich einen Namen brauche? Kannst du das nicht verstehen? Die ganze Situation ist kaum zum Aushalten, und du willst mir nicht mal einen Namen nennen?«, beharrte Wilfried, und seltsamerweise konnte ich ihn verstehen.

»Sie heißt Marie«, sagte ich schließlich.

»Und sie ist eine Lesbe?«

»Sie ist eine Frau, die auch Frauen liebt.«

»Auch? Wie jetzt – also ist sie bi?«

Ich antwortete nicht darauf.

»Ist das nicht ein bisschen heikel? Woher willst du wissen, dass sie nicht auch mal wieder mit einem Mann zusammensein möchte? Könntest du das tolerieren?«

»Keine Ahnung«, antwortete ich wahrheitsgemäß. »Das könnte mir auch passieren.«

»Aber was machst du dann?«

»Keine Ahnung.«

»Charlotte!«, schrie er plötzlich, und ich nahm das Handy schnell ein Stück vom Ohr weg. »Ein Vierteljahr! Ich verlange ein Vierteljahr – du kannst in der Zeit machen, was du willst. Das Einzige, was ich verlange, ist, dass du die Scheidung noch nicht einreichst und nichts überstürzt. Bitte! Das kannst du mir, das kannst du uns nicht abschlagen.«

»Ich will eine klare Entscheidung, und ich will sie jetzt.«

»Du willst hundertprozentig und absolut rücksichtslos deine Bedürfnisse durchsetzen, das ist alles«, erwiderte Wilfried. »Aber das geht nicht! Man schmeißt doch eine Ehe nicht einfach mir nichts dir nichts weg! Noch sind wir verheiratet, und alles, was ich will, ist dieses Vierteljahr. So hartherzig kannst du nicht sein, mir diese Monate zu verwehren. Wenn eure Liebe so einzigartig ist, wird euch die Verzögerung auch nichts ausmachen.«

»Aber was bedeutet dir denn diese Zeitspanne?«

»Du gäbst mir eine Chance und uns damit auch. Ich halte dich nicht davon ab, dich mit ihr zu treffen, aber ich will meine Chance. Vielleicht entdeckst du ja auch wieder ein paar gute Seiten an mir. Seiten, die dich an bessere Zeiten erinnern …«

Ich hatte plötzlich einen Kloß im Hals. Er kämpfte. Zum ersten Mal kämpfte er um mich. Aber es war zu spät.

»Komm nach Hause, Charlotte, ich bitte dich!«

»Ich kann nicht. Glaub mir, ich kann nicht.«

»Warum nicht?«

»Ich liebe sie!«

»Na und? Mich hast du auch mal geliebt. Zumindest hast du das gesagt.«

»Lass uns das Gespräch beenden.«

»Charlotte, wo bist du? Ich …«

Ich schloss die Augen und unterbrach die Verbindung. Minutenlang saß ich starr auf meinem Stuhl. Die Geräusche des Hoteltreibens drangen kaum an mein Ohr – gerade so, dass ich Türenschlagen, gedämpfte Schritte, Lachen und Gesprächsfetzen von ferne mitbekam. Es ging mich nichts an, ich gehörte nicht dazu.

Er wird herausfinden, wo ich bin und mir nachfahren, fuhr es mir plötzlich durch den Kopf. Wie dumm ich doch war! Er brauchte bloß meine E-Mails durchzusehen und wusste, wohin die Reise gegangen war. Ich hatte zwar mein Passwort geändert und meine Ordner umbenannt, aber Wilfried war in Sachen Computer ein Fuchs; außerdem hatte ich ihn selbst auf die Spur gesetzt. Wie lange würde es wohl dauern, bis er auf die Idee kam, als Passwort »Marie« einzugeben?

Ich griff erneut zu meinem Handy und wählte diesmal entschlossen Maries Nummer. Das Freizeichen ertönte – vier, fünf, sechs Mal, dann schaltete es ab. Nicht mal die Mobilbox war eingeschaltet. Ich klappte das Handy zusammen und warf es aufs Bett. Im gleichen Moment klingelte das Hoteltelefon. Ich zuckte zusammen, atmete tief durch und nahm schließlich den Hörer ab.

»Charlotte Winkler«, meldete ich mich kurzangebunden.

»Schön, dass ich Sie antreffe, Frau Winkler – hier spricht Lisa Krone von der Geschäftsleitung. Ich hoffe, dass Sie mit Ihrem Zimmer zufrieden sind.«

»Ja, das bin ich.«

»Kann ich irgendetwas für Sie tun? Möchten Sie vielleicht den Zimmerservice nutzen?«

»Nein, danke – im Moment nicht.«

»Gut, dann noch ein kleiner Hinweis von Seiten des Hauses. Heute Abend findet im großen Konferenzsaal ein Kostümfest statt, zu dem alle Gäste herzlich eingeladen sind.«

»Ein Kostümfest? So was wie Fasching?«

»So ähnlich – zeitlich passt es ja. Es sind natürlich ausschließlich Frauen anwesend, und sollten Sie noch ein Kostüm benötigen …«

»Ach, ich glaube, das ist nichts für mich«, wiegelte ich ab. Zusammen mit Marie wäre das natürlich etwas anderes gewesen …

»Nun, Sie können es sich jederzeit anders überlegen. Wenn Sie doch plötzlich Lust bekommen sollten, sind Sie natürlich herzlich willkommen«, erklärte Lisa Krone.

Plötzlich kam mir eine Idee. »Sagen Sie, Frau Krone, meine Freundin, Marie Hauser, ist bislang noch nicht eingetroffen, und ich bin ein wenig in Sorge, ob sie vielleicht irgendwo im Stau steckt. Da ich zwischenzeitlich mein Handy nicht eingeschaltet hatte, könnte sie womöglich vergeblich versucht haben, mich zu erreichen und hat vielleicht im Hotel angerufen, um mich zu informieren.«

Am anderen Ende war es einen Moment still. Sie nimmt mir die Story nicht ab, dachte ich und biss mir auf die Unterlippe. Kein Wunder, sie klang ja auch wenig überzeugend.

»Das können wir sofort klären«, entgegnete Lisa schließlich. »Marie Hauser heißt Ihre Freundin?«

»Ja, richtig. Sie reist heute aus Hamburg an.«

»Gut, ich erkundige mich sofort und melde mich wieder bei Ihnen.«

»Danke. Vielen Dank für Ihre Mühe.« Ich legte auf.

10 Lisa

Ich rief in der Rezeption an, um mich zu erkundigen, ob ein Anruf von Marie Hauser eingegangen war. Fehlanzeige. Das wird Charlotte Winkler nicht freuen, überlegte ich. Wenn ich richtig lag mit meiner Einschätzung, waren die beiden ein Liebespaar, das sich für ein langes Wochenende in Berlin verabredet hatte, und nun wartete Charlotte auf Marie, und zwar recht ungeduldig.

Ich sah mir im Internet die aktuellen Staumeldungen an, aber bislang floss der Verkehr trotz des winterlichen Wetters zumindest in den nördlichen Regionen auch auf den Autobahnen noch ohne besondere Vorkommnisse. Die Frage, warum Charlotte Winkler nicht einfach Marie Hauser anrief, hatte ich mir gerade noch verkneifen können. Derlei Fragen hatte eine Hotelangestellte nicht zu stellen, und auch weitergehende Mutmaßungen, die allzu sehr ins Persönliche abdriften könnten, durften mir nicht über die Lippen kommen. Da es mir aber in Amelistes Augen ohnehin schwerfiel, tieferliegende Zusammenhänge auf Anhieb zu begreifen, war ja kaum etwas zu befürchten.

Ich verdrehte die Augen. Inzwischen ging ich mir selbst auf die Nerven. Klar – die große Analytikerin hatte mir gewaltig auf den Schlips getreten. Vielleicht sollte ich endlich aufhören, die Beleidigte zu spielen und stattdessen lieber beweisen, dass ich eben kein Doofchen war – und sei es nur mir selbst.

Um die Mittagszeit hatte ich wegen des großen Andrangs an der Rezeption ausgeholfen und mich dabei auch um Charlotte Winkler gekümmert – ihr Bild stand mir noch gut vor Augen: eine attraktive gutsituierte Frau um die vierzig, sorgfältig geschminkt und gekleidet, die selbstsicher und gelassen auftrat. Trotz ihrer souveränen Ausstrahlung hatte sie jedoch ein wenig unsicher auf mich gewirkt. Vielleicht war sie aber auch nur ungeduldig und aufgeregt gewesen und hatte das Eintreffen ihrer Liebsten kaum erwarten können.

Ich öffnete kurzerhand die Datenbank – wofür hatten wir diese ganzen Infos schließlich? – und gab zunächst Charlotte Winklers Namen über die Suchfunktion ein. Sie war zum ersten Mal Gast im Hotel Marlene. Ihre Reservierung für ein Doppelzimmer war vor gut einer Woche per E-Mail erfolgt. Zu ihrem Familienstand hatte sie nichts eingetragen, was alles Mögliche heißen konnte, und in der Rubrik Beruf stand nur lapidar Geschäftsfrau. Vielleicht ist sie verheiratet, dachte ich. Soll ja in den besten Familien vorkommen. Und vielleicht war ich auf der völlig falschen Fährte, was aber im Moment keine besondere Rolle spielte – Charlotte Winkler war besorgt, weil ihre Freundin und/oder Geliebte nicht eintraf, mit der sie hier verabredet war und die sie offensichtlich auch nicht erreichen konnte. Dem musste ich nachgehen, und das würde ich in diesem Fall intensiver tun, als von mir erwartet oder auch nur gewünscht wurde.

Als nächstes suchte ich nach Marie Hauser – und wurde sofort fündig. Sie war in den letzten anderthalb Jahren mehrfach Gast im Hotel gewesen, meist für ein, zwei Tage; sie stammte aus Hamburg und hatte stets ein Einzelzimmer gebucht. Marie Hauser hatte sich immer als Geschäftsfrau eingetragen und bei ihren Aufenthalten häufig ein touristisches Begleitprogramm gebucht, also an den vom Hotel organisierten Besichtigungen oder Stadtrundfahrten teilgenommen. Sie war verheiratet, was mich nun doch ein wenig verwunderte, aber rein gar nichts anging.

Ich überlegte einen Moment, dann griff ich zum Telefon, um Charlotte Winkler darüber zu informieren, dass ihre Freundin sich nicht gemeldet hatte. Wie nicht anders zu erwarten gewesen war, reagierte sie zurückhaltend und bemühte sich, ihre Enttäuschung nicht zu zeigen. Sie beendete das Gespräch auffallend schnell und bewegte sich dabei an der Grenze zur Unhöflichkeit, aber das hatte ich natürlich klaglos hinzunehmen. Wie so vieles andere auch.

Ich atmete tief aus und streckte mich. Es war ein langer, ereignisreicher Tag gewesen. Zeit, abzuschalten und Feierabend zu machen, zumal ich noch ein vernünftiges Kostüm brauchte. Wenn ich es richtig verstanden hatte, wollte Gaby sich als Sultan verkleiden, während mir die neckische Aufgabe zufiel, sie unter den Gästen ausfindig zu machen. Der Tatsache, dass Hotelangestellten die Teilnahme an dem Fest untersagt war, schenkte ich inzwischen keinerlei Beachtung mehr. Rupert, du kannst mich mal, trotzte ich ihr innerlich, und das tat richtig gut.

Als ich das Hotel eine halbe Stunde später verlassen wollte, sah ich Charlotte Winkler an der Rezeption stehen. Ich verlangsamte meine Schritte. Sie wechselte einige Worte mit Monika, der Empfangsfrau für die Spätschicht, und wenige Augenblicke später reichte die ihr einen Laptop über den Tresen. Es war sehr wahrscheinlich, dass Charlotte Winkler ihre E-Mails checken und/oder die aktuellen Staumeldungen verfolgen wollte. Sie sollte sich die Zeit lieber mit einer Party versüßen, dachte ich, doch die Empfehlung behielt ich natürlich für mich.

Das Fest war bereits in vollem Gange, als ich gegen halb elf in voller Montur eintraf. Da das Thema »Orientalische Nächte« lautete, wimmelte es nur so von Scheichs und Haremsdamen und anderen mehr oder weniger phantasievollen Figuren aus *Tausendundeiner Nacht*. Dennoch glaubte ich nach einem ersten Rundgang, an der Stimme oder Gestik die eine oder andere Hotelangestellte zu erkennen. Gaby war aber noch nicht da oder ich hatte sie bislang nicht entdecken können, weil sie sich ähnlich große Mühe mit ihrer Verkleidung gegeben hatte wie ich.

Meinen Kopf zierte ein schwarzer, kunstvoll drapierter Turban, eine weite seidene Pluderhose umschmeichelte meine Hüften, während eine knappe, schreiend bunte Bluse einen farblichen Akzent setzte; ich hatte mein Gesicht geschwärzt und hoffte, dass mir die Frauen die wilde Wüstenreiterin abnahmen, ja enthusiastisch darauf reagierten und es gar nicht abwarten konnten, mich näher kennenzulernen.

Zu Hause vor dem Spiegel war ich nicht hundertprozentig von meinen Verkleidungskünsten überzeugt gewesen, und in der U-Bahn hatte ich einige eher mitleidige Blicke geerntet, die mich ernsthaft zweifeln ließen, ob ich das Thema wirklich auf den Punkt getroffen hatte, aber inmitten des

Festgeschehens war auf einmal alle Skepsis wie weggeblasen. Ich schien gut anzukommen, denn kaum stand ich in den Knien wippend an der Tanzfläche, als ich auch schon zum Tanzen aufgefordert wurde und erfreut feststellen durfte, dass mir das Flirten in der Verkleidung besonders gut gelang. In einer kurzen Verschnaufpause trat eine tief verschleierte, dafür aber bauchfreie Tempeltänzerin zu mir und drückte mir mit überzeugender Selbstverständlichkeit ein Glas in die Hand.

»Hallo, ich sehe, du amüsierst dich gut«, schnurrte sie, und ich prostete ihr zu. Ein grünes Augenpaar fixierte mich mit unverhohlener Direktheit. »Kennen wir uns?«

»Noch nicht«, gab ich wahrheitsgemäß zurück. »Aber wir können das gerne ändern«, fügte ich nicht gerade übermäßig geistreich, aber ehrlich hinzu.

Wodka-Lemon. Ich hüstelte höflich – den musste ich langsam genießen, wenn ich mehr als einen trinken wollte, sonst war ich in einer Stunde reif fürs Bett – zum Schlafen, versteht sich. Ich musterte die Tempeltänzerin verstohlen von oben bis unten und war ziemlich angetan, um nicht zu sagen: begeistert. Ihr gepiercter Nabel harmonierte perfekt mit dem flachen, offensichtlich gut trainierten Bauch. Bei Männern sagte man Sixpack dazu, aber ich grübelte keine zwei Sekunden darüber nach, ob es eine entsprechende weibliche Bezeichnung gab. Zwei Minuten später waren wir auf der Tanzfläche, und mir fuhr – allerdings nur peinlich kurz – durch den Kopf, dass ich bislang noch nicht allzu intensiv nach Gaby Ausschau gehalten hatte.

Die Tempeltänzerin hieß Ronja und trug ihr Kostüm nicht zu unrecht. Hüftschwung und Rhythmus waren perfekt – als wäre sie dafür geboren –, das Lächeln hinter dem Schleier ließ sich nur erahnen und wirkte darum umso geheimnisvoller. Mir wurde sehr schnell prickelnd heiß unter meiner Kopfbedeckung – und nicht nur da. Meine letzte Liebesnacht lag so lange zurück, dass ich mich nicht mal mehr an die Jahreszeit erinnern konnte, geschweige denn noch das Gesicht der Frau vor Augen hatte, mit der ich nach irgendeiner Geburtstagsparty auf dem Rücksitz ihres Wagens gelandet war.

Auch aus diesem Grund hatte Ronja wenig Mühe, mich davon zu überzeugen, dass es bestimmte Gelegenheiten nur einmal im Leben gab. Ich war nach nicht mal einer halben Stunde absolut sicher, dass ein One-Night-Stand mit Ronja ein wohlverdienter Bonus für die letzten harten Wochen darstellte und ich dümmer als Knäckebrot war, wenn ich diese Gelegenheit ungenutzt verstreichen ließ, um ihr dann womöglich tagelang nachzutrauern. Ronja schien das ähnlich zu sehen.

»Hast du ein Zimmer hier im Hotel?«, hauchte sie mir beim dritten Schmusetanz ins Ohr, während ihre Hände mit einer Intensität über meinen pluderhosenbedeckten Hintern strichen, dass ich Mühe hatte, mich auf etwas anderes zu konzentrieren.

»Hm«, murmelte ich und überlegte fieberhaft, ob ich es wirklich wagen konnte, mich mit der Tempeltänzerin in eines der freien Zimmer zurückzuziehen – soweit ich wusste, gab es noch drei oder vier. Wenn ich dabei erwischt wurde, hätte die Rupert allen Grund, mich achtkantig zu feuern. Andererseits – ich kam ihren Plänen doch perfekt entgegen … Allein die Vorstellung, von ihrem eisigen Blick schockgefroren zu werden, ließ mich zögern.

»Ja oder nein?« Der Druck ihrer Hände verstärkte sich, und mir wurde noch heißer.

»Ich möchte es mal so ausdrücken – ich müsste erst eines

organisieren, was nicht so ganz einfach ist«, erwiderte ich in gedehntem Tonfall. »Was ist denn mit dir?«

»Ich möchte es mal so ausdrücken«, gab sie gurrend zurück und biss mir herzhaft ins Ohrläppchen. »Ich bin nicht allein hier und weiß nicht, ob das Zimmer nicht schon mit meiner Freundin und einer orientalischen Eroberung belegt ist. Wir würden da unter Umständen ziemlich stören, wenn du verstehst, was ich meine.«

Ich zuckte zusammen. »Was?!«

»Reg dich ab!«, lachte sie. »Überleg dir lieber, wo wir ein stilles Plätzchen für uns finden – zumindest für eine halbe Stunde. Oder auch vierzig Minuten. Das kommt auf deine Kondition an.«

Ich beschloss zum einen, den letzten Satz souverän unkommentiert zu lassen und zum anderen, dass mich die Einzelheiten von Ronjas Liebesleben nichts angingen. Meine Energie war wesentlich sinnvoller eingesetzt, wenn mir ganz schnell ein lauschiges Plätzchen einfiel, an dem die Wahrscheinlichkeit, ungestört zu sein, relativ hoch war, und zwar mindestens vierzig Minuten lang, sofern auch Ronjas Kondition ausreichte. Die Gerätekammer im Fitnessbereich, schoss es mir auf einmal durch den Kopf, während ich erneut den Bauch der schönen Tempeltänzerin bewunderte.

»Komm«, flüsterte ich und grinste. »Ich glaub, ich hab eine ganz passable Idee.«

»Wie schön. Allerdings hatte ich daran auch nicht wirklich gezweifelt.«

Ich entschied mich für den Weg über die rückwärtige Treppe und zog Ronja an der Hand hinter mir her. Ich fühlte mich großartig – aufgeregt, albern, sehnsuchtsvoll, aufgeheizt. Ronja hatte noch eine Flasche Sekt organisiert, und als wir nach einem längeren Rundgang durch die Kellerflure schließlich die Tür des Geräteraums hinter uns schlossen, war nicht genau auszumachen, wer schneller über wen herfiel. Die Flasche rollte scheppernd über den Boden, als Ronja mich auf eine Turnmatte zog. Ich war über ihr, lüftete ihren Schleier, und wir küssten uns gierig. Ich atmete heftig und schnell, während wir einander die Kostüme vom Leib rissen.

Ronja war so aufregend geformt, wie es ihr Bauch versprochen hatte, und sie war sehr laut, während ich ihren Tempeltänzerinnenkörper erforschte und mich dabei länger bei ihren Brustwarzen aufhielt, die die Farbe reifer Brombeeren hatten und noch süßer schmeckten, als ich zu hoffen gewagt hatte. Als ich ihre Schenkel auseinanderschob, um mich zwischen sie zu legen und ihren Schoß mit meinem zu erspüren, verschloss ich ihren Mund mit meinen Lippen. Wer weiß, ob es nicht noch andere Frauen gab, die auf der Suche nach einem Versteck waren und eine ähnliche Idee wie ich hatten oder die nach einer späten Einheit auf dem Laufband – ja, meine Güte, so was sollte es geben – plötzlich merkwürdige Geräusche vernahmen, denen sie natürlich nachforschten … Der Gedanke reizte mich zum Lachen. Dann umklammerte Ronja mich mit ihren Beinen und begann sich in einem wilden Rhythmus zu bewegen, der keinen Raum mehr ließ für Überlegungen oder Vorsichtsmaßnahmen.

Ich kam wieder zu mir, als der Sektkorken laut ploppte. Ronja hielt mir die Flasche an den Mund, und ich trank.

»Nett mit dir«, sagte sie lächelnd. Sie hatte die Augen einer Katze. Einer wilden Katze.

»Das Kompliment kann ich zurückgeben«, seufzte ich.

»Hast du das Geräusch vorhin auch gehört oder hat mir meine Einbildung einen Streich gespielt?«, fragte sie und nahm selbst einen Schluck aus der Flasche.

»Was für ein Geräusch?«

»Klang fast so, als wäre die Tür kurz aufgemacht worden. Ich hatte jedenfalls einen Moment den Eindruck …«

Ich schluckte. »Du machst Scherze, oder?«

Sie schüttelte den Kopf und lächelte ihr katzengrünes Lächeln. »Nein, aber es kann auch sein, dass ich mich irre. Wir waren ja ziemlich laut. Vielleicht bringe ich da was durcheinander.«

»Hast du gerade gesagt, dass *wir* ziemlich laut waren?«

Sie nickte. »Ja, hast du das etwa auch nicht mitbekommen?« Sie grinste frech.

Ich räusperte mich.

»Aber selbst wenn – ist doch nicht so schlimm, oder? Heute Nacht wird es im Hotel ohnehin ganz schön hoch hergehen. Ein Pärchen mehr oder weniger an einem eher ungewöhnlichen Ort ist doch nicht der Rede wert.«

Ich kratzte mich am Hinterkopf. Eigentlich hatte sie recht. Ronja beugte sich vor und küsste mich. »Na, was ist mit dir? Bist du etwa schon müde?«

»Nicht wirklich«, gab ich zurück.

Sie hob die Augenbrauen. »Ich hätte Lust auf Spielzeug – kannst du damit dienen?«

Ich schluckte erneut. »Verstehe. Aber so auf Anhieb …«

»Lass dir was einfallen. Ich meine …« Sie sah sich um. »Hier müsste es doch eigentlich von Utensilien nur so wimmeln, die durchaus geeignet wären …«

Wir inspizierten den Raum. Dann stand Ronja plötzlich vor mir und hielt grinsend zwei Sprungseile hoch. Sie fragte nicht lange, ob ich die Idee genauso toll fand wie sie oder wer wen fesseln sollte, sondern legte mir die Seile um die Handgelenke und zog mich auf die Matte herunter. Keine zwei Minuten später war ich ihr völlig ausgeliefert. Sie rollte mich auf den Bauch, und ihre Zunge wanderte an meinem Rücken entlang nach unten. Mir wurde schwindelig vor Lust, als die Spitze sich zwischen meine Lippen drängte. Von irgendwoher hörte ich kurz darauf ein Geräusch, das nicht zu meinem Stöhnen und Jauchzen oder zu Ronjas lustvollen Lauten passte. Aber es war zu spät. Ich kam zitternd und warf den Kopf herum. Im selben Augenblick entdeckte ich, dass die Tür einen kleinen Spalt geöffnet war. Für den Bruchteil einer Sekunde fixierte mich aus der Dunkelheit ein Augenpaar. Ich erstarrte. Dann verschwand es, und die Tür war wieder geschlossen. Als wäre nichts gewesen, aber ich war hundertprozentig sicher, dass ich mir das nicht eingebildet hatte.

»Was ist?« Ronja setzte sich auf und sah mich an. »Hab ich was falsch gemacht?«

»Um Gottes willen – nein!«, beteuerte ich rasch. »Aber ... da war jemand an der Tür.«

»Na, sag ich doch! Und?«

»Jemand hat uns beobachtet.«

Ronja kicherte, und ich warf ihr einen empörten Blick zu. »So hundertprozentig meine Nummer ist das nicht«, erklärte ich ein wenig verschnupft und hielt ihr meine Hände entgegen. »Ich bin nicht der Typ, der in Turnhallen oder Badeanstalten erst so richtig in Fahrt kommt, wenn Tante Trudchen naht ...«

Sie löste die Fesseln. »Nein? Na gut, dann nicht. Aber wie ich vorhin schon sagte: Heute ist doch sowieso alles anders. Außerdem – wer soll dich denn wo wiedererkennen? Zum einen siehst du inzwischen ziemlich derangiert aus, um es mal vorsichtig zu formulieren, zum anderen gehen die meisten Frauen morgen wieder ihrer Wege ... Vergiss es.«

Sie hatte recht – in jeder Hinsicht. Als ich zehn Minuten später in eine Umkleidekabine im Fitnessraum schlich, während Ronja nach einem langen Abschiedskuss nach oben in ihr Zimmer entschwand, erschrak ich vor meinem eigenen Spiegelbild: Mein Gesicht war völlig verschmiert, aber auch Schultern, Brust, Bauch und Haare sahen aus, als hätte ich in einem Kohlenkeller übernachtet, und mein Kostüm hatte arg gelitten. Ich duschte in aller Eile, ordnete meine Kleidung, so gut es ging, und stahl mich wenig später durch den Lieferanteneingang aus dem Hotel. Als ich nach Hause kam, war es halb vier Uhr morgens, und ich fiel todmüde ins Bett.

11 Hannah

»Gerald Meinhard«, hob ich an, während ich Karen und mir den Frühstückskaffee servierte. »Du erinnerst dich noch an den Namen des Privatdetektivs?«

Karen blickte mich eine ganze Weile starr an. Ich konnte nicht einschätzen, ob sie ruhig überlegte oder zunehmend hektischer in ihren Erinnerungen wühlte, aber nicht fand, wonach sie suchte, oder ob sie ärgerlich war, weil ich es für nötig hielt, noch einmal explizit auf den Detektiv hinzuweisen, den ich doch erst am Tag zuvor erwähnt hatte. Schließlich nickte sie ruckartig und, wie mir schien, ungnädig.

»Er hat uns die Unterlagen zu seinem Fall in jener Schönheitsklinik geschickt«, fügte ich hinzu und gähnte hinter vorgehaltener Hand.

Es war eine lange Nacht gewesen, und ich hatte nur wenig Schlaf bekommen. In Kürze musste ich wieder los. Allmählich kam Bewegung in die Sache. Plötzlich musste ich lächeln. Kostümfeste hatten ihren ganz eigenen Reiz.

Karen klopfte mit einem Finger auf die Armlehne ihres

Rollstuhls. Ich hoffte, dass sie sich über mich aufregte. Lautlos über meine Umständlichkeit schimpfte, so wie sie sich früher aufgeregt hatte, wenn ich verliebt war, ohne es zu merken. Oder merken zu wollen. Oder wenn ich ihrer Ansicht nach zu wenig Humor zeigte, wenn etwas schiefging. Es war so einiges schiefgegangen. Und es hatte Tragödien gegeben, bei denen jeder Anflug von Humor fehl am Platz gewesen wäre.

Ich nickte ihr zu. »Die Fotos, die der Detektiv von den beiden Frauen gemacht hatte, waren sehr gut. Sie zeigten die beiden beim Betreten des Hotels in Frankfurt. Und auch das restliche Material ersparte uns eine Menge Arbeit«, fuhr ich schließlich fort, nachdem ich einen Schluck Kaffee getrunken und zwei Scheiben Brot in den Toaster gesteckt hatte.

Ich bat Rüdiger, die Aufnahmen so schnell wie möglich seinem Internetbetrüger vorzulegen und war ziemlich gespannt, ob der sich zu einer klaren Stellungnahme bewegen lassen würde. Doch obwohl mein Kollege ihn damit lockte, dass eine entsprechende Aussage sich strafmindernd für ihn auswirken könnte, war an dieser Stelle mit unseren Ermittlungen Schluss. Der Mann sah sich außerstande, mehr als nur eine vage Ähnlichkeit festzustellen und wusste natürlich, dass wir damit wenig anfangen konnten.

Was Sofia Heinrich anging, so hegte ich keinerlei Hoffnungen. Sollte sie seinerzeit aufgrund irgendwelcher dem Alkohol zugesetzter Drogen tatsächlich einen kompletten Filmriss gehabt haben, war es sehr unwahrscheinlich, dass sie jetzt ein Gesicht wiederkannte. Unwahrscheinlich, aber nicht unmöglich, und darum nahm ich schließlich doch erneut Kontakt mit ihr auf, was Sofia nicht gerade gefiel.

»Sie sollen sich nur einige Fotos ansehen«, erklärte ich ihr am Telefon.

»Aber ich hab Ihnen doch gesagt, dass ich …«

»Das haben Sie, ich weiß«, unterbrach ich sie kurzerhand. »Aber dennoch darf ich diese wenn auch unwahrscheinliche Möglichkeit nicht einfach außer Acht lassen. Ich habe nachher ohnehin noch einen Auswärtstermin – was halten Sie davon, wenn wir uns zu einem Kaffee treffen, sobald Sie Feierabend haben?«

Nach kurzem Zögern stimmte Sofia Heinrich zu. Wahrscheinlich war ihr klargeworden, dass sie meinen Vorschlag nicht ablehnen konnte, und auf eine Befragung im Präsidium hatte sie bestimmt noch viel weniger Lust. Einige Stunden später saßen wir uns in einem Café in der Nähe der Humboldt-Uni gegenüber. Ich legte Sofia das erste Foto vor, nachdem sie einen Latte macchiato und ich einen grünen Tee bestellt hatte, und beobachtete ihr Gesicht, während sie das Porträt betrachtete. Sie blieb zunächst völlig reglos, dann schüttelte sie langsam den Kopf. Auch ein weiteres Bild von derselben Frau ließ sie völlig kalt.

»Nein, diese Frau habe ich noch nie zuvor bewusst wahrgenommen«, sagte sie entschieden und warf mir einen kurzen Blick zu, bevor sie sich das nächste Foto vornahm.

Die Reaktion war bemerkenswert. Ihre Pupillen weiteten sich, sie atmete scharf ein und blickte dann mit leicht geöffneten Lippen wieder hoch. »Wer ist das?«

Ich lächelte kurz. »Gegenfrage: Ist sie das?«

»Ja, eindeutig. Das ist sie.« Sofia atmete schneller.

»Sind Sie wirklich sicher? Ich meine …«

»Ich war felsenfest überzeugt, dass ich mich nicht an das Gesicht erinnern würde, aber …« Sie brach ab, als der Kellner unsere Getränke servierte. »So kann man sich täuschen. Oder besser: getäuscht werden.« Sofia Heinrich lächelte bitter und zog die Tasse zu sich heran. »So ein Miststück!«

»Das Gehirn ist ein erstaunliches Organ, nicht wahr?« Wenn man es richtig zu nutzen weiß, fügte ich in Gedanken hinzu.

Sie warf mir einen kurzen Blick zu, trank einen Schluck und nahm das Foto dann erneut in die Hand, um es noch einmal eingehend zu betrachten. Plötzlich biss sie die Zähne zusammen, und einen Moment lang befürchtete ich, dass sie die Aufnahme zerreißen würde. »Zu dumm, dass mit der Erinnerung an das Gesicht nicht auch der Name auftaucht. Sie dürfen ihn mir nicht sagen, stimmt's?«

»Stimmt.«

»Schade. Ich würde ihr gerne … nun, sagen wir: ein paar Takte erzählen.«

Das konnte ich mir lebhaft vorstellen. »Ich verstehe Ihren Wunsch durchaus, aber das geht natürlich nicht«, erwiderte ich. »Außerdem hat sie Ihnen vielleicht gar nicht ihren richtigen Namen genannt – vorsichtshalber.«

»Ja, gut möglich.« Der Einwand schien sie zu trösten.

Ich trank meinen Tee aus und packte die Fotos ein.

»Ich danke Ihnen, Frau Heinrich«, sagte ich und stand auf. Ich hatte es eilig – es gab einiges zu tun. Ich winkte dem Kellner und bat ihn um die Rechnung.

Sie blickte irritiert hoch. »Und wie geht es jetzt weiter? Werden Sie sie vernehmen oder festnehmen oder so was?«

Ich nahm meine Jacke vom Garderobenhaken. »So einfach ist das nicht. Wenn diese Frau sich tatsächlich an Ihrem Koffer zu schaffen gemacht hat, liegt das fast ein Jahr zurück, und es gibt sicherlich keine Spuren mehr. Wir werden ihr nichts mehr nachweisen können, befürchte ich.«

»Ach? Und damit wird die Akte dann geschlossen?«

»Nein. Sie wird nicht geschlossen. Darauf können Sie sich verlassen.«

Mit den Worten verließ ich das Café. Ich lächelte. Jetzt ging die Arbeit erst richtig los. Ich hatte zwei Namen und zwei Gesichter, von denen eines erkannt worden war, zwei wahrscheinlich auf perfide Weise um wichtige Betriebsgeheimnisse bestohlene Firmen, Hunderte geklauter Personendaten und ein Frauenhotel. Diese Indizien müssten ausreichen, um bei weiteren intensiven Nachforschungen entweder eine Verbindung zwischen den Fällen zu entdecken und dann eine Spur zu verfolgen, die aller Wahrscheinlichkeit nach zu weiteren Straftaten ähnlicher Art führte, oder aber es würde sich herausstellen, dass kein Zusammenhang bestand. Aber an die Möglichkeit glaubte ich eigentlich nicht, und ich sollte recht behalten.

Mein Handy klingelte, als ich gerade das Geschirr weggeräumt hatte und dabei war, mich anzuziehen. Die Pflegerin würde in Kürze eintreffen. Ich sah aufs Display: Ben.

»Und? Was Neues?«, fragte ich.

»Nein. Bisher nicht. Aber das Wochenende ist noch lang. Da kann noch viel passieren.«

»Unbedingt.«

»Sie fahren ins Hotel?«

»Ja. Ich bin gerade auf dem Sprung.«

»Alles klar.«

12 Charlotte

Mit zitternden Händen schloss ich den Laptop an. Maries SMS hatte an Eindeutigkeit nichts zu wünschen übrig gelassen: *Besorg dir einen Laptop und lass uns chatten. M.* Kein Gruß, kein Kuss, nichts. Nur diese sachliche, dringlich klingende Aufforderung, zumindest in Anbetracht der Umstände. Nicht mal ihren Namen hatte sie ausgeschrieben.

Ich loggte mich in dem Chatprogramm ein, das wir manchmal benutzten, und sah, dass sie schon online war. Ich war zu aufgebracht, um lange um den heißen Brei herumzureden.

»*Was ist los?*«, schrieb ich. »*Was soll das alles? Und warum können wir nicht einfach telefonieren, wenn du mir was zu sagen hast?*«

»*Ich habe in den letzten Tagen so viel geredet, dass ich einfach nicht mehr kann. Außerdem möchte ich nicht, dass Klaus, der nebenan sitzt, was mitbekommt.*«

»*Was ist los? Ich warte seit Stunden auf dich, dann bist du nicht erreichbar, ich mache mir Sorgen, und nun das? Du bist zu Hause und Klaus sitzt nebenan? Ich denke, es ist alles klar?*«

»*Das dachte ich auch. Aber ... Zum einen ist Klaus hartnäckiger, als ich dachte, zum anderen gibt es geschäftliche Probleme, die uns beide betreffen und keinen Aufschub dulden. Das musst du mir glauben!*«

Plötzlich spürte ich, dass mein Gesicht nass war. Das letzte Mal hatte ich geweint, als nach der dritten Fehlgeburt klar war, dass ich keine Kinder bekommen würde. Nicht in diesem Leben. Ich schob den Gedanken beiseite.

»*Geschäftliche Probleme, die er nicht ohne dich lösen kann? Er ist Anwalt, und du hast deine eigene Firma.*«

»*Wir arbeiten häufig zusammen, das weißt du doch. Es gibt etliche gemeinsame Mandanten. Er verlangt jedenfalls, dass ich hierbleibe, und wenn ich ehrlich bin – die Angelegenheit ist wirklich ausgesprochen wichtig.*«

»*Und warum hast du mir das nicht gleich gesagt?*«

»*Weil wir wichtige, entscheidende Einzelheiten erst heute früh erfahren haben.*«

»Dann kann ich ja nach Hause fahren.«

»Charlotte – bitte: Wir verschieben das Ganze um eine Woche. Oder um zwei. Das ist doch nicht so schlimm.«

Das Ganze, dachte ich. Das Ganze zerbricht gerade in tausend Scherben. Das ist sehr wohl schlimm.

»Oben hast du aber erwähnt, dass es auch um Klaus' Hartnäckigkeit geht«, tippte ich schließlich eilig weiter. *»Wer weiß, was nächste Woche ist oder übernächste.«*

»Ich gebe zu, es ist nicht so einfach, wie wir uns das dachten. Klaus reagiert heftiger, als ich vermutet hatte. Hat Wilfried dich denn wirklich einfach so ziehen lassen? Ich glaube, wir waren ziemlich blauäugig …«

Blauäugig? Warum sagte sie plötzlich so etwas? Das klang so fremd aus dem Mund dieser Frau, die sich sonst nie beirren ließ.

Meine Hände zitterten, während ich fortfuhr. *»Wilfried hat mich noch mal angerufen. Er will sich auch nicht einfach so mit meiner Entscheidung abfinden. Natürlich nicht. Aber immerhin bin* ich *hier im Hotel und warte auf dich, wie es vereinbart war, und ich hätte mich auch nicht aufhalten lassen, nach Berlin zu fahren. Warum ist es auf einmal blauäugig, an dich, an uns zu glauben?«*

»Ach, Charlotte, du weißt doch, was ich meine.«

Wusste ich das wirklich?

»Versteh doch bitte, es kam zuviel auf einmal …«

»Das ist das erste Mal, dass du dich überfordert fühlst.«

»Mag sein.«

»Ich werde abreisen.« Der Satz huschte schneller über den Monitor, als ich ihn lesen konnte, und noch schneller hatte ich ihn abgeschickt.

»Liebes, es tut mir so leid! Lass uns nächste Woche in aller Ruhe telefonieren, und dann sehen wir weiter. Viel-

leicht ist es besser so. Bis dahin haben sich die Wogen wieder geglättet.«

Das glaubst du doch selbst nicht, dachte ich, und was für Wogen sind das eigentlich? Warum spüre ich nicht einmal dein Bedauern? Deine Enttäuschung, deine Sehnsucht, sondern lediglich eine merkwürdige … ja: Eile, gemischt mit Nonchalance, obwohl das auf den ersten Blick gar nicht zusammenzupassen schien.

»Ich habe den Eindruck, dass es dir nicht sonderlich schwerfällt, absagen zu müssen«, schrieb ich nach einer kurzen Pause weiter.

»Das siehst du völlig falsch.«

»Ich glaube nicht.«

»Du bist jetzt einfach nur frustriert – das ist verständlich –, und ich bin müde und angespannt zugleich. Dabei wartet ein Haufen unangenehmer und unaufschiebbarer Arbeit auf mich«, antwortete sie.

»Möchtest du bedauert werden?« Das klang zynisch, und das sollte es auch.

»Nein. Aber es ist wirklich besser, wenn du wieder fährst und wir reden in einigen Tagen noch mal. Oder soll ich dich heute Abend bei dir zu Hause anrufen? Wir könnten auch noch mal chatten.«

»Nicht nötig. Du hast ja ohnehin keine Zeit – bei all der unaufschiebbaren *Arbeit. Ich hoffe, du kommst an diesem Wochenende überhaupt zum Schlafen.«*

»Nun sei nicht so!«

»Du schmeißt mal eben alles über den Haufen, aber ich soll nicht so sein und am besten so tun, als hättest du bloß einen Kinobesuch verschoben? Du hast ja wohl einen Knall!« Ich heftete einen zornigen Smiley an diesen Satz.

»Charlotte …«

»Ich werde sofort meine Sachen packen und abreisen.«

»Noch heute Abend?«

»Ja, das sagte ich doch gerade. Ich mag hier keine Nacht bleiben. Keine Stunde mehr. Verstehst du wenigstens das?«

»Natürlich.«

»Wie schön, immerhin etwas. Bis dann.« Ich schloss das Programm, bevor Marie sich verabschieden konnte.

Mein Koffer lag bereit, und ich stand mit hängenden Schultern vor dem offenen Kleiderschrank, als mich das heulende Elend endgültig überwältigte. Sie hatte mir nicht mal widersprochen, als ich feststellte, dass sie dabei war, alles über den Haufen zu werfen. Ich sank aufs Bett und presste mein Gesicht ins Kopfkissen.

Ich weiß nicht, wie viel Zeit verging. Irgendwann richtete ich mich wieder auf und beschloss, ohne weitere Verzögerung zu packen, mein rotgeheultes Gesicht zu waschen und aufzubrechen. Was blieb mir auch anderes übrig? Ich hatte mir gewünscht, an diesem Wochenende ein neues Kapitel meines Lebens aufzuschlagen, und die Chancen hatten nicht schlecht gestanden. Aber offensichtlich hatte das nicht ausgereicht. Die Dinge entwickelten sich anders, warum auch immer, und wie es aussah, ohne dass ich etwas daran ändern konnte. Ich war eben blauäugig gewesen. Nun blieb mir nichts anderes übrig, als nach Hause zurückzufahren und abzuwarten. Fürs Erste jedenfalls. Wilfried wird mich wahrscheinlich mit hoffungsfrohen Fragen bombardieren und mir keine ruhige Minute lassen, überlegte ich. Die Vorstellung löste Widerwillen in mir aus. Und Mitleid. Furcht. Bebende Wut auf Marie. Das war alles ihre Schuld. Ein kindisch-trotziger Gedanke, der eher dem Reifegrad einer Fünfzehnjährigen entsprach. Wenigstens merkte ich es, auch wenn sich dadurch an meiner Verletztheit wenig änderte.

Ich ging ins Bad und wusch mir das Gesicht mit kaltem Wasser. Im Spiegel sah ich mir in die Augen, bis ich meinen Anblick nicht mehr ertrug. Vielleicht ist es ja besser so, dachte ich plötzlich. Wäre ich wirklich stark genug für ein Leben mit Marie? Könnte ich tatsächlich alles hinter mir lassen? Sei nicht albern, antwortete ich mir selbst. Ich hätte es versucht, und alles andere hätte sich gefunden. Irgendwie und irgendwann, zum rechten Zeitpunkt. Andererseits – Marie hatte nicht Schluss gemacht. Sie brauchte einen Aufschub – genau wie Wilfried und offensichtlich auch Klaus. Vielleicht sollte ich keine überstürzten Entscheidungen treffen.

Mit einer langsamen Bewegung schob ich den Kleiderschrank wieder zu und horchte in mich hinein. Wie sinnvoll war es eigentlich, in aller Eile meine Sachen zusammenzuraffen und wie auf der Flucht die Stadt zu verlassen? Es tut weh, allein hierzubleiben und meinen Vorstellungen und Träumen nachzutrauern, ständig die Bilder vor Augen zu haben, wie diese Tage hätten sein können, dachte ich. Es tut auch weh, aufzubrechen und desillusioniert zurückzukehren. Mit gesenktem Kopf und bangem, verwirrtem Herzen. Ich nickte. Genau. Ich würde hierbleiben. Ein, zwei Tage. Die Zeit für mich nutzen, um mit mir ins Reine zu kommen – wenn das möglich war. Oder einfach nur um Abstand zu gewinnen: eine wohltuende Distanz zwischen mir und meinen heftigen Empfindungen wäre bereits ein Gewinn. Wenn es sonst schon nichts zu gewinnen gab.

Jahrelang hatte ich nicht so intensive Gefühle verspürt wie in den letzten Monaten. Es war nur allzu verständlich, dass mich die Situation derart belastete, aber sie sollte mich nicht aus der Bahn werfen. Warum nicht in die Dalí-Ausstellung gehen oder das Kostümfest besuchen? Mich ablenken und anregen lassen?

Der Gedanke löste keine stürmische Begeisterung in mir aus, aber er fühlte sich immer besser an. Ich atmete tief durch.

13 Lisa

Der Tag brach an, ohne dass ich ihn darum gebeten hatte. Weckerschrillen bohrte sich in meine Ohrmuschel wie ein Presslufthammer. Als ich mich endlich erinnern konnte, wer ich war und was den ohrenbetäubenden Lärm augenblicklich ersterben lassen würde, wälzte ich mich herum, schleuderte das gute Stück an die Wand und zog mir die Bettdecke mit einem zufriedenen Seufzen wieder über den Kopf.

Doch mein Tiefschlafzerstörer ließ sich davon nicht mal ansatzweise beeindrucken. Es dauerte noch eine volle Minute, bis ich begriff, dass mein Wecker völlig unschuldig war und nun ein jähes und gewaltvolles Ende gefunden hatte, das allein ich zu verantworten hatte. Erst dann registrierte ich, dass mein Telefon klingelte. Um nicht mal neun Uhr morgens. An einem freien Samstag. Nach nur wenigen Stunden Schlaf und einer aufregenden Nacht mit einer Tempeltänzerin. Tanz, Sex, und zwar hemmungslosen, Alkohol in für mich ungewohnter Menge – das stellte eine Kombination ausschweifender Genüsse dar, nach denen ich mindestens zwölf Stunden Schlaf brauchte, lieber noch vierzehn, um mich in meiner gewohnten Umgebung wieder zurechtzufinden und meine Körperfunktionen zu einem halbwegs normalen Standby-Betrieb bereit waren.

Eine weitere Minute lang ignorierte ich das Klingeln. Wenn es ein Marktforschungsinstitut war, das meine Meinung zu den neuesten Steuerplänen der Bundesregierung oder zur Entwicklung der Milchpreise, meinem Telefonierverhalten, Bespitzelung am Arbeitsplatz (oder in Hotels!) oder zu was auch immer hören wollte, würde es in Kürze aufgeben; war meine Mutter am anderen Ende der Leitung, sollte ich mich ohnehin besser tot stellen. Mütter, die ihre Töchter an einem freien Samstag vor neun Uhr sprechen wollten, konnten nichts Gutes im Schilde führen. Verflossene Liebhaberinnen sowieso nicht, und wer auch immer sonst etwas von mir wollte – sechzehn Uhr wäre eine hervorragende Zeit, Einzelheiten zu besprechen …

Zwei Minuten lang herrschte liebliche Ruhe. Ich grinste zufrieden, entspannte meine Gesichtszüge und zuckte heftig zusammen, als das Telefon erneut loslegte.

»Scheiße«, murmelte ich und streckte den Arm aus. »Jetzt reicht's aber!«

Ich griff nach dem Hörer und wollte gerade einen Schwall unfreundlichster Begrüßungsfloskeln loslassen, die mir auch an einem verkaterten Morgen mühelos über die Lippen gingen, als meine Stimmbänder einfroren – glücklicherweise.

»Ich hoffe, ich habe Sie nicht geweckt, Lisa.«

Nach drei Schrecksekunden schüttelte ich vorsichtig den Kopf.

»Nö«, hauchte ich ins Telefon, nachdem mir eingefallen war, dass Amelie Rupert mich glücklicherweise nicht sehen konnte. Niemals würde ich mir ein Bildtelefon anschaffen. »War grad unter der Dusche.« Immerhin, um eine Ausrede war ich auch unter erschwerten Bedingungen nicht verlegen.

»Na, wunderbar – dann sind Sie ja frisch und munter«, rief sie mit ätzend kristallklarer und tatendurstiger Stimme, die nach zwölf Stunden Schlaf unter einem Aroma-Sauerstoff-Zelt, einer kleinen Joggingrunde sowie einem vitaminreichen, gesunden Frühstück klang.

Ich hasse Frauen, die um diese Uhrzeit putzmunter durch die Gegend laufen, noch dazu am Wochenende, und die ihre beneidenswerte Form dann allen anderen auch noch unter die Nase reiben. Ich hielt meinen Kopf behutsam aufrecht und begann mich Zentimeter für Zentimeter hochzustemmen. Sekt und Wodka und zu wenig Schlaf plus Anruf der Eislady war offensichtlich keine gute Kombination, um schwindelfrei in den Tag zu kommen.

»Ja, ich fühl mich ganz gut«, erwiderte ich dann langsam. Das war die Übertreibung des Jahrtausends. Ich ließ sie einen Moment auf meiner pelzigen Zunge zergehen. »Ich wollte gerade ins Wochenende aufbrechen. Bin sozusagen auf dem Sprung«, fügte ich, mutig geworden, fast eifrig hinzu. Auf dem Sprung zurück in meine Kissen, um in einen komatösen Schlaf zu fallen, vervollständigte ich den Satz im Stillen.

»Ach, es tut mir leid, wenn ich Ihre Pläne durcheinanderbringe«, zwitscherte die Rupert fröhlich – ich hatte gar nicht gewusst, dass ihre Stimmbänder zu einer solchen Leistung fähig waren, aber bei meiner Chefin lag ich ja häufiger falsch. »Ich brauche Sie dringend im Hotel. Wie es aussieht, fallen heute Morgen einige Kräfte aus – plötzliche Migräneattacken. Ich kann mir gar nicht vorstellen, warum ...«

Ich lächelte hilflos und stumm, fast ein wenig dümmlich. Dann begann sich eine Welle überschäumenden Selbstmitleids vor mir aufzubauen.

»Wann können Sie hier sein?«

Ach, geben Sie mir zwei Tage, es dürfen auch drei sein, dachte ich.

»Darf ich in einer halben Stunde mit Ihnen rechnen?«

Ich nickte und legte wenig später auf, um einen Moment vor mich hinzustarren. Die Woge des Selbstmitleids erreichte die Höhe des Funkturms. Wie viel Aspirin konnte man auf einmal einwerfen, ohne dass die Leber sofort schlappmachte?

Ich konnte mich nicht daran erinnern, dass die Rupert je freundlicher zu mir gewesen wäre: Sie lächelte an diesem Tag häufiger als in all den Wochen zuvor. Hin und wieder hatte ich das untrügliche Gefühl, dass sie belustigt war und genau wusste, dass ich erstens einen Kater von der Größe eines bengalischen Tigers mit mir herumschleppte und zweitens eifrigst bemüht war, keinerlei Schwäche zu zeigen. Dann wieder war ich davon überzeugt, dass mein Schauspiel sie völlig überzeugte. Immerhin erwiderte ich ihr Lächeln nahezu unablässig, zum einen weil ich festgestellt hatte, dass diese Mimik meine Kopfhaut auf angenehme Weise dehnte und zusammen mit den Tabletten zumindest zeitweise für Entkrampfung sorgte; zum anderen wollte ich mir selbstverständlich keinerlei Blöße geben. Niemals! Nicht vor Ameliste! Aber es gab noch einen dritten Punkt, den ich beharrlich vor mir selbst zu leugnen versuchte: Amelie hatte Charme, und es gefiel mir, wie sie mich ansah, zumindest in den Momenten, in denen ich meine Kopfschmerzen ignorieren konnte.

Gegen Mittag verzog ich mich kurz in die Küche, und Inge warf mir einen mitleidigen Blick zu, der mir das Herz angenehm wärmte. Als Nächstes braute sie mir einen Gemüse-Kräuter-Obstsaft zusammen, dessen Geschmack an Scheußlichkeit kaum zu überbieten war, und blieb in unmissverständlich drohender Haltung neben mir stehen, bis ich den schleimigen krötenbraunen Sud in mich hineingeschüttet hatte. Zu meiner grenzenlosen Verwunderung stellte ich kurz darauf aber tatsächlich eine Art Entspannungsgefühl in Kopf und Verdauungstrakt fest, wofür ich Inge auf ewig dankbar sein würde.

Wenig später schickte die Rupert mich zur Aushilfe nach unten an die Rezeption. Glücklicherweise hatte ich mit keiner Frau zu tun, die mich auch nur annähernd an Ronja erinnerte, was zweierlei bedeuten konnte: Die Tempeltänzerin war längst abgereist, oder aber sie schlief noch – mein Gott, darum würde ich sie zutiefst beneiden. Sicherheitshalber rief ich im PC die Liste der an diesem Samstag abreisenden Gäste auf – ich wollte zumindest vorbereitet sein, falls theoretisch die Möglichkeit bestand, dass Ronja sich plötzlich vor mir aufbaute. Ich traute ihr durchaus zu, dass sie sich zu einem anzüglichen Lächeln berufen fühlte. Oder einer ebensolchen Bemerkung. Vielleicht konnte ich ihr gestisch und mimisch irgendwie klarmachen, dass meine Chefin nicht allzu viel von meinen Vorzügen als Sexgespielin wissen musste und meine Kolleginnen auch nicht.

Ich atmete tief durch, als ich feststellte, dass die Bauchfreie bereits ausgecheckt hatte – es gab nur einen Gast mit ihrem Vornamen – und hing einen Moment durchaus anregenden Erinnerungen nach. Ein Räuspern ließ mich hochblicken. Ameliste stand am anderen Ende der Rezeption und fixierte mich, während sie langsam näher kam. Mein Blutdruck stieg augenblicklich um schätzungsweise zehn bis zwanzig Punkte.

»Alles in Ordnung?«, fragte sie, als sie vor mir stand.

»Ja, natürlich.«

»Keine Besonderheiten beim Ein- und Auschecken?«

»Mir ist nichts aufgefallen«, entgegnete ich und kam der Wahrheit damit deutlich näher.

Sie schürzte kurz die Lippen. »Sie sind etwas blass um die Nase.«

Meine Güte, die Rupert machte sich alles Ernstes Sorgen um meine Befindlichkeit! Ich war baff. Vielleicht befürchtete sie aber auch nur, ihr dümmliches Datensortierungshäschen könnte schlappmachen, bevor sie und ihre Leute am Ziel ihrer Wünsche waren, worin auch immer das bestehen mochte …

»Und Sie wirken überanstrengt.«

Ich nickte treuherzig. Damit lag sie ohne Zweifel richtig.

»Na ja, ein paar Stunden noch, dann können Sie nach Hause gehen und den wohlverdienten Schlaf nachholen.«

Dem *wohlverdient* haftete eine süffisante Note an, wenn ich richtig gehört hatte, und die Bemerkung ließ ich mich auch noch in anderer Hinsicht aufhorchen, doch bevor ich dazu kam, meine Irritation genauer zu erforschen und mir intensivere Gedanken über eine angemessene Reaktion zu machen, trat ein Gast an den Tresen.

Amelie Rupert hob kurz eine Augenbraue, nickte der Frau lächelnd zu – meine Güte, das wurde ja inzwischen direkt zur Gewohnheit bei ihr! – und wandte sich dann ab, um mich meine Arbeit machen zu lassen. Ich spürte, dass sie im Hintergrund nach einem Ordner suchte oder zumindest diesen Eindruck erweckte und fragte mich nicht zum ersten Mal an diesem Tag, was eine Unternehmensberaterin dazu bewog, ihrem Job sogar am Wochenende nachzugehen.

»Guten Tag und herzlich willkommen im Hotel Marlene«, spulte ich meinen Text so verbindlich wie möglich herunter, während Ameliste hinter mir unermüdlich weitersuchte.

Die Frau hieß Becky Koch und hatte ein Einzelzimmer gebucht beziehungsweise in aller Herrgottsfrühe, als ich wahrscheinlich gerade erschöpft in die zweite Tiefschlafphase geglitten war, um eine Reservierung gebeten, wie ich wenig später feststellte.

»Möchten Sie die Formalitäten handschriftlich auf einem Vordruck erledigen oder ist es Ihnen lieber, wenn ich Ihre

Angaben gleich in den PC eingebe?«, fragte ich höflich und besah sie mir genauer. Ich hoffte, dass sie, wie die meisten Gäste, aus Bequemlichkeit der PC-Eingabe zustimmte, denn so musste ich die Informationen nicht abtippen, sondern konnte sie gleich in die Datenbank eintragen.

»Danke, aber ich fülle das Blatt bei einem Cappuccino selbst aus und bringe es Ihnen dann«, erklärte sie freundlich-bestimmt. »Ich mag dieses Ritual. Es gibt mir das Gefühl anzukommen.«

»Natürlich. Ganz wie Sie wünschen.« Der Gast hat immer recht.

Irgendetwas an der Frau kam mir bekannt vor, auch wenn mir der Name nichts sagte. Sie durfte ungefähr in meinem Alter sein, trug ihr schwarzes Haar auffallend kurz und war geschäftsmäßig gekleidet: weinroter Blazer, schwarze Hose, weiße Bluse. Das Make-up betonte ihre braunen Augen aufs Angenehmste und stammte ganz sicher nicht von einer freundlichen, hilfsbereiten Nachbarin. Sie wäre ohne weiteres als erfolgreiche Bankerin durchgegangen. Vielleicht sollte man ihr das aber trotzdem nicht sagen – Banker hatten zur Zeit nicht gerade den allerbesten Ruf. Bankerinnen wahrscheinlich auch nicht.

Becky Koch drehte sich schwungvoll um, nahm im Foyer an einem der niedrigen Tische in einem Ledersessel Platz und ließ sich einen Cappuccino bringen. Dann begann sie ihre Personalien einzutragen – mit einem Füller, der wahrscheinlich mehr gekostet hatte als die komplette Erstausstattung meiner Wohnung – und die hatte ich seinerzeit nicht bei ebay ersteigert. Zwischendurch klingelte ihr Handy, und sie telefonierte leise und kurz. Angenehme Frau, dachte ich, trotz Bankerinnenflair. Durchaus interessant, fügte ich ein weiteres Attribut hinzu.

Meine Chefin schien das ähnlich zu sehen, denn sie hatte ihre nervtötende Ordnersuche hinter mir inzwischen eingestellt und saß ebenfalls im Foyer. Sie hatte einen Laptop vor sich, blickte aber kaum auf den Monitor, sondern musterte verstohlen die attraktive Frau. Plötzlich schoss sie einen ihrer gletscherblauen Blicke so pfeilschnell auf mich ab, dass ich nicht mehr ausweichen konnte. Meine Herzfrequenz verdoppelte sich, meine Körpertemperatur ebenfalls, während sie meinen Blick festhielt und ... nun ja: seltsam wissend schmunzelte. Ich atmete tief durch und hatte auf einmal ein ähnliches Ordnersuchsyndrom wie Ameliste.

Zehn Minuten später stand Becky Koch wieder vor mir und reichte mir das Blatt zusammen mit ihrem Personalausweis. Ich verglich die Angaben mit inzwischen geübtem Blick. Eine Münchnerin, aber keine gebürtige, was mich nicht weiter wunderte, denn sie sprach keinen Dialekt.

»Sie sind ja in Berlin geboren«, entschlüpfte es mir.

»Ja, und zwar mitten in Schöneberg«, bestätigte sie lächelnd.

»Interessant – ich auch.« Aus den Augenwinkeln bekam ich mit, dass meine Chefin ihren Laptop zuklappte und entschwand – wohin auch immer.

»Abitur an der Ulrich-von-Hutten-Oberschule«, fuhr die Frau fort.

»Oh – ich auch.«

»1990«, ergänzte sie fröhlich und warf einen langen Blick auf mein Namensschild. »Lisa Krone.« Sie sah wieder hoch. »Na klar: Englisch Leistungskurs, stimmt's? Wenn mich nicht alles täuscht, hast du seinerzeit dem alten Glock den Spitznamen Glöckner verpasst, oder?«

»Und ob – wer denn sonst?« Ich schlug mir an die Stirn, was keine allzu gute Idee gewesen war, schluckte den Schmerz aber tapfer hinunter. »Menschenskinder – Becky, du bist es!«

Sie lächelte. »Genau!«

Die kleine zarte Becky mit dem seidigen schwarzen Haar und den treuen rehbraunen Augen hatte seinerzeit so manchem Jungen den Kopf verdreht – manchem Mädchen auch, aber da war nichts zu holen gewesen, wie ich mich augenblicklich wehmütig erinnerte. Sie musste geheiratet haben, denn ihr Nachname sagte mir gar nichts.

»He, was machst du in Berlin, noch dazu in einem Hotel? Hast du dich mit deinen Eltern so verkracht, dass du nicht nach Hause kannst?«

Sie lachte kurz. »Nein, nein. Ich bin geschäftlich unterwegs und habe nur wenig Zeit bis zum nächsten Termin. Meine Eltern wissen gar nicht, dass ich hier bin, und das ist auch besser so.« Sie lachte ein zweites Mal, wie ich fand, etwas unmotiviert.

»Ich verstehe – auf gut Deutsch: Du willst dich vor Muttis Napfkuchen und Buletten mit Kartoffelsalat und dem ganzen Familiengedöns drücken!«

»So kann man es auch ausdrücken.«

»Wie gut ich das nachvollziehen kann.« Ich nahm sie näher in Augenschein. »Du siehst prächtig aus, Becky, wenn mir die Bemerkung erlaubt ist. Was machst du so? Lass mich raten – glücklich verheiratet plus steile Karriere?«

Sie verlagerte das Gewicht von einem Bein aufs andere. »Na ja, verheiratet war ich mal, und zwar nicht allzu glücklich, aber lassen wir das Thema. Doch beruflich läuft es ganz gut. Ich bin als freie Übersetzerin recht passabel im Geschäft.«

»Oh, gratuliere. Ja, ich erinnere mich, du warst ja schon in der Schule ein großes Sprachtalent. Englisch und Französisch hast du immer mit links bewältigt.« Ich seufzte. »Im Gegensatz zu mir.« Was hatte ich eigentlich je gut bewältigt? Geschweige denn mit links?

»Ja, schon, aber damit allein kommt man heutzutage nicht mehr allzu weit, um ehrlich zu sein«, erklärte sie bereitwillig. »Ich habe mein Spektrum erweitern müssen, um richtig ins Geschäft zu kommen und dort auch zu bleiben. Die Konkurrenz ist groß.«

»Aha.« Ich lauschte interessiert. »Und in welche Richtung hast du besagtes Spektrum ausgeweitet, wenn ich fragen darf?«

»Ich beherrsche inzwischen einige wichtige chinesische Dialekte, die ziemlich gefragt sind.«

»Wow!« Ich staunte nicht schlecht. »Das ist allerdings mal was anderes.«

»Und wie läuft es bei dir so?«, fragte sie, bevor ich vor lauter Bewunderung vergaß, den Mund zu schließen. Vielleicht hatte sie auch keine Lust mehr, Rede und Antwort zu stehen und mein bewunderndes Staunen über sich ergehen zu lassen.

»Tja …« Ich hob kurz die Hände. »Nicht ganz so beeindruckend, wenn ich ehrlich sein soll. Ich habe vieles ausprobiert und bin vor kurzem hier in diesem Hotel gelandet, mehr oder weniger zufällig.« So konnte man es auch ausdrücken. »Doch die Arbeit ist ganz interessant.« Das klang zwar lahm, entsprach aber der Wahrheit.

Becky nickte, wie mir schien, ein wenig betreten. Die kurze Schilderung meines simplen Werdegangs schien sie im direkten Vergleich mit ihrer Karriere unangenehm zu berühren. Vielleicht tat ich ihr auch leid. Der sanfte Blick aus den rehbraunen Augen ließ jedenfalls eine solche Einschätzung zu, und mir war nicht unbedingt wohl dabei. Meine Güte, es hätte auch schlimmer kommen können. Ich räusperte mich. »Na ja, egal. Mal sehen, was das Leben noch für mich bereit hält. Ich wünsche dir jedenfalls einen schönen Aufenthalt und viel Erfolg bei allem, was so anliegt.«

»Danke.« Sie machte keinerlei Anstalten, das Gespräch fortzusetzen oder gar auf andere Themen auszuweiten, sondern griff, wie mir schien erleichtert, nach ihrer Tasche. »Man sieht sich.«

Damit entschwand sie in Richtung Fahrstuhl, und ich spürte eine Art frustgetränkten Ärger in mir aufsteigen, gewürzt mit einer Prise Neid. So konnte man also mit Mitte dreißig auch dastehen, dachte ich – schick und gestylt, auf dem Weg zu wichtigen Geschäftsterminen, wo eilfertige Sekretärinnen bereits hoffnungsfroh nach einem Ausschau hielten oder niedere Hotelangestellte sich glücklich schätzten, in grauer Vorzeit die Schulbank mit einem gedrückt zu haben. Irgendwas läuft verdammt falsch in meinem Leben, dachte ich. Wenn ich nur wüsste, was.

Gedränge am Eingang lenkte mich von meinen trüben Gedanken ab. An der Tür gab es offensichtlich einen kleinen Stau. Mehrere Frauen waren im Begriff, das Hotel zu verlassen, unter ihnen auch Charlotte Winkler, wie ich bei genauerem Hinsehen feststellte. Jemand entschuldigte sich, Rufen und Lachen wurde laut. Ich beobachtete, wie Charlotte Winkler unvermittelt beiseite trat und anderen Frauen den Vortritt ließ. Einen Moment starrte sie zum Fenster hinaus, trat einen Schritt nach vorn, um dann wieder zu stocken. Schließlich wandte sie sich abrupt um und eilte zurück ins Foyer und weiter in Richtung Fahrstühle. Da kein Aufzug bereit stand, entschloss sie sich, die Treppe zu benutzen und entschwand rasch meinen Blicken.

Ich war einigermaßen verblüfft, denn Charlotte Winkler hatte es zunächst ziemlich eilig gehabt, das Hotel zu verlassen, und ihre Meinung dann unversehens geändert. Sie machte nicht den Eindruck einer Frau, der einfiel, dass sie vielleicht ihr Taschentuch vergessen hatte oder den Stadtplan oder die sich dann doch noch mal rasch die Nase pudern wollte. Sie hatte irgendetwas gesehen, worüber sie höchst beunruhigt schien, überlegte ich. Apropos – wo war eigentlich die heißersehnte Marie Hauser? Die müsste ja inzwischen längst eingetroffen sein. Ein Blick in den Computer belehrte mich eines Besseren. Charlotte wartete immer noch. Merkwürdig. Ich runzelte die Stirn und schloss das Fenster.

»Was haben Sie denn mit Ihren Handgelenken gemacht?«

Amelie Ruperts Stimme erklang so plötzlich hinter meinem Rücken, dass nicht viel gefehlt hätte und ich wäre vor Schreck über den Tresen gesprungen. Ich drehte mich langsam um. Meine Miene sollte Gelassenheit widerspiegeln, allenfalls ein heiteres Fragezeichen setzen. Ob mir das hundertprozentig gelang, wagte ich zu bezweifeln.

»Bitte?«

»Ihre Handgelenke – haben Sie eine Allergie?«

Ich sah irritiert auf meine Hände hinunter, während sie neben mich trat und gleichzeitig ihren forschenden Blick durchs Foyer schweifen ließ. »Sieht nicht gut aus«, schob sie hinterher. »Vielleicht sollten Sie es mal mit einer feuchtigkeitsspendenden Salbe versuchen.«

Es dauerte einige Sekunden, bevor der Groschen schließlich fiel. Ronja hatte die Fesseln ziemlich fest zugezogen. Schmale, blassrosa Druckstellen zierten beide Handgelenke, was mir bislang gar nicht aufgefallen war. Leider. Als der besagte Groschen endlich klimpernd aufschlug, nahm mein Gesicht jenen Auberginen-Paprika-Tomaten-Ton an, mit dem man aus jeder x-beliebig großen Menschenmenge bestens hervorsticht. Ich wedelte mir unauffällig Luft zu.

»Eine Nickel-Allergie«, erwiderte ich ein wenig kurzatmig und gratulierte mir zu meinem spontan abrufbaren medizinischen Fachwissen.

»Ach so. Das fällt unter Kontaktallergie, oder?«

Ich nickte. Mehr war einfach nicht drin. Plötzlich drehte sie den Kopf und sah mich mit seltsam mildem Gletscherblick an. Die Klimaerwärmung macht auch vor Amelie Rupert nicht halt, schoss es mir absurderweise durch den Kopf. Ihre Mundwinkel zuckten, eine Augenbraue schien mitmachen zu wollen, entschied sich dann aber doch anders.

»Sie können Feierabend machen, Lisa«, sagte sie in irritierend weichem Ton.

Danke, dachte ich und schloss für einen Moment die Augen, bevor ich mich schneller aus dem Staub machte, als es nach den Benimmregeln angemessen gewesen wäre.

14 Hannah

Steffen Pollmann hatte die Ausgangssituation anfangs für zu dünn gehalten, um eine detaillierte Untersuchung einzuleiten, ging mir noch einmal durch den Kopf, als ich in die Stadt fuhr. Erst als ich meinem Chef weitere Fälle vorlegen konnte, in deren Umfeld immer wieder eine bestimmte Firma und eine Frau beziehungsweise zwei Frauen aufgetaucht waren, kam er ins Grübeln. Auch die Tatsache, dass ausgerechnet die beiden Frauen, die der Privatdetektiv Meinhard seinerzeit in dem Frankfurter Hotel beobachtet hatte, seitdem regelmäßig zu Gast in einem Berliner Frauenhotel waren, und zwar immer gleichzeitig, fand er beachtenswert.

Doch meinem Vorschlag, auf eine Vernehmung der Frauen zu verzichten, um sie nicht zu warnen, sondern eine verdeckte Observation im Hotel durchzuführen und sie auf frischer

Tat zu ertappen, stimmte er schließlich nur zu, weil ich bereit war, den Hauptteil der Arbeit und die gesamte Verantwortung selbst zu übernehmen, und ihm außerdem vorrechnen konnte, welchen finanziellen Schaden die Leute bislang angerichtet hatten – basierend auf groben Schätzungen der Fälle, über die wir bisher Kenntnis hatten.

Ich war fest davon überzeugt, dass wir die Verdächtigen nur überführen konnten, wenn wir sie in Sicherheit wiegten. Hier agierten mehrere ebenso kaltschnäuzige wie umsichtige und intelligente Leute, die bis ins Detail planmäßig vorgingen und das Risiko so gering wie möglich hielten. Hintergrund und Umfeld waren unauffällig und völlig überzeugend, und in keiner der geschädigten Firmen hatte jemand bemerkt, bei welcher Gelegenheit und auf welche Weise sie bestohlen worden waren. Manche wussten wahrscheinlich noch gar nicht, dass überhaupt etwas faul war – und merkten es unter Umständen erst, wenn ein anderes Unternehmen die Früchte ihrer Arbeit erntete. Da waren echte Profis am Werk, dachte ich. Aber auch die machten Fehler. Dumme Fehler. Glücklicherweise.

Dass ich sowohl das Frauenhotel als auch Margot Sander bereits aus einem gänzlich anderen Zusammenhang kannte, wusste mein Chef nicht und hatte ihn auch nicht zu interessieren. Wahrscheinlich wunderte er sich ein wenig, dass die Hotelbesitzerin so schnell und ohne großartige Bedenken meinem Plan zugestimmt hatte, die Ermittlungen mit einer beratenden Tätigkeit zu kaschieren und zumindest teilweise selbst im Tagesgeschäft mitzuwirken.

Was ihm arge Kopfzerbrechen bereitete, waren juristische Bedenken bezüglich der datenrechtlichen Brisanz. Margots Datenbank verdiente diesen Namen nicht, und die Observation machte eine umfassende Erneuerung und Ergänzung wichtiger Kategorien erforderlich, die natürlich alle Gäste betrafen und um die weder ich mich kümmern konnte noch Margot. Eine andere Hotelangestellte kam auch nicht in Frage, weil die garantiert stutzig werden und unter Umständen mal nachhaken würde. Das war nicht in unserem Sinne, also musste eine neue Kraft eingestellt werden. Mir schwebte eine Frau vor, die nur wenig Erfahrung besaß, aber nicht dumm war und den Job dringend brauchte. Sie sollte möglichst ungebunden sein und finanziell angeschlagen, kurzum: Ich erhoffte mir eine Angestellte, die nicht allzu viel fragte.

Pollmann hatte sich zunächst mächtig geziert, weil er befürchtete, dass doch etwas nach außen dringen könnte, und ließ sich regelmäßig auf dem Laufenden halten. Der Missbrauch personenbezogener Daten war ein aktuelles Thema, und er wollte seine Karriere auf keinen Fall gefährden. Aber wer wollte das schon? Doch Lisa passte so gut in mein Konzept, dass ich ihn schließlich überzeugen konnte, mir freie Hand zu lassen. Außerdem ... Ja, sie gefiel mir. Jeden Tag ein bisschen mehr. Aber das ging natürlich niemanden etwas an.

Ich spürte, dass ich lächelte. Dabei stand mir aller Wahrscheinlichkeit nach ein langes Wochenende bevor. Die Hinweise von Kollegen häuften sich, dass in den nächsten Tagen etwas passieren könnte. Der Zeitpunkt wäre jedenfalls ideal.

15 Charlotte

Von der Stadtrundfahrt bekam ich nicht viel mit. Der Schmerz saß direkt hinter der mühsam aufrechterhaltenen Fassade und schien nur auf seine Chance zu lauern. Ich starrte zum Fenster hinaus und dachte immer wieder, dass der lange kalte Winter gut zu meiner Stimmung passte. Vor Jahren hatte ich eine schwere Depression durchlebt, die sich zu Beginn ganz ähnlich angefühlt hatte. Bis ich irgendwann gar nichts mehr gespürt hatte außer diesem gläsernen Panzer, hinter dem das Leben ohne mich weiterlief, und nichts schien unvorstellbarer als die Möglichkeit, irgendwann wieder daran teilhaben zu können. Womöglich in heiterer Stimmung oder auch nur zufrieden. Am Potsdamer Platz stieg ich aus und sah mir die Dalí-Ausstellung an, ohne mehr als kurzfristige Ablenkung zu finden.

Als ich ins Hotel zurückkehrte, war ich kurz versucht, doch meinen Koffer zu packen. Ich weiß nicht, was mich abhielt – glücklicherweise abhielt, denn das Kostümfest, dem ich eigentlich nur eine Stippvisite hatte abstatten wollen, entwickelte sich zu einer unerwartet vergnüglichen Angelegenheit. Selten, wahrscheinlich niemals zuvor hatte ich so viele tanzende, feiernde, flirtende und lachende Frauen auf einmal gesehen.

Normalerweise drückte ich mich um Einladungen zu Karnevals- und Faschingsfesten, die ja in Hannover auch nicht allzu verbreitet waren. Doch an diesem Abend begriff ich plötzlich, wie sinnvoll und aufregend es sein konnte, für ein paar Stunden eine Maske aufzusetzen und das eigene Leben dahinter zu verbergen, so dass es für den Moment bedeutungslos wurde. Im Kaminzimmer standen Kisten und Garderobenständer mit Kostümen für die Hotelgäste bereit. Ich entschied mich für einen langen grellbunten Umhang, eine weißgelockte Perücke sowie eine venezianische Maske. Kein Mensch hätte mich so erkannt.

Nach zwei, drei Drinks an der Bar mischte ich mich unter die Tanzenden und genoss die ausgelassene Stimmung. Die laute Musik übertönte jeden Missklang in meinem Inneren.

Direkt neben mir vergnügte sich eine Tempeltänzerin mit einem schwarzgesichtigen Wesen in Pluderhose und Turban, und es war offensichtlich, dass die beiden in dieser Nacht noch einiges vorhatten. Einen Moment lang beneidete ich das Paar zutiefst – nein, falsch: für einen Moment konnte ich zugeben, dass ich die beiden um ihre Unbeschwertheit beneidete und um die erotische Anziehungskraft, der sie sich ohne Wenn und Aber überließen, während ich am Rande stand und zusah – versteckt hinter einer Maske. Ich hätte zu gern gewusst, ob sie ein langjähriges Paar waren oder sich gerade erst kennengelernt hatten und sich vielleicht nach dieser Nacht nie wiedersehen würden. Oder ob dieses Fest der Beginn einer wunderschönen Liebesgeschichte war. Alles war denkbar.

Ich stellte mich etwas abseits und beobachtete, wie die beiden ebenfalls eine Verschnaufpause einlegten und eine Weile miteinander flüsterten. Kurz darauf bahnten sie sich Hand in Hand und mit einer Flasche Sekt gerüstet den Weg durchs Gedränge. Ich wollte mich gerade wieder umwenden, als ich mitbekam, wie rechts von mir eine hochgewachsene Gestalt, die ich bis zu diesem Moment gar nicht wahrgenommen hatte, den Kopf wandte und den Frauen nachblickte und schließlich nach kurzem Zögern folgte. Sie trug eine Art Sultanskostüm mit zusätzlichem Gesichtsschleier, und ich war mir seltsam sicher, dass sie dem erotisch angeheizten Paar auf den Fersen bleiben würde. Vielleicht eine enttäuschte Geliebte? Eine Voyeuristin, die sich die Gelegenheit nicht entgehen lassen wollte?

Das Paar verschwand durch eine schmale Seitentür und kurz darauf folgte ihnen die Sultansfrau, nachdem sie den Blick noch einmal durch den Raum hatte schweifen lassen. Irgendetwas an ihrer Körperhaltung kam mir bekannt vor, aber ich konnte nicht sagen, was es war, und ich hatte auch keine Lust, länger darüber nachzugrübeln.

Zwei, drei Tänze und Drinks später war ich so müde und erschöpft, dass ich den Mut fand, auf mein Zimmer zu gehen und mich ins Bett zu legen. Auch die schwärzesten Grübeleien hatten nun hoffentlich keine Chance mehr, und wenn ich Glück hatte, würde ich tief und traumlos schlafen. Wie bescheiden meine Wünsche und Hoffnungen doch plötzlich geworden waren.

Am nächsten Tag begann das Hotelleben deutlich verzögert. Die meisten Gäste schliefen länger. Ich war zwar früh wach, ließ mir aber Zeit mit dem Aufstehen und bei meiner Morgentoilette. Ich gab mir Mühe, keinen trüben Verlustgedanken nachzuhängen, aber wenn ich ehrlich war, hatte sich längst ein Grauschleier über mein Leben gelegt, und ich wusste nicht, wie ich ihn beiseiteschieben sollte.

Ein früherer Freund von Wilfried hatte sich eine Weile intensiv mit Zen-Buddhismus beschäftigt, fiel mir plötzlich ein. Seine Standardempfehlung in guten wie in schlechten Zeiten lautete stets gleich: atmen. Toll, dachte ich. Der Rat war mir schon damals völlig überflüssig vorgekommen, und sein wissendes Lächeln hatte mich insgeheim immer wütend gemacht. Was für ein Blödsinn – atmen! Wie konnte ich auf die Art und Weise nur ein einziges Problem lösen? Ich schüttelte den Kopf. Atmen – das tue ich nebenbei, es ist selbstverständlich und lebensnotwendig, seit fünfundvierzig Jahren. Warum befasse ich mich eigentlich überhaupt damit?

Später bestellte ich mir ein kleines Frühstück aufs Zimmer, dazu eine Zeitung. Ich schaltete das Radio ein und aß ohne sonderlichen Appetit, während ein Kommentator über die Verantwortung der Wirtschaftsbosse sprach und an den meisten Bankern kaum ein gutes Haar ließ. Die Idee, zum Ku'damm zu fahren, war eine reine Verlegenheitslösung, eine spontane Idee, die nicht sonderlich einfallsreich war, aber ihren Zweck erfüllte: nicht in Tränen auszubrechen.

Im Foyer herrschte großer Andrang. Ich ging in Richtung Ausgang, direkt vor mir zwei Frauen, die ihre Kragen hochschlugen; hinter mir fragte jemand nach der nächsten Bushaltestelle. Ein Kichern bahnte sich den Weg. Ich ließ mich im Gewühl mittreiben und sah blicklos durch die bodentiefen Fenster auf die Straße.

Eine Frau kam beschwingten Schrittes und mit dem Handy am Ohr auf den Hoteleingang zu. Ich erstarrte und hatte das Gefühl, mich keinen Zentimeter mehr fortbewegen zu können. Marie trug eine Reisetasche und ein warmes Lächeln im Gesicht, das mir fast so vertraut war wie mein eigenes. So hatte ich es jedenfalls mal empfunden. Marie, die in Hamburg von geschäftlichen Problemen, dringender Arbeit und einem wider Erwarten aufgebrachten Ehemann so bedrängt worden war, dass sie unser Treffen, dieses ganz besondere Treffen im letzten Moment abgeblasen hatte, tauchte plötzlich doch in Berlin auf. Strahlend und gutaussehend wie eh und je. Was war passiert?

Ich stolperte, als ich von hinten angerempelt wurde und trat, automatisch eine Entschuldigung murmelnd, beiseite, um erneut stehenzubleiben, immer noch wie erstarrt. Ich konnte es kaum glauben. Mein Herz raste, und meine Knie waren weich. Vielleicht wird doch alles gut. Sie will mich überraschen, durchzuckte es mich, und wir werden doch feiern und planen und ... Ich machte einen Schritt nach vorn. Vielleicht versucht sie mich in diesem Moment anzurufen, aber mein Handy rührte sich nicht, während Marie ihren Schritt verlangsamte und eifrig telefonierte. Ich stand da und sah ihre Zähne aufblitzen. Es war doch besprochen, dass ich nach Hannover zurückfahre ... Gestern Abend. Sie weiß gar nicht, dass ich noch hier bin. Es war ihr sogar ziemlich wichtig, auffällig wichtig sogar, wenn ich es recht bedachte, dass ich noch am Abend abreiste. Sie hatte extra noch einmal nachgefragt. Der Gedanke flammte in mir auf. Im gleichen Augenblick schob sich jemand an mir vorbei, und ich zuckte zusammen. Die Frau hatte es ziemlich eilig. Sie warf mir einen kurzen ungnädigen Blick zu, hob dann die Hand und winkte jemandem zu, der draußen auf sie wartete. Marie?

Als ich das nächste Mal einen Blick auf Marie erhaschte, hatte sie ihr Telefonat beendet und kam direkt auf den Eingang zu – erwartungsfroh lächelnd. Bevor sie mich erblicken konnte, drehte ich mich um und eilte Sekunden später nach oben. Dort sank ich aufs Bett und starrte die Wand an. Plötzlich hatte ich nur noch einen Wunsch: in Erfahrung zu bringen, was hier gespielt wurde.

16 Lisa

Wer war Amelie Rupert?

Nachdem ich eine Mütze voll Schlaf nachgeholt und die zusätzliche Schicht verdaut hatte, saß ich am Nachmittag mit einer Tasse Kaffee am Küchenfenster, blies den Dampf fort und starrte zum Hinterhof hinaus. Die Frage war ungerufen in meinen Gedanken aufgetaucht und ließ sich dort gemütlich nieder, begleitet von einem irritierenden Flattern irgendwo in Herznähe. Ich wusste, dass ich beides auf Dauer nicht ignorieren konnte.

Der Klarinettenspieler von gegenüber hatte das Fenster

geöffnet und seinen dicken roten Kater auf ein ebenso rotes Plüschkissen gesetzt, von dem aus er nun mit großen Augen die Umgebung inspizierte. Wenn ich mich recht erinnerte, hieß er Muckel oder so ähnlich – ich meine, der Kater. Und wie kam ich da jetzt drauf? Egal.

Ich schaltete meinen Laptop ein, surfte kurz durch die Nachrichten des Tages und googelte dann kurzentschlossen Amelie Ruperts Namen, nachdem ich bei *telefonbuch.de* und ähnlichen Verzeichnissen keinen Erfolg gehabt hatte. Aber auch die Suchmaschine kannte diesen Namen nicht. Das musste nichts heißen – es gab genügend Leute, die darauf bedacht waren, in keinem öffentlichen Verzeichnis aufzutauchen. Dass ausgerechnet Ameliste Wert darauf legte, konnte alles Mögliche bedeuten – zum Beispiel dass sie nicht daran interessiert war, ohne Not personenbezogene Daten preiszugeben, da ihr klar war, was man damit anstellen konnte. Jedenfalls sofern irgendwo in einem Büro ein tumbes Mäuschen saß, das munter und ohne zu fragen alles an Informationen zusammenraffte, was man ihr vor die Füße warf.

Ich belegte ein Baguettebrötchen großzügig mit Salat, Käse und Salami und schenkte mir frischen Kaffee nach. Es wurde Zeit, etwas zu unternehmen, dachte ich plötzlich. Zu viele Fragezeichen, die nicht länger ignoriert werden sollten, sonst könnte ich es eines Tages bereuen. Du spinnst, schob sich eine schnippische Stimme dazwischen – was willst du denn schon unternehmen? Ich schnappte mir das Telefon und rief im Hotel an, um zu fragen, ob die Chefin noch im Hause war. Sie war. Ich legte wieder auf. Und nun?

Die Rupert kam meistens mit dem Wagen ins Hotel – jedenfalls soweit ich das mitbekommen hatte. Mein altersschwacher Renault schnurrte nach der letzten Reparatur, die ich mir dank meines Gehalts endlich hatte leisten können, wieder ganz munter durch die Stadt ... Ich steckte mir den letzten Bissen Baguette in den Mund, schlüpfte in eine warme Fleecejacke und stopfte mein Haar unter ein Basecap, bevor ich die Wohnung verließ und zum zweiten Mal an diesem Tag zum Hotel fuhr. Tiefschürfende Gedanken über mein Vorhaben verbot ich mir. Wer weiß, zu welchen Schlussfolgerungen ich gekommen wäre.

Ich parkte in einer Seitenstraße, von der aus ich den Hoteleingang gut im Blick hatte. Amelie Rupert trat auf die Straße, nachdem ich kaum eine knappe halbe Stunde gewartet und meine idiotische Idee nicht nur wegen der Kälte schon einige Male zutiefst bereut hatte – ohne jedoch imstande gewesen zu sein, das ganze Theater sofort zu beenden und mich zurück in meine warme Bude zu begeben, wo ich einen heißen Tee schlürfen und von der Tempeltänzerin träumen konnte. Wenig später fuhr Ameliste, die ihren Wagen auf einem überdachten Parkplatz neben dem Hotel abgestellt hatte, los. Ich würgte vor lauter Aufregung zunächst zweimal den Motor ab, bevor ich schließlich aus der Seitenstraße herausschoss und die Verfolgung des dunkelblauen Audis aufnahm. Catwoman hätte ihren Auftritt nicht auffälliger inszenieren können.

Da Amelie Ruperts Auto nicht das einzige war, das gerade in Richtung Friedrichstraße düste, hatte ich mir das Kennzeichen gemerkt und war mir dabei ziemlich schlau vorgekommen, aber als wirklich hilfreich erwies sich dann doch ihre ruhige und zugleich zügige Fahrweise. Am Checkpoint Charlie bog sie rechts in die Kochstraße ein, um die Wilhelmstraße bis zum Mehringdamm hinunterzufahren und sich dann weiter in Richtung Tempelhof und Mariendorf zu halten. Mir brach schon nach wenigen Minuten der Schweiß aus – im Fernsehen sahen Verfolgungen erheblich einfacher aus. Entweder hatte ich im dichten Verkehrsgewühl Mühe, den Anschluss nicht zu verlieren oder es taten sich plötzlich so große Lücken auf, dass ich befürchten musste, dem Wagen viel zu dicht und zu auffällig zu folgen.

Da ich keine Ahnung hatte, wo Amelie Rupert wohnte, konnte ich logischerweise auch nicht ausschließen, dass sie vielleicht jemanden besuchte oder vorhatte, den Rest des Wochenendes im Thüringer Wald zu verbringen oder in der norddeutschen Tiefebene. Als sie auf die Marienfelder Allee zufuhr, begann ich laut zu fluchen. Ganz offensichtlich hatte meine Chefin tatsächlich vor, Berlin zu verlassen, denn uns trennten inzwischen nur noch wenige Meter von der südlichen Stadtgrenze und Brandenburg.

Ich beschloss, an der nächsten Ampel zu wenden, in aller Gemütsruhe nach Hause zurückzukehren und mir einen gemütlichen Abend zu machen – wie gesagt: Ich könnte zum Beispiel von der Tempeltänzerin träumen. Dabei würde mir sicherlich sehr schnell warm werden. Und meine spontanen detektivischen Bemühungen würde ich unter Überlastungssyndrom abbuchen. Vielleicht saß ja Muckel auch noch am Fenster und würde mich mit gelbäugigem Blick begrüßen oder es kam ein guter Film im Fernsehen oder ich ging ins Kino … Es gab viele Möglichkeiten, sich den Abend nett zu gestalten. Die Große Analytikerin ordnete sich auf der Abbiegerspur nach Birkholz ein. Nach kurzem Zögern verwarf ich meine Überlegungen, unmittelbar zum gemütlichen Teil des Abends überzugehen, setzte den Blinker und folgte ihr. Überlastungssyndrome sind häufig mit unvorhersehbaren psychischen Auswirkungen und einem auffälligen Hang zu widersprüchlichen Entscheidungen verbunden.

Birkholz war klein und zeichnete sich hauptsächlich durch

eine im Bau befindliche Umgehungsstraße in Richtung Flughafen Schönefeld und ein überdimensionales Gartenlokal direkt an der Durchgangsstraße aus. Der Wagen bog in eine Dorfstraße ein, die – welch Überraschung – Birkholzer Straße hieß, und kam vor einem kleinen Bauernhaus zum Stehen. Ich hielt hinter einem Altglas-Container, sank tief in den Sitz und beobachtete, wie Ameliste ausstieg und das Gartentor öffnete. Ich zog mir das Cap bis über die Nase, rutschte noch tiefer und starrte unauffällig durch die Windschutzscheibe.

Einige Minuten später hatte ich immerhin so viel Mut gefasst, dass ich ausstieg und langsam die Straße hinunterschlenderte – mit zittrigen Knien, versteht sich. Die Vorstellung, dass meine Chefin plötzlich hinter einem Gebüsch hervorspringen und mich zur Rede stellen könnte, verursachte mir spontan ein dumpfes Gefühl im Magen, unter anderem. Was würde ich dann sagen? *Ach, so ein Zufall – Sie auch hier?! Ich bin gerade dabei, die südlichen Randgebiete Berlins zu erkunden, um mich ornithologisch auf den neuesten Stand zu bringen, und Sie? Auch schon das neueste Turmfalkenpaar entdeckt?* Ich schüttelte leise stöhnend den Kopf.

Am Eingangstor zum Grundstück des kleinen Bauernhauses hing ein Briefkasten im Stil amerikanischer Postboxen, was dem rustikal-ländlichen Charakter des Hauses nach meinem Empfinden gar nicht entsprach, aber meine Meinung zählte hier wohl nicht. Das Namensschild war klein, aber gut lesbar: *Karen Winter* und direkt darunter *Hannah Trepur*. Das sagte mir gar nichts.

Ich schlenderte gemächlich weiter, warf einen kurzen Blick auf den gepflegten Vorgarten und kam zu dem Schluss, dass Amelie eine Freundin besuchte oder auch zwei. Oder eine Verwandte, eine ältliche Tante zum Beispiel, mit der sie einen Tee trank oder auch ein Gläschen Likör, während sie über die anstehende Gartenarbeit sprachen, sobald der Winter sich endlich aus dem Staub gemacht hatte. Diese Variante schien mir schlüssiger. Und irgendwie bedeutend angenehmer. Über die Möglichkeit, dass sie bei ihrer Geliebten war, weigerte ich mich länger als einen Wimpernschlag nachzudenken.

Anschließend wartete ich eine gute halbe Stunde im Auto, bevor ich mich entschloss, unverrichteter Dinge nach Hause zurückzukehren und ein heißes Bad zu nehmen. Nun wusste ich zwar immer noch nicht, wo Ameliste wohnte, aber eine Blasenentzündung wollte ich auch nicht riskieren, nur um irgendwann mitten in der Nacht festzustellen, dass meine Chefin ausdauerndes Sitzfleisch hatte oder ihr Tantchen sogar über das gesamte Wochenende besuchte.

17 Hannah

Der Reservierungswunsch war in aller Frühe telefonisch eingegangen. Mein Puls legte deutlich zu, als ich den Eintrag entdeckte. Zu dem Zeitpunkt war noch der Nachtdienst zuständig gewesen. Das entsprach nicht dem üblichen Muster, wie ich im Vergleich mit den erfassten Daten noch einmal überprüfte. Aber Name und Anschrift stimmten, und meine Kollegen in München bestätigten, dass Bewegung in die Sache gekommen war. In Hamburg war bisher alles ruhig, aber das musste gar nichts heißen. Ich war alarmiert und skeptisch zugleich. Das Durchbrechen des Musters bereitete mir Sorgen, obwohl ich mir sagte, dass es hundert Gründe für ein geändertes Vorgehen geben konnte – banale Gründe wie Zufall, Terminverschiebungen oder die schlichte Tatsache, dass an diesem Wochenende überhaupt nichts geschehen würde. Doch vielleicht hatten wir auch etwas übersehen – die Möglichkeit schmeckte mir natürlich am allerwenigsten.

Ich informierte Ben und rief Lisa an. Mehrere Angestellte hatten sich krank gemeldet, und ich brauchte in den nächsten Stunden unbedingt jemanden im Büro und zwischendurch auch an der Rezeption. Das Kostümfest, auf dem sich trotz klarer Ansage natürlich auch einige Hotelangestellte getummelt und auf unterschiedlichste Weise amüsiert hatten, fordert nun seinen Tribut, dachte ich und erlaubte mir den Luxus, meine Gedanken einen Moment lang schweifen zu lassen. Einen köstlich prickelnden Moment lang. Als Lisa eintraf, musste ich mich arg zusammenreißen, um nicht sofort eine süffisante Bemerkung zu machen. Allein schon ihr verkatertes Gesicht sprach Bände. Aber sie bemühte sich um Haltung – immerhin.

Um die Mittagszeit traf zunächst Becky Koch ein. Ich erkannte sie sofort und blieb in der Nähe der Rezeption. Sie ließ sich auf einen längeren Plausch mit Lisa ein und verschwand dann auf ihrem Zimmer. Ich schickte Ben eine Nachricht auf sein Handy und entschloss mich wenige Minuten später, selbst den Empfang zu übernehmen, um alles im Blick zu behalten.

Lisa war sehr erleichtert, Feierabend machen zu können. Meine Bemerkung über ihre roten Handgelenke verblüffte mich selbst am allermeisten, während sie sich am liebsten in Luft aufgelöst hätte. Karen würde sich köstlich über diese Situation amüsieren, fuhr es mir durch den Kopf. Lisa stürmte regelrecht davon, und ich warf ihr noch einen langen Blick nach.

Als ich mich wieder umwandte, kam eine Frau auf die Rezeption zu, die sofort meine Aufmerksamkeit fesselte, und zwar nicht nur weil sie überaus attraktiv war und gewinnend lächelte.

»Herzlich willkommen im Hotel Marlene«, begrüßte ich sie, und ich war gespannt, wie ihre Stimme klingen würde.

»Danke«, erwiderte Marie Hauser und behielt ihr überzeugendes Lächeln bei.

Mandelförmige braune Augen, volles dunkles Haar, ein schlanker, wohlgeformter Körper, dazu eine warme volltönende Stimme und prächtige blitzweiße Zähne – sie kam richtig gut an, und das wusste sie auch. Ich lächelte zurück. »Haben Sie reserviert?«

»Sehr kurzfristig«, gab sie zurück. »Das ist in der Hektik der letzten Tage untergegangen. Aber ich habe heute in aller Frühe von unterwegs angerufen und mich vergewissert, dass noch Zimmer frei sind – glücklicherweise. Ich gehe wirklich ungern in andere Hotels, und das ist mein voller Ernst.«

Das glaube ich dir aufs Wort, dachte ich und lächelte freundlich. »Das freut uns natürlich, und ich hoffe, Sie werden auch diesmal zufrieden sein und sich wohl fühlen.«

»Davon bin ich überzeugt.« Sie nahm ihren Ausweis aus der Handtasche und legte ihn auf den Tresen, während sie einen Blick auf mein Namensschild warf. »Sie sind neu hier, stimmt's, Frau Rupert?«

»Richtig. Ich verstärke für eine gewisse Zeit die Geschäftsführung, um die Unternehmungsführung zu modernisieren und einige Neuerungen einzuführen – damit das Hotel noch besser wird. Dafür muss ich mir natürlich alle Bereiche genau ansehen, auch den Empfang.«

Sie lächelte herzlich und nickte. »Interessant. Dann sind wir ja praktisch Kolleginnen.« Dabei taxierte sie mich kurz.

»Sie sind auch in der Unternehmensberatung tätig?«, fragte ich und gab den Blick ohne mit der Wimper zu zucken zurück.

»Ja. Mein Schwerpunkt sind Kostenanalysen und Modernisierungen sowie das europäische Steuer- und Vertragsrecht. Man darf gerade heute nicht stehenbleiben, auch wenn man erfolgreich ist. Die Konkurrenz schläft nicht«, dozierte sie in lockerem Ton.

»Zweifellos.«

Marie Hauser warf einen Blick auf das Info-Brett neben der Rezeption. »Wie sieht denn das Veranstaltungsprogramm für heute und morgen aus? Können Sie mir etwas empfehlen? Wenn ich schon einen Geschäftstermin habe, möchte ich ihn mir zumindest ein wenig versüßen.« Es blitzte kurz in ihren Augen auf.

»Haben Sie eher Lust auf eine Ausstellung oder einen Stadtbummel oder möchten Sie vielleicht das eine mit dem anderen verbinden?«

»Ich würde mir auf jeden Fall gerne die Dalí-Ausstellung ansehen und auch ein bisschen am Potsdamer Platz shoppen«, erklärte sie.

»Das lässt sich machen. Der Hotelbus beginnt seine Nachmittagstour in Richtung Potsdamer Platz um 16 Uhr und wird Sie gegen 19 Uhr zurückbringen.«

Marie Hauser nickte. »Das klingt vielversprechend, und dazu hätte meine Geschäftspartnerin sicherlich auch Lust. Brennt eigentlich ein Feuer im Kaminzimmer?«

»Selbstverständlich.«

»Wunderbar.«

Beim Ausfüllen des Anmeldebogens fragte ich nicht alle Kategorien ab, um Marie Hauser keinesfalls stutzig zu machen. Einige Minuten später bedankte sie sich mit einem erneut überaus herzlichen Lächeln und begab sich zum Fahrstuhl. Kaum hatten sich die Türen geschlossen, bat ich Margot Sanders Sekretärin aushilfsweise an die Rezeption, damit ich die nötigen Vorkehrungen treffen und mich mit meinen Leuten absprechen konnte. Mein Puls lag deutlich über der Normalfrequenz, und da würde er auch noch eine ganze Weile bleiben.

Das Handy vibrierte, kaum dass ich in meinem Büro war und die Tür hinter mir zugezogen hatte.

»Alles klar«, meinte Ben knapp. »Corinna und Ulrike nehmen an der Tour in die Innenstadt teil. Sollen wir nicht doch die Zimmer präparieren …?«

Ich biss mir auf die Unterlippe. Der Gedanke war verführerisch, in Abwesenheit der beiden Frauen für entsprechende Überwachungsmaßnahmen zu sorgen.

»Das reizt mich ehrlich gesagt auch, aber wenn wir falsch liegen und an diesem Wochenende rein gar nichts passiert oder die beiden was spitzkriegen, ist die ganze Aktion in den Sand gesetzt«, gab ich zu bedenken. »Und Pollmann rauft sich die restlichen Haare. Wir warten noch – mal sehen, was Corinna und Ulli berichten. Und wenn die Situation bis dahin bereits eindeutig ist, brauchen wir ohnehin keine Lauscher mehr.«

»Okay.«

»Warum haben die Kollegen in Hamburg eigentlich nicht mitbekommen, dass die Hauser aufgebrochen ist?«, fiel mir noch ein zu fragen.

»Ganz einfach – sie haben ihr Auto observiert. Aber die Hauser hat den Wagen von ihrem Mann genommen.«

Ich stöhnte leise auf. »Soweit zu den Möglichkeiten moderner Überwachungstechnik.«

»Bleiben Sie heute Abend im Hotel?«

»Ja, ich muss zwischendurch mal eine Stunde nach Hause – wenn Koch und Hauser unterwegs sind und die Lage überschaubar ist. Ich kehre aber so schnell wie möglich zurück, und wir bleiben die ganze Zeit in Verbindung.«

»Alles klar.«

Ben wusste, wie es um Karen bestellt war.

18 Charlotte

Ich weiß nicht, wie lange ich regungslos auf dem Bett saß und das Gefühl hatte, dem Ansturm meiner Gedanken kaum standhalten zu können. Von dem Gefühlschaos ganz zu schweigen. Es gab keine einfache, harmlose Erklärung – das war die erste sachliche Feststellung, die ich schließlich traf, nachdem mir klargeworden war, dass ich herausfinden musste, was hier eigentlich gespielt wurde. Wie konnte ich sonst nach Hannover zurückkehren? In ein Leben, mit dem ich – davon war ich ausgegangen – abgeschlossen hatte.

Warum auch immer Marie sich entschlossen hatte, zu einem Zeitpunkt im Hotel aufzutauchen, zu dem sie sich ganz sicher wähnte, mir auf keinen Fall über den Weg zu laufen – der Anlass dafür musste enorm wichtig sein. Marie hatte von geschäftlichen Problemen gesprochen, als sie unser Treffen absagte, aber auch erwähnt, dass Klaus auf ihre Ankündigung, ihn zu verlassen, überraschend heftig reagiert hätte. Das waren gleich zwei Erklärungen gewesen. Eine hatte eigentlich genügt. Und was genau hatte sie ausgerechnet an diesem Wochenende in diesem Hotel zu tun, wobei ich nur im Weg war?

Wieder hatte ich ihr Bild vor Augen, wie sie auf den Hoteleingang zulief – lächelnd, schwungvoll, das Handy am Ohr.

Sah so eine Frau aus, die Konflikte zu lösen hatte? Die ihre Ehe in Frage gestellt hatte und ihre verzweifelte Geliebte vertrösten musste? Nein, dachte ich. Eine grübelnde oder angespannte, gar gequälte Marie sah anders aus …

An diesem Punkt meiner Überlegungen angelangt, stellte sich eigentlich nur noch die Frage, in welcher Form ich Marie gegenübertreten wollte. Sollte ich sie im Hotel überraschen, zum Beispiel am Frühstücksbuffet, im Foyer oder im lauschigen Kaminzimmer und ihr verblüfftes, wahrscheinlich sogar fassungsloses Gesicht genießen? Oder ihr vorab eine SMS schicken, um sie schonend auf meine Anwesenheit vorzubereiten? Ich spürte, wie sich ein Lächeln auf mein Gesicht stahl, das sich beinahe zynisch anfühlte, und ich wusste, dass es mir nicht stand. Egal. Ich griff zum Telefon und wählte die Nummer der Rezeption. Zu meinem Bedauern ging nicht Lisa Krone an den Apparat.

»Eine Freundin von mir müsste gerade eingecheckt haben. Könnten Sie das bitte mal überprüfen? Wir sind nämlich verabredet«, erklärte ich forsch.

»Aber gerne. Wie lautet der Name?«, fragte die Hotelangestellte.

»Marie Hauser.«

»Einen Moment bitte.«

»Natürlich.« Ich spürte, dass meine Finger eiskalt waren.

Es knisterte kurz in der Leitung. »Frau Winkler? Ja, Frau Hauser ist kürzlich eingetroffen. Soll ich Sie zu ihrem Zimmer durchstellen?«

Ich zögerte. »Ach nein, ich rufe später selbst durch. Welche Zimmernummer hat Frau Hauser?«

»Das ist die 213.«

»Ich danke Ihnen.«

»Keine Ursache. Einen schönen Tag noch.«

Ich legte den Hörer auf. Mein Blick fiel auf das Handy. Zögernd griff ich danach. Dann gab ich mir einen Ruck und betätigte die Kurzwahl, unter der ich Maries Mobilnummer gespeichert hatte. Ich wollte es ganz genau wissen. Mein Herz schlug hämmernd gegen die Rippen, als das Freizeichen erklang.

»Wie schön, dass du dich meldest«, erklang plötzlich Maries Stimme – weich und zärtlich und so vertraut, dass ich einen Moment überzeugt war, nun würde sich alles aufklären. Ein Missverständnis, ein Irrtum, irgendwas, das alles erhellte und ausräumte ... »Alles okay bei dir?«

»Nein«, erwiderte ich leise. »Ganz und gar nicht.«

»Ich weiß, Schatz, ich weiß. Bei mir ja auch nicht. Bist du denn gestern Abend gut nach Hause gekommen?«

Ich atmete einmal tief durch.

»Schatz, wir holen das nach, glaub mir – wenn die Zeit günstiger ist«, fuhr sie fort, ohne meine Antwort abzuwarten. »Ich stecke hier mitten in sehr wichtigen Besprechungen ...«

Ich schluckte. »Ich verstehe. Ist dein Mann denn auch da?«

Ihr leises, zärtliches Lachen umschmeichelte mein Ohr. »Du musst nicht eifersüchtig sein. Wir haben einfach eine Menge zu tun, und es gibt einige Probleme zu lösen. Gleich kommt ein Mandant von ihm ins Büro, mit dem meine Firma auch zu tun hat. Es geht um eine drohende Insolvenz. Da müssen wir sofort handeln. Das verstehst du doch, oder?«

»Ja«, sagte ich. »Das verstehe ich. Dann mach's mal gut.« Zu mehr war ich nicht fähig. Ich beendete das Gespräch.

Langsam wandte ich mich zum Kleiderschrank um, blieb eine Weile sinnierend davor stehen und öffnete schließlich die breiten Flügeltüren. Was ich vorhatte, wusste ich nicht, aber ich konnte zumindest ausschließen, was mir fernlag:

weiterhin untätig herumzusitzen und nach halbwegs sinnigen Erklärungen zu suchen, während mir der Schädel zu platzen drohte und mein Herz völlig aus dem Rhythmus geriet.

Ich legte meinen beigefarbenen Hosenanzug heraus, dazu einen Rollkragenpullover und bequeme halbhohe Stiefel. Als mir die Perücke vom Kostümfest in die Hände fiel, stutzte ich. Sie sah schon ziemlich künstlich aus und bei Tageslicht betrachtet auch ein bisschen albern. Wenn man sie allerdings geschickt auskämmte und hier und da ein paar Strähnen fransig zupfte und etwas Gel verwendete, könnte das Ergebnis durchaus zufriedenstellend ausfallen. Zumindest von weitem würde niemand mich unter einem hellen lockigen Haarschopf vermuten.

Als ich mich eine halbe Stunde später von allen Seiten eingehend im Spiegel begutachtete, war ich verblüfft, was eine neue Frisur und Haarfarbe, ein sorgfältig darauf abgestimmtes Make-up und eine Brille, die ich ansonsten kaum trug, bewirken konnten: kaum eine Spur von Charlotte Winkler.

Ich atmete tief durch und machte mich auf den Weg ins Kaminzimmer. Marie hatte mir im Vorfeld erzählt, dass sie diesen Raum im Hotel besonders schätzte. Sie logierte offensichtlich regelmäßig in diesem Haus, und ich war mir seltsam sicher, dass sie früher oder später am Kamin auftauchen würde. Marie liebte offenes Feuer. In jeder Hinsicht.

Nachdem ich durchs Foyer geschlendert war und mir die Tagungs- und Fitnessräume angesehen sowie das Schwarze Brett neben der Rezeption studiert hatte, setzte ich mich an einen unauffälligen Platz im hinteren Bereich des Kaminzimmers und nahm eine Zeitung zur Hand. Meine anfängliche Aufregung war gemischt mit kopfschüttelnder Skepsis über diese abenteuerliche, nahezu kindische Idee, doch da mich niemand irritiert anstarrte, hinter meinem Rücken tuschelte oder sonst wie auffällig reagierte, fühlte ich mich in meinem Vorgehen bestätigt und gewann allmählich an Selbstsicherheit. Was genau ich tun würde, sollte Marie plötzlich auftauchen, verbarg sich noch hinter einem nebulösen Schleier. Ich war sicher, dass er sich zu gegebener Zeit lüften würde.

Als ich gerade überlegte, ob ich mal aufstehen und mir die Beine vertreten sollte, betrat eine junge Frau mit kurzen schwarzen Haaren das Kaminzimmer. Ich ließ meinen Blick über ihr geschäftsmäßiges Outfit schweifen. Sie drehte sich lächelnd zu einer Frau um, die ihr eine Hand auf die Schulter legte und zu ihr aufschloss. Marie.

Ich sank etwas tiefer in den Sessel und hob die Zeitung ein Stück höher, als nötig gewesen wäre. Mein Herz hatte zwei Schläge ausgesetzt und vollführte danach einen lauten Trommelwirbel, während die beiden sich ans Feuer setzten – wenige Meter von mir entfernt. Einen Augenblick später servierte eine Kellnerin Tee und Kaffee. Die beiden plauderten leise, aber ich konnte ihre Worte durchaus verstehen, wenn ich angestrengt lauschte und es ringsum keine anderen angeregten Gespräche gab. Sowohl die Schwarzhaarige als auch Marie sahen sich zwischenzeitlich aufmerksam um, ohne dass mehr als ein flüchtiger Blick auf mich gefallen wäre.

»Wie schön, dass doch noch alles geklappt hat«, meinte Marie in beiläufigem Tonfall, nachdem sie von ihrem Tee getrunken hatte.

Diesen Satz hätte ich nicht unterschreiben können. Ich blätterte raschelnd um und lehnte mich noch ein Stück zurück, wobei ich die Zeitung so vor meinem Gesicht platzierte, dass ich die beiden mit einer Neigung des Kopfes immer wieder ins Auge fassen konnte.

»Nun, wie man's nimmt«, erwiderte die andere Frau. »Der Termin ist doch ziemlich kurzfristig zustande gekommen. Und warum sollte ich diesmal nicht wie gewohnt ...?«

»Ich musste ein bisschen anders vorgehen als sonst, aber die Einzelheiten spielen jetzt keine Rolle.«

»Wenn sie wichtig sind, spielen sie sehr wohl eine Rolle.«

Ich riskierte einen Blick und bekam im Bruchteil einer Sekunde mit, dass Marie abwinkte und ein Lächeln aufsetzte, das ich ein wenig gezwungen nennen würde. »Der Kunde konnte sich einfach nicht eher entscheiden ... Du verstehst? Und dann gab es noch Lieferprobleme, mit denen wir nicht gerechnet hatten. Ich bin froh, dass wir heute überhaupt hier sitzen.«

»Verstehe.«

Also doch ein geschäftlicher Termin, überlegte ich verdutzt. Aber was war daran so geheimnisvoll, dass Marie mich derart versetzte und belog? Hätte sie nicht das eine mit dem anderen verbinden können? Schließlich war ich auch Geschäftsfrau und hätte sicherlich Verständnis dafür gezeigt. Beinahe hätte ich den Kopf geschüttelt.

»Dein Reiseplan steht, wie besprochen?«, fragte Marie weiter. Sie sprach jetzt sehr leise, und als zwei andere Gäste zum Aufbruch bliesen, bekam ich die nächsten Sätze nicht mit.

»... geht in Ordnung«, vernahm ich dann wieder die Schwarzhaarige. »Ich brauche aber einen angemessenen Vorschuss ...«

»Was soll das? Du kriegst immer einen Vorschuss, wie vereinbart«, entgegnete Marie leise, aber in scharfem Ton.

So kannte ich sie gar nicht. Ich wagte mich kaum zu rühren, aber die Zeitung begann in meinen Händen zu zittern. Erneut blätterte ich geräuschvoll um und hoffte, dass die beiden mir die konzentrierte und durch nichts abzulenkende Leserin abnahmen.

»Ich sprach von einem *angemessenen* Vorschuss«, beharrte die andere, nun auch energischer. »Für 'n Appel und 'n Ei nehme ich nicht dieses Risi…«

»Nicht so laut!«, zischte Marie. »Lernst du's denn nie!«

Ich hätte gern ihren Gesichtsausdruck gesehen, aber ich glaubte zu spüren, dass mich ihr Blick streifte und atmete tief und gleichmäßig, während ich die Zeitung gerade hielt. Die Sache mit dem Atmen war vielleicht doch nicht so verkehrt.

»Meine Güte, reg dich ab! Zwei Geschäftsfrauen unterhalten sich angeregt – na und? Was ist dabei? Hier ist doch ohnehin jede mit sich selbst beschäftigt.«

Maries Antwort konnte ich nicht verstehen, vielleicht sagte sie auch gar nichts, sondern erdolchte ihre Geschäftspartnerin gerade mit Blicken. Obwohl ich mich zu gern davon überzeugt hätte, wagte ich es nicht, die Aufmerksamkeit durch einen neugierigen Seitenblick auf mich zu lenken.

»Wenn dich das so nervös macht, sollten wir die Angelegenheit vielleicht lieber woanders besprechen«, entgegnete die andere Frau nun betont leise.

Ich hörte, wie Marie tief einatmete. Dann betraten zwei weitere Frauen das Kaminzimmer und ließen sich wortreich direkt vor dem Feuer nieder. Bis ich wieder etwas von dem entscheidenden Gespräch mitbekam, vergingen sicherlich zwei, drei Minuten.

»Ich hab zur Zeit schon genug Ärger an der Backe, also lass uns das Ganze jetzt bitte friedlich und ohne Sperenzchen über die Bühne bringen, so wie immer«, vernahm ich schließlich wieder Maries Stimme. »Außerdem ist nichts so sicher wie ein überschaubarer öffentlicher Raum, allerdings nur wenn man sich still und unauffällig benimmt – wie oft soll ich dir das noch erklären?«

»Du machst für meinen Geschmack immer einen ziemlichen Aufstand, was die, sagen wir: Umstände angeht. Man könnte das Ganze doch auch wesentlich einfacher handhaben. Vielleicht rufst du dir mal ins Gedächtnis zurück, warum wir uns so oft in einem Frauenhotel treffen«, meinte die andere nun fast im Flüsterton. »Und trotzdem …«

»Und vielleicht rufst du dir mal ins Gedächtnis zurück, was ich vor zwei Jahren in einem Frankfurter Hotelzimmer …«

»Sag ich doch, das war auch kein Frauenhotel …«

Maries Entgegnung konnte ich nicht verstehen. Leider.

»Ich kriege fünfzig«, sagte die andere dann plötzlich.

»Das war nicht abgemacht, Becky.«

»Doch – ich habe dir schon beim letzten Mal gesagt, dass ich mehr will …«

»Es war nicht die Rede von …«

»Egal. Dann hör mir doch einfach besser zu. Du nimmst nachher online die Blitzüberweisung vor, am besten per …«

»Ja, schon gut – und jetzt keine weiteren Einzelheiten mehr!«, unterbrach Marie sie. »Trink deinen Kaffee, und dann machen wir die Touri-Nummer – wir unternehmen einen Shoppingbummel und gehen in die Dalí-Ausstellung. Oder was auch immer. Ist mir völlig egal, Hauptsache, es läuft unauffällig und reibungslos ab.«

Wenig später brachen die beiden auf – plaudernd, fröhlich und wahrscheinlich lächelnd. Als hätten sie eine Maske aufgesetzt. Ich sah mich erst vorsichtig um, als ich nichts mehr von ihnen hörte. Dann richtete ich mich auf, faltete die Zeitung zusammen und legte sie auf den Tisch.

Mir war gar nicht klargewesen, dass Marie derart hochkarätige Geschäfte abwickelte – die schwarzhaarige Becky hatte mit Sicherheit nicht von fünfzig Euro Vorschuss gesprochen, sondern von fünfzigtausend – und das auch noch per Blitzüberweisung. Es war mir schleierhaft, um welchen Geschäftszweig es sich handeln könnte und wieso die beiden sich für eine so wichtige Transaktion in einem Hotel in Berlin trafen, wo sie dann im Kaminzimmer im Flüsterton Details erörterten, statt sich im Büro oder der Kanzlei in Hamburg zusammenzusetzen.

Welches Risiko meinte Becky eigentlich? Und warum machte Marie ein derartiges Geheimnis aus der ganzen Sache und befand es sogar für nötig, mich zur Abreise zu bewegen? Wie hatte sie gesagt – *nichts ist so sicher wie ein öffentlicher Raum, wenn man sich unauffällig benimmt.* Was sollte unauffällig und reibungslos ablaufen? Und warum war ein Frauenhotel besonders gut geeignet? Merkwürdig. Äußerst merkwürdig. Schade, dass ich die Einzelheiten, was das Frankfurter Hotel anbelangte, nicht mitbekommen hatte.

Selbstverständlich war ich vertraut mit Geschäftsabschlüssen, die zum Beispiel aufgrund einer Konkurrenzsituation sehr diskret getätigt wurden und über die man möglichst wenig Worte verlor, aber im Verhalten der beiden Frauen schwang noch etwas anderes mit. Ich hätte zu gern gewusst, was.

Ich wartete noch einige Minuten, dann begab ich mich gemächlich zur Rezeption, um erneut aufmerksam das Schwarze Brett zu studieren. Als Becky und Marie wenig später ihre Schlüssel abgaben, drehte ich mich um und konnte mühelos die Nummern erkennen. Marie hatte, wie ich ja schon wusste, die 213. Becky logierte in der 222. Ich selbst bewohnte Zimmer 301.

Ich fuhr langsam aus dem beschaulichen Dorf heraus. Der blaue Audi fiel mir auf, als ich an der Ampelkreuzung in Richtung Heinersdorf und Autobahn sowie Tempelhof stand. Ich blickte kurz in den Rückspiegel, und mein Herz setzte für zwei Schläge aus. Vielleicht auch drei. Sie stand direkt hinter mir.

Ich zog das Basecap tief ins Gesicht und drückte mächtig auf die Tube, als die Ampel umschaltete. Unauffällig konnte man mein Verhalten nicht gerade nennen, aber ich hoffte, dass Ameliste anderes im Sinn hatte, als das Fahrzeug vor sich im Auge zu behalten, nur weil darin jemand saß, der unbedingt den Motor aufröhren lassen musste. Das passierte in Berlin zirka fünfzigtausend Mal pro Stunde. Ich bog ab, blieb auf der rechten Spur und fuhr dann langsam weiter. Zwei Wagen überholten mich, einer davon war der Audi. Ich stierte nach vorn und rührte mich nicht. Die Rupert gab Gas. Ich entschloss mich nach kurzem Überlegen, an ihr dranzubleiben. Freundin oder Tantchen oder beide hatten offensichtlich doch nicht so viel Zeit gehabt. Wenn ich tatsächlich in Erfahrung bringen wollte, wo Ameliste wohnte, dann sollte ich jetzt oder nie meine Chance nutzen.

Bis Tempelhof verlief die Fahrt genauso wie auf dem Hinweg, höchstens noch ein wenig flotter, aber darauf würde ich keinen Eid schwören wollen. Meine Aufregung spielte mir unter Umständen den einen oder anderen kleinen Streich. Kurz vor dem Platz der Luftbrücke, als ich gerade mal ruhig durchatmen wollte, bog Amelie Rupert auf dem Tempelhofer Damm wider Erwarten links ab. Ich tat es ihr nach. Sie hielt vor einem langgestreckten Gebäude und parkte direkt vor dem Eingang.

Ich fuhr langsam an ihr vorbei und bekam aus den Augenwinkeln mit, dass sie die Treppe hinaufeilte. Mir blieb der Mund offenstehen, während ich den Wagen ausrollen ließ und sie im Inneren des Gebäudes verschwand, als wäre sie dort zu Hause. Ich konnte nicht ausschließen, dass meine Mimik alles andere als intelligent wirkte.

Ich wendete, fuhr langsam zurück und las zum dritten Mal den Schriftzug über dem Eingang, obwohl er an Deutlichkeit nichts zu wünschen übrig ließ: *Landeskriminalamt.*

20 *Hannah*

Ich ging unter die Dusche und zog frische Sachen an. Karen wartete sehnlichst auf mich. Das wusste ich. Es war zu spüren. Ich empfand Unbehagen, ihr sagen zu müssen, dass ich kaum Zeit für sie hatte und in Kürze wieder aufbrechen würde, was sie sicherlich längst ahnte.

Im Wohnzimmer stand eine Kanne Kaffee bereit, für die Frau Kern netterweise gesorgt hatte. Karen blickte hoch, als ich eintrat.

»Aufregende Zeiten«, sagte ich und goss mir im Stehen einen Kaffee ein. »Beide verdächtigen Frauen sind im Hotel eingetroffen. Wir beobachten sie – ganz diskret natürlich. Besonders die eine ist schlauer, als uns lieb ist.«

Karen hob das Kinn. Ich setzte mich zu ihr und legte eine Hand auf ihre. »Ich muss gleich wieder los.«

Sie sah mich regungslos an.

»Wir werden mehr Zeit haben, wenn der Fall abgeschlossen ist«, fügte ich leise hinzu. »Vielleicht erzähle ich dir dann auch mal ausführlicher von Lisa.«

Karens Hand zuckte. Ich lächelte. Mein Handy begann zu vibrieren – deutlich früher, als ich vermutet hatte. Ich zog es aus der Blazertasche.

»Es hat sich was getan«, sagte Ben. Seine Stimme klang gepresst – ein Zeichen für seine Anspannung.

»Spannen Sie mich nicht so auf die Folter.«

»Corinna hat aller Wahrscheinlichkeit nach den Austausch gefilmt.«

Mein Herz machte einen Sprung. »Was heißt das genau?«

»Die Situation war nicht hundertprozentig eindeutig. Aber sie hat uns das Material schon auf einer sicheren Leitung rübergeschickt, damit wir uns gleich mal einen Eindruck verschaffen können.«

»Gut. Ich mache mich sofort auf den Weg und komme gleich ins Präsidium. Was ist jetzt mit den Frauen?«

»Die sind nach wie vor mit der Hotelgruppe unterwegs. Sie werden planmäßig so gegen sieben zurücksein«, entgegnete Ben.

»Okay. Lasst sie nicht aus den Augen.«

»Nein, Chefin. Tun wir nicht. Natürlich nicht.«

Ich beendete das Gespräch und trank meinen Kaffee aus. Dann gab ich Karen einen Kuss. »Ich muss los. Bis später, meine Liebe.«

Ich fuhr zügiger und weniger umsichtig als sonst und schimpfte nicht nur innerlich über andere Autofahrer, was sonst gar nicht meine Art war. Besonders ein kleiner betagter Renault, der sich nicht entschließen konnte, ob er den üblichen Sicherheitsabstand einhalten oder sich doch lieber zwei Autolängen mehr zurückfallen lassen sollte, erregte meinen Unmut und hatte zu allem Überfluss auch noch den gleichen Weg wie ich.

Ben wartete in meinem Büro auf mich. Er kaute auf einem Bleistift herum und wies auf den Computer.

»Corinna ist ziemlich nah rangekommen«, erklärte er und startete das Videoprogramm. Ich hörte die Aufregung in seiner Stimme. Ben war es gar nicht recht, bei der Ermittlung gezwungenermaßen im Hintergrund bleiben zu müssen. »Diese kleine Kamera ist wirklich spitze. Und Corinna auch.« Er grinste kurz. »Soll ich einfach mal abspielen?«

»Gleich. Wo genau befanden sich die Frauen bei der Übergabe?«, fragte ich.

»Sie kamen aus der Dalí-Ausstellung. Viele der Frauen haben noch ein paar Postkarten gekauft oder einen Katalog oder irgendwelche Andenken-Kinkerlitzchen. Tja, und die beiden eben auch.«

Ich nickte. Ben startete den Film. Sofort erschien eine Gruppe von Frauen, die auf die Straße trat. Corinnas Minikamera lieferte erstaunlich scharfe Bilder. Sie war an ihrer Bauchtasche befestigt und als Anhänger getarnt, wie ich wusste. Kein Mensch würde auf die Idee kommen, dass sich eine hochwertige Kamera darin befand.

Marie und Becky wirkten fröhlich und interessiert und unterhielten sich mit zwei anderen Gästen. Eine Tonaufnahme gab es ebenfalls, doch die hatte Ben ausgeschaltet, damit wir uns besser konzentrieren konnten. Die entscheidende Szene spielte sich am Bus vor dem Einsteigen ab. Becky drückte Marie einige Postkarten in einer Papiertüte und einen Ausstellungskatalog in die Hände, um sich die Schuhe neu zu schnüren. Marie griff wie zufällig in ihre Handtasche, und als Becky sich wieder aufrichtete, übergab sie ihr zusätzlich zu ihren eigenen Sachen eine zweite kleine Tüte, die Becky sofort in der Postkarten-Papiertüte verschwinden ließ. Die beiden Frauen lächelten sich zu und stiegen in den Bus.

Die Szene spielte sich in wenigen Sekunden ab und war vollkommen unauffällig. Garantiert würde sich keine der umstehenden Frauen überhaupt an diesen flüchtigen Moment erinnern, und Corinna hatte ihn nur eingefangen, weil sie darauf geeicht gewesen war, jede Bewegung zu registrieren.

Ben ließ den kleinen Film noch mehrmals ablaufen, auch in Zeitlupe. Wir waren hundertprozentig sicher, dass er die Übergabe zeigte.

»Wissen Sie, was mich verwundert?«, meinte Ben schließlich und lehnte sich gegen die Schreibtischkante.

»Nun?«

»Wozu dieser ganze Aufwand? Warum gehen die nicht einfach zusammen aufs Klo oder treffen sich an irgendeinem Parkplatz auf der Autobahn oder am Flughafen oder sonstwo? Oder besuchen sich gegenseitig zu Hause? Nach all den Jahren, in denen nie was passiert ist, könnten sie doch ...«

»Na ja – einmal wären sie fast erwischt worden, das ist das eine«, unterbrach ich Ben. »So was schockt nachhaltig, jedenfalls diese beiden Frauen, die sich nie hundertprozentig sicher sein können, ob sie nicht beobachtet werden. Und es ist sehr schlau, grundsätzlich so unauffällig wie möglich zu bleiben beziehungsweise das Risiko gerade bei der Übergabe minimal zu halten, zumal der Diebstahl selbst sicher ziemlich heikel und aufwändig ist«, erläuterte ich meinen Standpunkt, zu dem ich mir in den letzten Tagen einige Gedanken gemacht hatte. »Auf Bahnhöfen und Flughäfen gibt es überall Kameras, im Hotel selbst sind sie ebenfalls immer übervorsichtig, eine Klo-Übergabe ist nicht besonders stilvoll, und die private Umgebung bleibt schlicht und ergreifend tabu – das kann ich alles gut nachvollziehen. Ansonsten: Sie haben sich im Laufe der Zeit zu richtigen Profis gemausert. Perfektionismus spielt sicherlich auch eine Rolle, eine gewisse Ritualisierung erleichtert die Planung für alle Beteiligten, und schließlich bestätigt der Erfolg die Vorgehensweise. Außerdem …« Ich lächelte, als Ben mich gespannt ansah. »Ich glaube, die haben Spaß daran. Marie Hauser wirkt ausgesprochen angeregt auf mich. Sie genießt das Abenteuer, die Gefahr.«

Ben nickte langsam. »Ja, stimmt. Den Eindruck habe ich auch. Der Job gefällt ihr richtig.«

Ich stand auf.

»Und nun? Wie geht's weiter?«, fragte er.

»Ganz einfach. Wir hängen uns dran, wenn sie morgen abfahren, und zwar weiterhin unauffällig. Sie dürfen nichts merken. Die Zimmer sind bis Sonntag gebucht, sie werden im Hotel übernachten, in aller Ruhe ein spätes Frühstück einnehmen und danach in unterschiedliche Richtungen aufbrechen – wie all die anderen Male zuvor. Wenn wir richtig großes Glück haben, bekommen wir auf diese Weise vielleicht sogar noch den Käufer zu Gesicht oder zumindest entscheidende Hinweise, wohin die Reise geht und wie die weitere Vorgehensweise aussieht.«

»Das hoffe ich.«

»Ich kehre jetzt aber trotzdem erst noch mal ins Hotel zurück, um mir vor Ort einen Überblick zu verschaffen«, fuhr ich fort. »Ich denke, es wird nichts Ungewöhnliches passieren, aber man kann natürlich nie wissen, und ich möchte, dass heute Nacht jemand in Alarmbereitschaft bleibt und vor dem Hotel Wache schiebt.«

Ben räkelte sich und steckte dann wieder das Ende des Bleistifts in den Mund. »Okay. Ich kümmere mich gleich darum.«

Zehn Minuten später machte ich mich auf den Weg ins Hotel. Ich war zufrieden. Sehr zufrieden.

21 *Charlotte*

Es war viel einfacher, als ich angenommen hatte.

Ich wartete bis zum späten Abend. Dann rief ich über das Hoteltelefon in den Zimmern von Becky und Marie an, um mich zu vergewissern, dass die beiden sich getrennt voneinander zurückgezogen hatten. Kaum hatten sie sich gemeldet, legte ich einfach wieder auf. Eine Viertelstunde später begab ich mich auf die zweite Etage und klopfte an Maries Zimmer. Mein Herz raste so schnell, dass ich die einzelnen Schläge kaum hätte zählen können. Ich war fast erstaunt, ihre nahenden Schritte überhaupt hören zu können.

»Ja? Was gibt's denn noch?«, fragte sie hinter der geschlossenen Tür, und ihre Stimme klang nicht sehr einladend. »Hast du gerade durchklingeln lassen?«

Ich schluckte. »Ja. Nur eine Kleinigkeit«, flüsterte ich.

Die Tür wurde einen Spalt aufgeschoben. Maries braune Augen erschienen, dann zeichnete sich das Gesicht ab. Maries vertrautes Antlitz, das ich noch vor gar nicht langer Zeit mit unzähligen Küssen bedeckt und dessen verwegenes Lachen mir stets schon wenige Stunden nach einem gemeinsamen Wochenende zu fehlen begonnen hatte. Sie starrte mich mit leicht geöffnetem Mund an. Eines stand fest: Mit niemandem hatte sie weniger gerechnet als mit mir.

»Wir waren verabredet«, sagte ich leise. »Erinnerst du dich?« Meine Augen brannten plötzlich. Nein, dachte ich, keine Tränen. Nicht jetzt. Jetzt will ich nur wissen, was hier gespielt wird.

»Aber du wolltest doch ...? Wir haben doch ...«

»Ja«, gab ich ihr recht. »Eigentlich wollte ich gestern Abend nach Hause fahren. Du hattest mir so schön zugeredet. Es war dir ziemlich wichtig, dass ich hier verschwinde.«

Sie hielt die Tür umklammert. Eine Sekunde verstrich, zwei, drei, fünf. Ich sah sie an und wartete, hoffte, dass sie näher kam und ihr Mund weich wurde, ihr Blick sanft. Ich sehnte mich nach einer Berührung und nach einem bei aller Verblüffung schließlich doch freudigen Gefühl, das sich auf ihrem Gesicht abzeichnete und dann alles leicht und erklärbar machte. Ja, einen Augenblick lang gab ich dem kitschigen Traum von einem Happy-End eine Chance.

Sie schluckte mühsam. »Charlotte, hör zu, ich kann das erklären, nur …« Sie brach ab und schüttelte den Kopf. Der Augenblick war unwiederbringlich dahin.

»Ich höre gerne zu«, erwiderte ich. Meine Stimme klang rau und dumpf, als hätte ich stundenlang geredet. »Ich bin ziemlich sicher, dass du mir einiges zu erzählen hast.«

»Natürlich, und ob!«, gab sie rasch zurück. »Ich werde dir alles erklären, aber weißt du, der Zeitpunkt ist denkbar ungünstig. Doch auch das werde ich dir erklären. Bald. Hab bitte etwas Geduld mit mir.«

Abrupt setzte sie ein Lächeln auf, als erinnere sie sich in diesem Moment daran, dass wir einander bisher so voller Liebe zugetan gewesen waren, dass unsere Ehen keine Rolle mehr gespielt hatten. Jedenfalls war ich bis vor kurzem davon ausgegangen. Nun aber standen wir voreinander, die kaum halb geöffnete Tür eines Hotelzimmers zwischen uns, starrten einander an und bewarfen uns mit ausweichenden Halbsätzen, als hätte es niemals eine Liebesgeschichte gegeben, ein Versprechen, eine Hoffnung, meine Güte ja: eine feste, auf Dauer angelegte Beziehung, oder hatte ich tatsächlich die ganze Zeit über in einem Luftschloss gelebt? Das war die wichtigste Frage, und ich schwor mir, dass ich nach Ablauf dieses Abends, dieser Nacht eine eindeutige Antwort darauf erhalten haben würde.

Ich erwiderte ihr Lächeln nicht. »Bald? Du wirst es mir noch heute Abend erklären. Es kann auch die ganze Nacht dauern. Das ist mir völlig egal. Ich habe Zeit.«

Sie verlagerte ihr Gewicht von einem Bein aufs andere. »Charlotte, ich bitte dich, mach jetzt bitte keine ...«

»Wir können zu mir gehen. Ich habe ein Zimmer in der dritten Etage: Nummer 301 – ein Doppelzimmer für uns beide: du erinnerst dich? Es ist wie geschaffen für zwei, die sich viel zu sagen haben.«

Sie schüttelte den Kopf. »Nicht hier und jetzt und auch nicht heute oder morgen«, entgegnete sie nach einer kurzen Pause ebenso leise wie klar und auf einmal wieder gewohnt selbstsicher. »Ich habe mich um eine wichtige geschäftliche Angelegenheit zu kümmern, Charlotte«, fügte sie noch leiser hinzu. »Das war vor diesem Wochenende in dieser Form nicht absehbar, wie ich dir schon am Telefon mehrfach sagte. Ich kann mich da nur wiederholen.«

»Mag sein, aber jetzt ist doch alles erledigt. Und wieso bist du derart unnahbar?«

Sie stutzte und warf mir einen scharfen Blick zu. »Ich habe wirklich nicht mit dir gerechnet, und mir ist natürlich klar, dass die Situation ziemlich ... verwirrend für dich ist. Außerdem erwarte ich noch einen wichtigen Anruf und ...«

»Nimm dein Handy mit.«

»Ich muss noch ein paar Mails ...«

»In meinem Zimmer ist ein Laptop – wie du weißt.«

»Charlotte, hör auf!« Sie schob den Kopf zur Tür heraus und blickte hastig den Flur entlang, bevor sie mich wieder ansah – aufgebracht, wie mir schien. »So geht das nicht.«

»Das finde ich auch.« Ich zeigte mit dem Daumen nach oben. »301. Nun komm schon.«

»Nein.«

»Nein?« Ich kniff die Augen zusammen. Plötzlich stieg eine Welle kalter Wut in mir auf. Das war angenehm. Sehr angenehm sogar. Wann war ich das letzte Mal so richtig wütend gewesen? Das war eine Ewigkeit her und hatte garantiert nichts mit Marie zu tun gehabt. »Überleg dir gut, was du sagst«, fuhr ich fort. »Ich erwarte nichts anderes als eine Aussprache, nachdem du mich derart übel hinters Licht geführt hast ...«

»Die kriegst du, das habe ich schon gesagt. Aber nicht an diesem Wochenende.«

»Doch, meine Schöne, an diesem Wochenende, und zwar jetzt! Ich bin mir ganz sicher, dass du mir gleich ein paar ausführliche Antworten geben wirst.«

Einen Moment starrte sie mich irritiert an. Auch das empfand ich als höchst befriedigend. »Sag mal, was soll das eigentlich? Ich kann ja verstehen, dass du sauer bist ... und auch verletzt, verwirrt, all das. Aber das gibt dir noch lange nicht das Recht ...«

»Ich denke schon.«

Marie legte eine Hand auf die Türklinke. Plötzlich verzog sie den Mund auf eine unschöne Weise, die ich noch nie zuvor an ihr bemerkt hatte und die mich zutiefst abstieß.

»Geh schlafen, Charlotte, ich bin müde und ...« Sie winkte ab, als seien jegliche weitere Erklärungen viel zu mühsam und kaum nachvollziehbar für mich.

Ich zwang mich zu einem breiten Lächeln. »Wen könnte es eigentlich interessieren, dass Becky einen Vorschuss von fünfzigtausend per Blitzüberweisung gefordert und vielleicht schon erhalten hat?«, fragte ich dann im Flüsterton.

Die Reaktion hätte nicht eindrucksvoller ausfallen können, wenn sich direkt vor unseren Füßen die Erde mit lautem Getöse aufgetan hätte. Marie vergaß zu atmen und starrte mich mit weitaufgerissenen Augen an. Sie war plötzlich weiß wie ein Laken. »Was …? Mein Gott! Wieso …?«

Obwohl ich ihr mit meiner Bemerkung durchaus einen Schreck hatte einjagen wollen, verblüffte mich die ausgesprochen heftige Wirkung. Marie schien bis ins Mark erschüttert. Ich trat einen Schritt näher und lächelte weiter. Die Situation gewann plötzlich eine vergnügliche, anregende Note. Schon das Verkleidungsspiel hatte seinen Reiz gehabt, aber nun kam eine völlig neue Komponente hinzu: Zum ersten Mal hielt ich die Fäden in der Hand, und obwohl ich gar nicht wusste, welchem Umstand genau ich das zu verdanken hatte, würde ich sie freiwillig nicht so schnell wieder hergeben, sondern herausfinden, was Marie so erschütterte.

»Habe ich dich nun davon überzeugt, dass eine ausführliche Besprechung nötig ist?«, hakte ich schließlich nach. »Und zwar jetzt gleich, ohne jede weitere Verzögerung?«

Marie hatte sichtlich Mühe, Haltung zu bewahren. »Okay, okay, reg dich bloß nicht auf.«

Ich warf ihr einen scharfen Blick zu. Sie trat aus der Tür und schloss sorgfältig ab, nachdem sie kurz nach ihrem Handy getastet hatte.

»Wir gehen durchs Treppenhaus nach oben«, sagte ich leise. Es war auffallend still im Hotel.

Marie warf mir einen unfreundlichen Blick zu. »Charlotte, ich finde es schon ziemlich bedenklich, wie du dich verhältst«, meinte sie und versuchte, ruhig zu klingen.

»Bedenklich? Wie *ich* mich verhalte? Das sagst ausgerechnet du?«, erwiderte ich scharf.

»Hör zu, ich …«

»Das werde ich gleich tun – wenn wir in meinem Zimmer sind«, unterbrach ich sie. »Dann wirst du mir alles erzählen – haarklein und in aller Ausführlichkeit.«

»Meine Güte – ja, aber warum kannst du dich nicht ein paar Tage gedulden? Und was sollen diese merkwürdigen Andeutungen mit Becky und dem Geld?«

Ich zauberte ein Lächeln auf mein Gesicht. »Vielleicht solltest du dich daran gewöhnen, dass ich jetzt diejenige bin, die Fragen stellt, und du wirst sie beantworten.«

Dazu sagte sie nichts mehr. Wenig später nahmen wir in meinem Zimmer in der kleinen Sitzecke am Fenster Platz. Marie griff nach einem Glas und schenkte sich Wasser ein, das auf einem zierlichen Tablett bereit stand. Einen Moment schien mir die Situation so absurd, dass ich davon überzeugt war, in der nächsten Sekunde aus einem Alptraum aufzuwachen – ebenso erleichtert wie verblüfft, welch bizarre Geschehnisse sich ein Gehirn auszudenken vermochte – und noch einmal von vorn anfangen zu können.

Aber wann genau war eigentlich *von vorn?* Am Freitagmorgen? Vor vier Wochen? Vor sechs oder acht Monaten oder fünf Jahren? Hätte ich irgendetwas anders gemacht mit dem Wissen von heute? Die Frage ließ sich unmöglich beantworten. Auf andere Fragen hingegen gab es Antworten, und die wollte ich hören. Unabhängig von meiner stetig gewachsenen Neugierde war sie mir das einfach schuldig.

»Was ist hier los, Marie?«, fragte ich schließlich und verschränkte die Arme vor der Brust. »Was für ein Spiel spielst du?«

Sie hob das Kinn, als wolle sie sich selbst Mut zusprechen. »Das könnte ich dich auch fragen. Noch mal: Woher weißt du von Becky und dem Geld?«

Ich schüttelte langsam den Kopf. Die Angelegenheit musste immens wichtig sein, denn Marie kam gar nicht auf die Idee, dass sich meine Frage zunächst einmal auf unser geplatztes Treffen sowie ihre Ausflüchte und Lügen beziehen könnte. »Alles zu seiner Zeit. Wie schon gesagt: Im Moment stelle ich hier die Fragen. Ob dir das passt oder nicht.«

Sie sah kurz zum Fenster hinaus und wandte sich dann wieder mir zu. »Wie lange weißt du schon davon?«, hob sie erneut an.

»Das spielt keine Rolle«, entgegnete ich betont forsch. »Ich schlage vor, du fängst einfach an zu erzählen, und wenn ich Fragen habe, werde ich die stellen.«

»Und wenn ich das nicht tue?« Sie setzte das Glas ab und legte die Hände auf den Tisch.

Ich lehnte mich langsam zurück, um Zeit zu gewinnen. Welche Geschäfte auch immer Marie und Becky miteinander tätigten – unsere Liebesgeschichte, wenn ich sie überhaupt noch so nennen durfte und so weh es mir auch tat, verblasste daneben zur völligen Bedeutungslosigkeit. Da ich nicht den leisesten Schimmer hatte, was Marie derart in Aufruhr versetzte und welchen Informationsstand sie bei mir voraussetzte, blieb mir nichts anderes übrig als zu bluffen.

»Denk mal an Frankfurt«, forderte ich sie schließlich in ruhigem Ton auf. Es war ein Schuss ins Blaue, aber er traf besser, als ich zu hoffen gewagt hätte.

Marie fuhr zusammen, als hätte ich sie geschlagen. Ich erwiderte ihren entsetzten Blick mit Gleichmut – gespieltem Gleichmut, aber sie kaufte ihn mir ab, und ich kam aus dem Staunen gar nicht mehr heraus. Das durfte ich mir jedoch auf keinen Fall anmerken lassen.

»Mein Gott – was willst du?«, fragte sie nach einer langen Pause.

»Die Wahrheit. Die ganze Wahrheit. Von Anfang an. Nicht mehr und nicht weniger.« Ich schenkte ihr ein Lächeln.

»Wie meinst du das – von Anfang an?« Sie atmete inzwischen merklich schneller.

»So wie ich es sage. Wie hat alles angefangen?«

»Hast du ein Aufnahmegerät?«

Diesmal hatte ich große Mühe, die Fassung zu bewahren.

»Das brauche ich nicht«, sagte ich nach einer kurzen Pause, in der ich ihrem Blick immerhin ohne mit der Wimper zu zucken standgehalten hatte.

»Was wirst du mit den ganzen Informationen ...?«

Ich schüttelte den Kopf. »Schluss jetzt, Marie! Begreif endlich, dass nicht du hier die Fragen stellst – fang an!«

22 *Lisa*

Mein Fahrstil war nicht überzeugend gewesen und wahrscheinlich sehr auffällig. Da derlei Vergehen nach meiner Kenntnis aber nicht ausreichten, um beim LKA aktenkundig zu werden, hatte Amelie Rupert dort aller Wahrscheinlichkeit nach anderes zu tun gehabt, als mich anzuzeigen.

Der Gedanke mühte sich durch mein Hirn, während ich langsam nach Hause fuhr. Ein leicht hysterisches Gelächter stieg mir in den Hals, blieb aber stecken. Plötzlich gab es eine Menge Antworten auf Fragen, die klar zu formulieren ich mir verkniffen hatte. Ameliste war gar keine Unternehmensberaterin, sondern eine Kripofrau, schlussfolgerte ich in rekordverdächtig kurzer Zeitspanne, und die Datenbank diente auch nicht der Optimierung von Geschäftsabläufen und diesem ganzen Kram, den die Hotelbesitzerin Margot Sander und Amelie Rupert mir vorgebetet hatten. Das LKA beobachtete irgendwen oder irgendwas im Hotel und benötigte dazu detaillierte Informationen über die Gäste und deren Gewohnheiten. An dieser Stelle kam ich ins Spiel –

eine mehr oder minder kenntnisschwache und lediglich angelernte Hotelfachfrau, die es sich nicht leisten konnte, dumme Fragen zu stellen und ihren Job zu riskieren, sondern ihre Aufgabe als tumbe Datensammlerin und williges Bürohäschen, das nicht zu tiefschürfenden Überlegungen neigte, recht gut bewältigte, wie Ameliste ja stolz am Telefon berichtet hatte. So fiel der polizeiliche Einsatz niemandem auf – weder den anderen Angestellten noch den Gästen. Blitzmerkerin, rief ich mir selbst höhnisch zu. Da sind wir ja ganz schnell drauf gekommen. Intern wird mich das LKA bei zukünftigen Einsätzen als glorreiches Beispiel für die erfolgreiche Einbindung unbedarfter Mitbürger anführen.

Und wenn die Ermittlungen beendet sind, kann ich gehen, kombinierte ich scharfsinnig weiter. Dann wird es nämlich höchste Zeit, wieder eine richtige Hotelkraft einzustellen. Ich ballte die Faust und hieb aufs Lenkrad. Super, dachte ich, und mein Wutpegel schnellte beachtlich in die Höhe. Als ich zu Hause eintraf, hatte er sich auf einem mittleren Niveau eingependelt, hielt sich dort aber hartnäckig.

Ich fläzte mich aufs Sofa und schenkte mir ein Glas Wein ein. Nachdem ich es ungefähr zur Hälfte geleert hatte, begann ich mich ein wenig zu beruhigen. Wen hatten die im Hotel Marlene wohl im Visier? Bilder von gefährlichen Polizeieinsätzen schossen mir durch den Kopf – vorneweg Kommissarin Rupert, die unerschrocken hinter das Steuer ihres schnittigen blauen Audis hechtet, um anderthalb Sekunden später mit quietschenden Reifen vom Parkplatz zu fegen und die Verbrecher höchstpersönlich dingfest zu machen. Die Frisur sitzt immer noch perfekt. Der eisblaue Blick fixiert das Fluchtfahrzeug, in dem sich Hehler, Diebe, Schläger, Sexualstraftäter, Wirtschaftsverbrecher, Mörder, Mafiabosse, eben üble Kriminelle befinden …

Ich schüttelte den Kopf. So 'n Quatsch! Aller Wahrscheinlichkeit nach ging es ja wohl um Frauen. Vielleicht hatte Ronja beim Kostümfest außer mir noch drei, vier weitere Haremsdamen oder Wüstenprinzessinnen vernascht und die eine oder andere zu heftig gefesselt. Ich kicherte nervös, dann musste ich schlucken. Natürlich konnten üble Kriminelle auch weiblichen Geschlechts sein …

Ich schenkte mir ein zweites Glas Wein ein und ging in die Küche, um meine Vorräte zu inspizieren. Eine Fertigpizza oder selbstfabrizierte Bratkartoffeln mit Schinken und Ei konnten zwar nicht annähernd mit Inges kulinarischen Köstlichkeiten mithalten – allein das Ansinnen, hier einen Vergleich anzustellen, war lächerlich –, aber zum Sattwerden reichte es. Schließlich landeten dann doch die üblichen Spaghetti mit Tomatensoße auf meinem Teller, die für eine sporadische Amateurköchin immerhin so gelungen waren, dass Empörung und Aufregung ein wenig abflauten. Zum Nachtisch gönnte ich mir einen heißen Vanillepudding mit Himbeersauce. Den hatte ich mir nun wahrlich verdient. Gesättigt und einigermaßen abgeregt, griff ich schließlich zur Fernsehzeitung, als das Telefon klingelte. Mein Herz machte einen Sprung – mein Telefon klingelte eher selten, am Samstagabend, wenn die Wochenendplanung der meisten meiner wenigen Freundinnen und Bekannten längst abgeschlossen war, schon mal gar nicht …

»Ich hoffe, ich störe nicht«, sagte Amelie Rupert, als ich mich zum Glück artig gemeldet hatte.

Meine Hand umfasste den Hörer mit festem Griff. Nö, Frau Kommissarin, dachte ich – ich schlage mir nur gerade den Bauch voll und kippe noch das eine oder andere Glas Wein drauf, um zu vergessen, dass ich so richtig von Ihnen verarscht werde, noch dazu auf Staatskosten …

»Lisa?«

»Ähm – ja? Ich hab gerade den Hörer in die andere Hand wechseln müssen«, sagte ich eilig. Um Ausreden war ich selten verlegen.

»Ach so. Ich plane gerade die nächsten Tage. Morgen ist es personalmäßig auch wieder sehr eng. Könnten Sie erneut einspringen?«

Ich erlaubte mir ein zuckersüßes Lächeln. »Eigentlich ...«

»... hätten Sie ein paar freie Tage verdient«, nahm sie mir quasi die Worte aus dem Mund, und ich hätte meinen Einwand kaum besser formulieren können. »Ich weiß. Aber ich brauche dringend jemanden, auf den ich mich verlassen kann.«

Ohne Zweifel – das ging runter wie Öl, trotz allem, zumal Amelies Stimme verführerisch weich und dunkel klang. Ich hätte sie am liebsten geschüttelt, angebrüllt, ausgelacht, in die Arme genommen, geküsst, in den Hintern getreten ... und das alles auf einmal. Aha. Interessant. Auch das noch. Ich schluckte. »Wann?«

»Gegen neun. Und falls es Sie tröstet – ich mache auch jetzt erst Feierabend, wenn die Nachtbesetzung für den Empfang eintrifft, und bin gleich morgen früh wieder da.«

Tröstete mich das? Sie hatte viel zu tun, das stand fest. Außergewöhnlich viel für eine Unternehmensberaterin, die lediglich die Geschäftsabläufe durchleuchten, optimieren und die Datenerfassung modernisieren sollte, aber die Bemerkung behielt ich natürlich für mich. Nicht dass sie sich wunderte, zu welch geistig aufwändigen Rückschlüssen ich plötzlich fähig war.

»Gut, ich komme«, sagte ich. »Es klingt ja, als ob einiges los wäre.«

»Ja, das kann man so sagen.« Sie lachte dieses wunderbare Lachen, das so lange in mir nachklang. Viel zu lange, um genau zu sein. Wie ein Echo, das nicht verebbte. »Das kann man wirklich so sagen. Aber es kommen auch wieder ruhigere Zeiten. Wahrscheinlich sogar sehr bald. Vielen Dank, Lisa.«

Ich atmete tief durch. »Bis morgen.«

Ich legte auf, bevor mir doch noch eine vorwitzige Bemerkung oder Frage entschlüpfen konnte und nahm erneut die Fernsehzeitung zur Hand. Gähnende Langeweile auf allen Kanälen. Ich trommelte mit den Fingern auf den Tisch, stand auf, ging in die Küche, wusch ab, setzte mich wieder ins Wohnzimmer. Immer noch gähnende Langeweile auf allen Kanälen. Zehn Minuten später hatte ich die Nase voll und beschloss, einen kleinen Verdauungsspaziergang zu machen. Bevor ich intensiver über mein Vorhaben nachdenken konnte – soweit ich mich erinnerte, hatte ich in den vergangenen fünfunddreißig Jahren noch nie freiwillig einen Verdauungsspaziergang gemacht, sondern allenfalls einen Verdauungsschnaps gekippt –, schlüpfte ich in Pullover und Jacke und verließ das Haus.

Ich hatte Wein getrunken und ließ den Wagen natürlich artig stehen. Bis zur U-Bahn waren es nur ein paar Minuten. Unter den Linden stieg ich aus und lief in Richtung Hotel. Wohin auch sonst? Das Hotel Marlene war hell erleuchtet. Plötzlich wurde mir zweierlei sonnenklar: Erstens sollte mein Job dort nicht so enden, wie er begonnen hatte: als ahnungs- und hirnlose LKA-Hilfskraft, und zweitens würden sich alle noch wundern, vorneweg Amelie Rupert. Jawoll!

Ute hatte an diesem Wochenende Nachtdienst. Sie war knapp sechzig, hatte eisgraues raspelkurzes Haar, Schultern wie Wladimir Klitschko und gehörte zum Inventar des

Hotels. Wenn sie nicht am Tresen saß, um prüfende Blicke durchs Foyer zu werfen oder Telefonate anzunehmen, hockte sie in der kleinen Kammer hinter der Rezeption und sah sich einen Film an, während sie ihr Nachtmahl vertilgte, oder blätterte in einem jener Hochglanz-Frauenmagazine, in denen dürre Models Haute Couture präsentierten. Manchmal nickte sie ein Viertelstündchen ein. Aber sobald sie am Empfang gebraucht wurde, zog sie ihren Blazer gerade, schlüpfte nach vorn und strahlte frisch und munter – egal, ob es zehn Uhr abends oder vier Uhr früh war. Als sie mich erblickte, wich das professionelle Lächeln einem Ausdruck der Verwunderung.

»Was machst du denn hier? Hast du kein Zuhause?«, fragte sie und blickte auf die Uhr, als stünde dort die Antwort auf ihre Fragen.

Es war noch nicht mal halb elf. Ein Teil der Gäste genoss das Berliner Nachtleben, andere hatten sich bereits zurückgezogen.

»Ich war gerade in der Nähe und dachte ...«

Ute tippte sich an die Stirn und griente. »Ach ja? Gib's zu, du hast Stress mit deiner Liebsten und bist zu Hause rausgeflogen, weil sie die Nase voll von dir hat!«

Nun tippte ich mir an die Stirn. »Damit liegst du völlig falsch.«

Ute stützte die Unterarme auf den Tresen. »Also, was dann?«

»Ist die Chefin eigentlich an diesem Wochenende im Haus? Ich meine: Margot Sander?«

»Nö. Soweit ich weiß, ist sie gleich nach dem Kostümfest ins Wochenende gefahren. Warum?«

Ich trat von einem Bein aufs andere. »Apropos Kostümfest ...«

»Ja?« Ute runzelte die Stirn.

»Hör zu, ich muss was nachgucken – und der Zeitpunkt ist gerade ziemlich ideal, zumal du Dienst hast.«

Sie richtete sich langsam auf, wodurch ihre Schultern noch breiter wirkten, und lockerte ihre Halsmuskulatur, indem sie den Kopf wiegte – wie ein Boxer auf dem Weg zum Ring. Dann fixierte sie mich abwartend. Wenn ich es recht bedachte, wirkten die Klitschko-Brüder richtiggehend zierlich gegen Ute. Und schmalbrüstig.

»Ich habe dem Kostümfest auch einen kleinen Besuch abgestattet«, erklärte ich und stammelte ein bisschen. »Na ja, und … Also, ich war dann noch auf einem der Zimmer und …«

»Oh«, meinte Ute einsilbig.

»Ja, genau: Ich glaube, dass ich da was liegengelassen beziehungsweise verloren habe, und nun will ich die Gunst der Stunde nutzen und nachsehen, ob ich es wiederfinde – wenn du verstehst, was ich meine.«

Das klang gut, fand ich. Eigentlich recht überzeugend. Na ja – es war eine ganz nette Idee, die nicht gerade von Einfallsreichtum zeugte, aber manchmal lag das Geheimnis in der Schlichtheit. Dann müsste ich nach Kommissarin Ruperts Auffassung ja ein einziges großes Geheimnis sein …

Ute fixierte mich weiterhin. »Lass mich kurz zusammenfassen: Du warst mit einem Gast auf einem der Zimmer?« Plötzlich grinste sie. »Ich fange in der Tat an zu verstehen. Häkelmuster habt ihr dort wahrscheinlich nicht getauscht. Oder euch gegenseitig in eure Poesiealben geschrieben. Kennst du so was überhaupt noch?«

Ich nickte eifrig. »Doch, doch, meine Mutter war ein ziemlicher Fan dieses romantischen Hobbys und hat innerhalb weniger Jahre …«

»Weißt du denn noch die Zimmernummer?«, unterbrach Ute mich, der die Sache mit den Poesiealben plötzlich doch nicht mehr so wichtig schien, dass sie die einzelnen Eintragungen meiner Mutter aufgezählt haben wollte. Schade aber auch, ich war gerade dabei, so richtig in Fahrt zu kommen.

»Eben nicht. Aber wenn du mich mal schnell in den Computer gucken lässt, komme ich vielleicht auf den Namen und kann feststellen, ob das Zimmer überhaupt noch frei ist. Und dann könnte ich …«

Ute winkte ab und schüttelte den Kopf. »Okay, okay. Am besten, du erzählst mir keine Einzelheiten, und wenn du erwischt wirst, weiß ich von nichts.«

»Natürlich nicht – und du hast was gut bei mir!«

»Das will ich hoffen.«

Ute nickte in Richtung des Monitors und verschwand wieder in ihrem Kabuff, während ich wieselschnell hinter den Tresen schlüpfte und die Datenbank aufrief.

Was ich im Einzelnen vorhatte, war mir in diesem Moment selbst noch nicht klar, aber nachdem ich nun wusste, dass hier im Hotel etwas faul war und Ruperts Anruf noch mal rekapituliert hatte, schien es offensichtlich, dass die Ermittlungen zur Zeit auf Hochtouren liefen. Und die Frage, was mir in den letzten beiden Tagen an Besonderheiten aufgefallen war, ließ meinem schlichten Geist keine Ruhe mehr. Frei nach dem Motto mit dem blinden Huhn wollte ich einfach mal mein Glück versuchen.

Da war zum Beispiel Charlotte Winkler, die so sehnsüchtig auf ihre Freundin oder Geliebte gewartet hatte, dass sie sogar die aktuellen Staumeldungen im Blick behalten wollte – und in der Tat: Marie Hauser war inzwischen doch noch eingetroffen, stellte ich fest und stutzte im gleichen Moment. Wieso hatte sie sich ein Einzelzimmer genommen, statt sich in die Arme ihrer Herzallerliebsten zu stürzen und das Doppelzimmer von Charlotte zu nutzen? Vielleicht hatten die beiden sich verkracht, weil Marie so unpünktlich gewesen war, und schätzten zumindest erstmal eine gewisse Distanz. Bis die Dinge sich geklärt hatten und der Ärger abgezogen war. Hm, na ja.

Und warum waren die einzelnen Kategorien im Anmeldeformular bei Marie Hauser nur teilweise ausgefüllt? Merkwürdig. Mir fiel ein, dass Ameliste mich mittags nach Hause geschickt hatte und dann selbst an der Rezeption eingesprungen war. Wieso hatte ausgerechnet Frau Kommissarin die Anmeldung so schlampig vorgenommen? Das hätte ich mir nicht erlauben dürfen.

Ich schob die Frage beiseite – sie ließ sich im Moment ohnehin nicht beantworten – und warf einen Blick aufs Schlüsselbrett. Charlotte Winklers Schlüssel fehlte, ebenso der von Marie Hauser. Beide Frauen waren also zumindest im Haus, wahrscheinlich sogar in ihren Zimmern oder zusammen in einem, um sich auszusprechen, zu streiten, zu versöhnen … was auch immer.

»Na, biste fündig geworden?«, fragte Ute plötzlich hinter mir.

Ich schrak zusammen. »Ich bin nicht ganz sicher, um ehrlich zu sein. Was mache ich denn jetzt bloß?«

»Welche Zimmer kommen denn in Frage?«

Ich schielte vom Monitor wieder rasch hinüber zum Schlüsselbrett. »Na ja, soweit ich mich erinnern kann … Warte mal, also, es könnte so rein theoretisch die 212 gewesen sein. Ja, ich glaube schon … Oder aber auch die 302, wenn ich es recht bedenke. Klingt ja auch ganz ähnlich, oder?«

Ute seufzte und schüttelte den Kopf. Ein halb mitleidiger, halb strafender Blick fixierte mich für einen Moment. Zugleich hatte ich das Gefühl, ihr allmählich auf die Nerven zu gehen. »Wenn du meinst. Guck doch mal nach, ob die Zimmer frei sind. Heute Mittag sind ja einige Gäste abgereist. Allerdings ist schon geputzt worden. Wenn du Pech hast …«

Sie waren frei. Ich winkte ab und schnappte mir die Schlüssel. »Ich sehe mal nach.«

»Okay. Bis später.«

Ich nahm die Treppe. Hinter mir stand Ute an der Rezeption und kam wahrscheinlich aus dem Kopfschütteln gar nicht mehr raus.

Charlotte Winkler hatte die 301, Marie Hauser bewohnte die 213. Ich wusste immer noch nicht genau, was ich vorhatte, geschweige denn zeichnete sich so etwas wie ein Schlachtplan in meinem Hirn ab, doch ungefähr lief mein Vorhaben darauf hinaus, mich in den Nebenzimmern ein bisschen umzusehen beziehungsweise umzuhören. Es war sehr hellhörig im Hotel. Vielleicht bekam ich ja irgendwas mit, womit sich punkten ließ.

23 *Hannah*

Marie Hauser und Becky Koch hatten gemeinsam zu Abend gegessen und noch eine Stunde im Kaminzimmer gesessen, bevor sie sich in ihre Zimmer zurückgezogen hatten. Ich war froh, dass Ben höchstpersönlich in einem Wagen vor dem Hotel die nächtliche Wache übernahm und machte mich auf den Weg, nachdem ich mit Lisa telefoniert hatte und Ute für die Nachtschicht eingetroffen war.

Ich setzte mein Headset auf und wählte Margots Nummer, während ich mich in den laufenden Verkehr einfädelte.

»Hallo, meine Liebe«, begrüßte ich sie. »Wenn alles klappt, hast du dein Hotel ab morgen wieder für dich. Na, wie klingt das?«

Margot lachte. »Ach ja? Ich kann mir gar nicht vorstellen, wie das ist, wenn wir wieder ein stinknormaler Hotelbetrieb sind.«

»Ruhiger, schätze ich.«

»Und weniger aufregend«, ergänzte Margot. »Und du wirst auch nicht mehr da sein.«

»Wir werden in Kontakt bleiben.«

»Das hast du schon mal gesagt – vor langer Zeit. Erinnerst du dich?«

Selbstverständlich erinnerte ich mich. »Margot, ich …«

»Ach, schon gut«, unterbrach sie mich. »Es ist alles anders gekommen, als wir damals dachten. Oder als ich gedacht habe. Lassen wir das. Es ist ja auch schon sehr lange her.«

»Fast dreißig Jahre. 1980 haben wir uns kennengelernt«, ergänzte ich.

»Meine Güte. Wenn meine Eltern oder Großeltern gesagt haben: Kinder, wie die Zeit vergeht, hat mich das immer furchtbar genervt. Aber jetzt kann ich den Satz unterschreiben. Er passt immer häufiger, stelle ich fest.«

Daraufhin schwiegen wir beide einen Moment. »Ich habe eine Frage, vielleicht ist es auch eine Bitte«, hob ich schließlich wieder an.

»Ich glaube, ich weiß, was jetzt kommt«, behauptete sie.

»Wirklich? Und was?«

»Lisa.«

»Du kennst mich noch immer ziemlich gut.«

Margot lachte. »Nun, ich merke immer noch, wenn dir jemand gefällt, und sie hat ja auch was. Ein bisschen jung und hibbelig vielleicht, aber ansonsten …«

»Würdest du sie weiterbeschäftigen?«, fragte ich, ohne auf ihre Einschätzung einzugehen.

»Ich habe schon darüber nachgedacht. Diese Datenbank war ja eigentlich so oder so nötig, wenn auch wohl nicht in dem Umfang, und Lisa hat sich da mächtig reingehängt. Sie macht ihren Job gut, zu tun gibt es genug – ich sehe keine Veranlassung, ihr zu kündigen.«

»Das freut mich.«

»Dachte ich mir.«

»Ich melde mich und gebe dir noch genauer Bescheid, wenn alles vorbei ist.«

»Das hoffe ich. Lass dich nicht unterkriegen und grüß Karen.«

»Mach ich.«

Wir beendeten das Gespräch.

Karen hatte mich damals mit Margot bekanntgemacht. Meine große Schwester, acht Jahre älter als ich, war bereits 1970 nach Berlin gegangen, um dort Architektur zu studieren und das aufregendste Leben zu führen, das ich, das wohlbehütete Nesthäkchen aus einem gutbürgerlichen Elternhaus in Göttingen, mir denken konnte. Wir hatten fest vereinbart, dass ich nach dem Abitur ebenfalls in die seinerzeit geteilte Stadt gehen würde – zum Leidwesen unserer Eltern, die ziemlich verzweifelt waren, gleich zwei Töchter an das Berliner Lotterleben zu verlieren, wie sie es nannten. Aber wir ließen uns nicht beirren, obwohl ich meine Ausbildung zunächst auf der Polizeischule in Hannover begann und erst 1980 nach Berlin wechselte. Mein Vater, ein erfolgreicher Anwalt, hätte es zu gern gesehen, wenn zumindest ich unter seinen Fittichen geblieben wäre und eines Tages die Kanzlei übernommen hätte.

Karen hingegen hegte wohl die Hoffnung, dass ich meine in ihren Augen unmöglichen und politisch kaum zu vertretenden Berufspläne unter ihrem Einfluss schnell aufgeben würde, um etwas Vernünftiges zu studieren – und das hieß für sie: fernab von Jura, Polizei und ähnlich konservativem Zeug, wie wir es aus unserem Elternhaus kannten. Aber in diesem Punkt irrte sie sich. Ich war aus voller Überzeugung bei der Polizei, und ich blieb dabei.

Margot hatte eine kaufmännische Ausbildung und ein Sozialpädagogikstudium absolviert und betrieb damals eine recht gutgehende Kneipe und Pension in Kreuzberg. Sie engagierte sich insbesondere für Frauen und feministische Belange, und Karen stellte sie mir eines Abends auf einer Hausbesetzerfete mit den Worten vor, dass sie die beeindruckendste, klügste, herzlichste und schönste lesbische Frau wäre, die ihr je begegnet sei. Ich wurde feuerrot. Lesbisch sagte man damals noch nicht so oft und so unverblümt. Aber es passte zu Karen, die selten ein Blatt vor den Mund nahm. Margot musterte mich gründlich, und meine Gesichtsfarbe behielt ihren Rotton.

»Ach, die zukünftige Polizistin«, sagte sie und drückte mir ein Glas Rotwein in die Hand.

Ich war es gewohnt, in Karens Kreisen eher abschätzig oder allenfalls mit mitleidigem Seufzen betrachtet zu werden, sobald meine Berufswahl zur Sprache kam, aber ich hatte gelernt, damit umzugehen.

»Ja, die zukünftige Polizistin«, bestätigte ich und versuchte, fest und klar zu klingen und sah ihr dabei gerade in die Augen.

»Bist du dort richtig?«

»Natürlich.«

»Schön. Wie geht man bei der Polizei eigentlich mit lesbischen Frauen um?«

»Ich bin nicht lesbisch«, erwiderte ich schnell, und meine Stimme klang leicht empört.

Sie lachte laut auf und warf den Kopf zurück. »Das habe ich auch nicht behauptet, Herzchen.«

Stimmt, das hatte sie gar nicht gesagt, und sie fand es höchst amüsant, wie ich ihre Frage auffasste. Zwei Wochen später verführte sie mich nach allen Regeln der Kunst. Ich hatte nie zuvor etwas Aufregenderes erlebt und war gerade dabei, erschöpft in Margots Armen einzuschlafen, als sie mir die verschwitzten Haare aus dem Gesicht strich und leise fragte: »Du bist also nicht lesbisch?«

Ehrlich gesagt – ich hatte es nicht gewusst. Nicht hundertprozentig jedenfalls. Geahnt schon, denn ich hatte beunruhigend aufwühlende Träume gehabt, und meine Erfahrungen mit Jungs waren zwar ganz nett gewesen, aber ... na ja, der richtige Kick hatte einfach gefehlt, ohne dass ich dem allzu große Bedeutung beigemessen hatte. Sex war nicht so wichtig. Mit Margot änderte sich das. Sie tat alles mit mir, wovon ich nie auch nur zu phantasieren gewagt hätte, und wir blieben vier Jahre zusammen.

Wir hätten ein rundum glückliches Paar sein können. Dass wir es nur bedingt waren, lag an mir und meiner Entscheidung, nicht offen lesbisch leben zu wollen – nicht mitten in der Ausbildung, nicht als Polizistin mit Karriereabsichten und auch nicht als Tochter eines angesehenen Juristen. Ja, plötzlich war sogar mein Elternhaus wichtig. Lesbisch zu sein war meine Privatsache, die niemanden etwas anging, da ließ ich mir auch von Karen nicht reinreden. Wir stritten so manches Mal heftig über das Thema, und je länger Margot und ich zusammen waren, desto deutlicher belastete meine Einstellung unsere Beziehung.

Margot blieb anfangs souverän und ruhig, denn sie ging

davon aus, dass ich entweder mit der Zeit lockerer und offener werden und unsere Beziehung auch nach außen selbstverständlicher würde leben können oder aber dass meine Bedenken und meine Scheu in diesem Punkt sie immer weniger stören würden. Beides trat nur in begrenztem Maße ein. Als ich bei der Kripo anfing, bekam ich hautnah mit, wie ein schwuler Kollege gemobbt wurde und sich schließlich versetzen lassen musste. Ich fühlte mich in meiner Haltung bestätigt. Meine sexuelle Orientierung hatte am Arbeitsplatz nichts verloren.

»Und im Elternhaus auch nicht?«, hakte Margot eines Tages nach, als es mal wieder um unser Streitthema und um Weihnachten ging und die übliche Frage, wer wann wo und warum feiern oder sich eben nicht familiär einbinden lassen würde.

»Warum sollte ich mit meinen Eltern darüber diskutieren? Meine Mutter ahnt längst, was los ist und schweigt, mein Vater will sich damit nicht auseinandersetzen und hofft trotz allem immer noch, dass ich bald mit einem Freund nach Hause komme, den er als Schwiegersohn in Betracht ziehen kann.«

»Scheint in der Familie zu liegen – sich mit einem Thema nicht auseinandersetzen zu wollen«, meinte Margot süffisant. »Oder vielleicht liegt es ja an mir? Wer weiß?«

»Wie meinst du das denn?«

»Na, ganz einfach – vielleicht wirst du dich eines Tages doch anders verhalten – mit einer anderen Frau an deiner Seite, deren Meinung dir wichtiger ist und die dir so am Herzen liegt, dass dir die Reaktion deiner Arbeitskollegen, deiner Vorgesetzten und deiner Eltern egal oder nicht so wichtig ist. Vielleicht sollten wir mal grundsätzlich überdenken, wie es weitergeht.«

Das traf mich tief, und ich wollte nicht wahrhaben, was Margot offensichtlich längst wusste. Aber einige Monate später trennten wir uns tatsächlich, und über die Jahre hinweg wurde ich tatsächlich lockerer, was mein Liebesleben anging. Doch was meinen Job anbetraf, war meine Zurückhaltung längst Gesetz geworden, und den Schritt zu einer ersten offensiven Auseinandersetzung mit meinen Eltern sollte ich zutiefst bereuen.

Karen schlief, als ich zu Hause eintraf. Ich kochte mir einen Tee und legte mich im Wohnzimmer aufs Sofa. Todmüde und hellwach zugleich.

24 *Charlotte*

»Na schön. Es fing vor fünf Jahren an«, begann Marie schließlich leise und zögernd zu erzählen.

Sie schien immer noch wie vom Donner gerührt. Nie zuvor hatte ich sie fassungsloser und verwirrter erlebt, und ich war inzwischen so gespannt, welche Geschichte hinter all dem steckte, dass meine persönliche Betroffenheit zumindest für Momente in den Hintergrund trat.

»Du kannst übrigens in ganz normaler Zimmerlautstärke sprechen – wir befinden uns am Ende der Etage, und das Zimmer nebenan ist nicht belegt«, bemerkte ich beiläufig. Das schien sie tatsächlich ein wenig zu beruhigen.

»Einer unserer langjährigen Kunden, eine bekannte Sportladenkette mit Firmensitz in Hamburg, hatte erhebliche Zahlungsschwierigkeiten. Ich sollte eine detaillierte Kostenanalyse vornehmen, um eine Zwischenbilanz zu erstellen«, fuhr

Marie fort. »Das nahm natürlich einige Zeit in Anspruch. Ich musste alle Posten durchgehen, Zahlungsmodalitäten und Kontostände der einzelnen Filialen prüfen und so weiter und schließlich ein Sanierungskonzept entwickeln, während Klaus' Kanzlei Verträge und dergleichen durchging.«

»Du meinst, deine Firma, die HUB, hatte den Auftrag, eine betriebswirtschaftliche Prüfung durchzuführen? Oder sollte ich besser sagen: eure Firma? Auch wenn dein Mann aus guten Gründen im Hintergrund bleibt.«

»Ja, genau.«

Ich nickte ihr zu. Sie lächelte unsicher. Das gefiel mir.

Die Ehe der Hausers basierte, so viel hatte ich Maries Erzählungen in den vergangenen Monaten entnehmen können, im Wesentlichen auf der einvernehmlichen Partnerschaft in geschäftlichen und wirtschaftlichen Belangen, frei nach dem Motto: Gewinne sind dazu da, maximiert zu werden. Und ich hatte mir auch schon zusammengereimt, dass Marie sicherlich eine erstklassige Betriebswirtin war und sich gut zu verkaufen wusste, aber sehr genau begriffen hatte, dass die wirklich lukrativen Kontakte und Aufträge in der Regel durch Klaus Hauser und seine Kanzlei zustande kamen. Auch die Gründung der HUB, der Hamburger Unternehmens- und Steuerberatungsgesellschaft, in der Marie den Großteil der Gesellschaftsanteile hielt und die Geschäftsführung pro forma einem alten Freund von Klaus übertragen war, ging auf seine Initiative zurück.

Als Wirtschaftsanwalt empfahl er vielen seiner Mandanten regelmäßig eine »seriöse, kompetente sowie vertrauenswürdige» betriebswirtschaftliche Beratungsfirma. Auf die HUB konnte er aber nur verweisen, wenn er dort eleganterweise offiziell nicht in Erscheinung trat, um wenigstens auf dem

Papier neutral zu bleiben und darüber hinaus nicht in den Verdacht zu geraten, zweimal abkassieren zu wollen, was de facto natürlich der Fall war. An dem Punkt kam Marie ins Spiel, und sie tat es ohne Zweifel gern und ohne jeden Skrupel. Sie wusste, dass sie Klaus auf seinem Gebiet nicht das Wasser reichen konnte, aber das war auch gar nicht nötig. Nachdem sie bereits einige Jahre wie die Made im Speck gelebt hatte, fand sie ihr ureigenes Betätigungsfeld. Auslöser war eine schlichte CD.

Jakob Kaiser, der Besitzer der Sportladenkette, hatte Marie ein kleines Büro zur Verfügung gestellt und eine Mitarbeiterin beauftragt, ihr alle Unterlagen zur Verfügung zu stellen, die sie für ihre Auswertung benötigte. Kaiser hielt große Stücke auf Marie und Klaus Hauser, und er wollte die Durststrecke, die sein Unternehmen gerade durchlief, so schnell wie möglich hinter sich bringen. Gutsituierte Golfer, Tennisspieler und Ruderer gehörten zu seinen Stammkunden, und Kaiser fürchtete abgesehen von dem finanziellen Ruin nicht zuletzt einen gesellschaftlichen Abstieg.

»Er war schon immer ein mieser Kleinkrämer«, erzählte Marie. Sie kam allmählich in Fahrt, und in ihrem Ton schwang unverkennbar Verachtung mit. »Ich habe mich von Anfang an gewundert, dass er es überhaupt so weit gebracht hatte. Er war geizig, investierte nur halbherzig und war nie mit ganzem Engagement dabei – den Onlinehandel hat er zum Beispiel sträflich vernachlässigt. Meist schielte er auf die Uhr und war heilfroh, wenn er abends die Rolläden runterlassen konnte.« Sie schüttelte den Kopf. »Sein Vater hatte ihm eine tolle Firma mit tragfähigen Ideen hinterlassen und einer Stammkundschaft, nach der andere sich die Finger lecken würden, aber Sohnemann hatte nichts anderes im Kopf als sein Handicap und den nächsten Segeltörn. Na ja …« Sie zuckte die Schultern. »Wie dem auch sei. Eines Abends fuhr ich nach einem langen Tag im Sportgeschäft – einziger Lichtblick: Kaisers jüngere Schwester, die mich mit Kaffee und Kuchen versorgt hatte – ins Büro zurück.« Marie atmete tief durch und versuchte ein Lächeln, aber ich ging nicht darauf ein.

»Ich packte meine Unterlagen aus und entdeckte in einer Mappe eine CD, die ich nicht zuordnen konnte«, fuhr sie fort.

Die CD stammte aus dem Sportgeschäft und ging Marie gar nichts an. Sie beinhaltete detaillierte Kundendaten, und zwar Hunderte. Kaisers Mitarbeiterin hatte sie höchstwahrscheinlich aus Versehen auf Maries Tisch liegengelassen, als sie die gewünschten Abrechnungen und Auswertungen bereitlegte, und Marie packte sie abends irrtümlicherweise mit ein. Das nahm ich ihr sogar ab.

Marie sah mich an. »Glaub mir – ich konnte nicht anders. Die CD war noch nicht mal mit einem Kennwort gesichert. Kann man so blöd sein? So naiv und schlampig?«

Man kann, dachte ich und ließ sie nicht aus den Augen. »Und? Welche Schlussfolgerung hast du aus dieser Naivität und Schlampigkeit gezogen?«

»Dass man im Hause Kaiser das Wort Datensicherheit offensichtlich nicht besonders groß schrieb, und so was rächt sich früher oder später. Heutzutage meist früher. Ich habe natürlich eine Kopie gemacht«, sagte sie. »Was sonst?«

Natürlich, dachte ich. Was sonst? Ich atmete langsam aus. »Ich verstehe.«

»Das dachte ich mir.«

»Und weiter? Was hast du mit der Kopie angestellt?«

Marie musterte mich eingehend und überlegte einen Moment. »Ich werde dir keine Namen nennen.«

Ich zuckte die Achseln. »Wir werden sehen.«

Sie beugte sich über den Tisch vor. Ihre Augen funkelten plötzlich herrisch. Sie hatte sich erstaunlich schnell von ihrer Verunsicherung erholt. »Verdammt noch mal – wie konnte ich mich so in dir täuschen? Wer bist du?«

Es gelang mir, gelassen zu bleiben. »Ganz einfach, Marie: Ich bin diejenige, die am längeren Hebel sitzt. Das ist alles. Jedenfalls im Augenblick.«

»Und was willst du? Um was genau geht es dir eigentlich?«

Ich schüttelte den Kopf. »Wir drehen uns im Kreis, Schatz. Erzähl einfach weiter. Den Rest klären wir später.«

Sie lehnte sich wieder zurück und blickte einen Moment zum Fenster hinaus, bevor sie sich mir wieder zuwandte.

In Maries Augen wäre es sträflich dumm gewesen, diese Gelegenheit nicht beim Schopf zu packen. Hunderte von Daten von zahlungskräftigen Kunden – die Mitbewerber würden sich die Finger danach lecken und einen Batzen Geld dafür auf den Tisch legen, und Kaiser war ohnehin ein Idiot. So einfach war das. Die Frage, warum eine erfolgreiche Betriebswirtin und Beraterin, die ohnehin Geld im Überfluss hatte, unbedingt einen Vorteil daraus schlagen musste – zudem auf kriminelle Weise –, stellte sie gar nicht. Reine Gier.

Natürlich war ihr klar, dass sie mit der CD nicht einfach in das nächstbeste Sportgeschäft gehen und sie dem Geschäftsführer anbieten konnte. Der Deal war von mehreren Voraussetzungen abhängig: Er musste verdeckt und sicher ablaufen, und es durften keinerlei Rückschlüsse auf Kaiser, sie oder Klaus möglich sein. Während Marie sich mit den Einzelheiten ihrer Vorgehensweise beschäftigte, wobei sie Klaus zunächst nicht einweihte, geschah etwas Bemerkenswertes.

»Es war ein so aufregendes Gefühl – wie Weihnachten und große Schulferien auf einmal«, erläuterte sie. »Ich fühlte mich hellwach, gebannt, freudig erregt …« Sie warf mir einen Blick zu. »Es war wirklich irre. Und zum ersten Mal seit langer Zeit hatte ich wieder Spaß am Sex mit Klaus. Unglaublich, oder?« Sie hob das Kinn, aber ich tat ihr nicht den Gefallen zu reagieren. »Aber nicht nur mit ihm. Natürlich nicht.«

Ich machte eine wegwerfende Geste. »Komm zur Sache, Marie. Wie hast du den Verkauf arrangiert?«

»Natürlich völlig unauffällig«, antwortete sie prompt. »Und zwar nicht nur weil Vorsicht die Mutter der Porzellankiste ist, sondern weil mir die detaillierte Planung solcher Unternehmungen liegt und richtig Spaß macht, wie ich bald feststellte. Erste Regel: keine Spuren hinterlassen, schon gar nicht im Internet. Ich bin keine Computerfachfrau, darum meide ich dieses Terrain ganz. Stattdessen habe ich von einer Telefonzelle aus in mehreren großen Läden in ganz Deutschland, die ein ähnliches Sortiment wie Kaiser haben, angerufen und personalisierte Kundendaten angeboten. Ich war selbst erstaunt, wie interessiert man auf mein Angebot reagiert hat. Mit ein bisschen mehr Erfahrung hätte ich sicherlich eine deutlich höhere Summe rausschlagen können, aber … Nun, ich habe schnell gelernt, und es ist mir gelungen, den Verkauf diskret abzuwickeln.«

»Und wie ist das Geld geflossen?«

»In diesem Fall noch bar.«

Allerdings konnte eine gutsituierte Frau wie sie kein Bargeld unter dem Kopfkissen gebrauchen, schon gar nicht in der Menge. Marie weihte Klaus in ihr Zusatzgeschäft ein, der sich, wie sie nicht anders vermutet hatte, nach anfänglicher Skepsis schnell von ihrer professionellen Vorgehensweise beeindruckt zeigte und sogleich vorschlug, bei weiteren Aktionen den Part des Geldwäschers zu übernehmen. Mit seinen Kontakten auch ins europäische Ausland und zu zahlreichen Firmen aus allen möglichen Branchen stellte es kein Problem dar, schwarzes Geld zu waschen und über einige Umwege zurückfließen zu lassen. Das war sein Anteil an dem Spiel. Er liebte ihn genauso wie Marie ihren Part.

Ich lehnte mich zurück. »Hat Kaiser denn nichts gemerkt?«, fragte ich. »Einen Rückgang seines Umsatzes zum Beispiel. Wenn auch nur zehn Prozent seiner Kunden gewechselt haben oder …«

Marie lächelte. »Der sowieso nicht. Er hat seinen Laden inzwischen übrigens verkauft. Klaus hat die Verträge gemacht und die Abwicklung übernommen … Ansonsten: Es ist nicht so selten, dass Kunden sich umorientieren und mal ein anderes Geschäft ausprobieren, oder? Gerade im Onlinehandel ist das ohnehin üblich. Und dass Produzenten, Lieferanten, Händler ihre Produktpalette erweitern und auch mit Produkten und Dienstleistungen werben, die Konkurrenten anbieten, gehört zu den normalen Vorgängen im Geschäftsleben. Wer wollte mir da widersprechen?«

»Aber wenn persönliche Daten verwendet werden …?«

»Der eine Kunde ärgert sich, dass seine Adressdaten von wem auch immer weitergegeben wurden, der andere wirft Werbesendungen und Spams weg, der dritte guckt genauer hin und ist an den Angeboten interessiert … Kaum jemand geht wirklich beharrlich der Frage nach, woher jemand seine Mailadresse weiß und seine Hobbies kennt, aber selbst wenn … Ein Missbrauch muss erstmal bewiesen werden.«

»Du hast also deine eigenen Mandanten beklaut?«, brachte ich Maries Tun nach kurzem Überlegen auf den Punkt.

»Einige von ihnen – ja. Wir haben einen großen Mandantenstamm.« Ihr Lächeln gefiel mir nicht.

»Die Leute vertrauen dir – euch und euren Kenntnissen und Fähigkeiten. Und du …«

Sie zog die Schultern hoch. »Kommt jetzt eine Moralpredigt? Sitzen wir deswegen hier zusammen?«

»Du wiederholst dich, Marie. Du weißt, was ich von dir will.«

»Charlotte, ich finde …«

»Es ist mir völlig egal, was du findest.«

Marie griff nach ihrem Wasserglas und trank einen Schluck. Sie sah mich lange an. Dabei biss sie die Zähne zusammen.

»Ich muss mal«, erklärte sie schließlich und stellte das Glas eine Spur zu heftig wieder ab.

Ich wies mit einer Handbewegung auf die Badezimmertür. Marie schob ihren Stuhl zurück und stand auf. Ich tat es ihr gleich, einfach so, ohne darüber nachzudenken. Es schien mir plötzlich wichtig, dass sie nicht auf mich herabsehen konnte.

Sie verzog den Mund. »Was ist? Willst du mitkommen und mir beim Pinkeln zusehen?« Sie warf mir einen abwartenden Blick zu. »Hm, warum eigentlich nicht? Vielleicht stehst du ja da drauf. Du bist ja durchaus für verschiedene Spielchen zu haben, wenn ich mich recht erinnere. Nichts Besonderes oder gar Aufregendes, aber immerhin …« Ihre Stimme triefte vor Hohn. »Na, wie wär's? Das ist ein einmaliges Angebot.«

Es war ein Versuch. Und kein schlechter Versuch – das wusste sie. Es hätte nicht viel gefehlt, und ich hätte ihr eine heruntergehauen. Aber ich hatte viel gelernt in den letzten Stunden. Über mich und über sie. Atmen, dachte ich. Einfach nur atmen. Der Rat war wirklich alles andere als blöd. Das muss ich Wilfrieds Freund bei Gelegenheit unbedingt sagen, dachte ich absurderweise. Sobald das hier vorbei ist.

Ich streckte die Hand aus. »Dein Handy.«

»Was?«

»Gib mir dein Handy und dann geh ins Bad. Die Tür wird nicht abgeschlossen.«

Marie biss sich auf die Unterlippe. »Ehrlich – du hast ja nicht mehr alle Tassen im Schrank.«

Ich lächelte. »Möchtest du das Gespräch an einem anderen Ort fortsetzen?«

Das war das Letzte, was Marie wollte. Ich sah ihr an, dass sie mir am liebsten an die Gurgel gesprungen wäre. Sie zog das Handy aus ihrer Gürteltasche und legte es auf den Tisch. Ich nickte ihr zu und setzte mich wieder. »Geh pinkeln, Marie. Und denk dran: Die Tür bleibt auf.«

25 *Lisa*

Ich lief in den zweiten Stock und schob die Treppenhaustür leise einen Spalt auf – gerade so weit, dass ich einen Blick in den langen Flur werfen konnte – und zuckte zurück. Charlotte Winkler stand vor einer Hotelzimmertür und redete leise mit jemandem, den ich nicht sehen konnte. Allerdings war es nicht allzu schwer zu erraten, um wen es sich dabei handeln könnte. Ich lugte erneut um die Ecke: Charlotte wartete, während Marie Hauser heraustrat und die Tür abschloss. Beide Frauen wandten sich um und bewegten sich in Richtung Treppenhaus. Direkt auf mich zu.

Ich zog die Tür zu und entschied mich im Bruchteil einer Sekunde mit heftig klopfendem Herzen, eine halbe Treppe nach unten zu flitzen und dort abzuwarten, wohin sie sich wenden würden. Falls die beiden auf dem Weg ins Foyer waren, würde ich schleunigst voraushuschen und wäre vor ihnen da. Eine Hotelmitarbeiterin konnte auch am späten Abend dort herumspazieren, ohne dass daran irgendetwas ungewöhnlich gewesen wäre. Gingen sie nach oben, in Charlottes Zimmer – und ich war ziemlich sicher, dass sie das tun würden, da sie keine Mäntel trugen –, würde ich ihnen unauffällig folgen. Warum? Weil ich neugierig war, ob sich mein merkwürdiges Gefühl bestätigen würde oder ich feststellen musste, dass ich mich auf dem Holzweg befunden hatte – mal wieder.

Die Gesichter der beiden waren alles andere als freundlich oder auch nur entspannt gewesen. Selbst wenn ich berücksichtigte, dass ich nur einen winzigen Blick auf sie erhascht hatte und zudem ziemlich aufgeregt war und mich allein deshalb täuschen konnte, war mir die Atmosphäre eisig erschienen. Mein Eindruck bestätigte sich, als die Frauen das Treppenhaus betraten und sich nach oben wandten.

»Charlotte, ich finde es schon ziemlich bedenklich, wie du dich verhältst«, vernahm ich eine flüsternde Frauenstimme, die zu Marie gehören musste, wie ich messerscharf kombinierte.

»Bedenklich? Wie *ich* mich verhalte? Das sagst ausgerechnet du?« Charlotte Winkler klang sehr empört. Sie zischte fast.

»Hör zu, ich …«

»Das werde ich gleich tun – wenn wir in meinem Zimmer sind«, unterbrach die Winkler sie. »Dann wirst du mir alles erzählen – haarklein und in aller Ausführlichkeit.«

»Meine Güte – ja, aber warum kannst du dich nicht ein paar Tage gedulden? Und was sollen diese merkwürdigen Andeutungen mit Becky und dem G…?«

Den Rest des Satzes sowie Charlottes Antwort verstand ich nicht, weil in dem Moment die Tür zur dritten Etage knarrend aufging und die beiden ohnehin sehr leise sprachen. Sie betraten den Flur, während ich einen Moment stehenblieb und tief durchatmete. Becky? Becky Koch, meine ehemalige Schulkollegin, die erfolgreiche Übersetzerin mit dem Schwerpunkt auf chinesischen Dialekten? Was hatte die denn mit den beiden zu tun?

Charlotte und Marie schienen großen Klärungsbedarf zu haben, wie unschwer zu erkennen war. Marie riss sich nicht gerade darum, mit ihrer Freundin zu reden, aber Charlotte bestand darauf, detaillierte Antworten zu erhalten, und zwar auf ihrem Zimmer, das sie ursprünglich für ein Wochenende zu zweit gebucht hatte. Klang nach prächtigem Beziehungsstreit und erinnerte nicht mal im Ansatz an Charlottes Vorfreude oder auch ihr banges Warten auf Marie.

Merkwürdige Andeutungen mit Becky und dem G…? Passte das in eine Zweierkiste, in der es ganz gehörig rappelte? Vielleicht war es ja eine Dreierkiste. Aber Becky stand nicht auf Frauen. Damals nicht und heute auch nicht. Da war ich ganz sicher.

Und vielleicht bin ich auf dem völlig falschen Dampfer, dachte ich. Es kann um ein geschäftliches Problem gehen. Aber warum waren die beiden dann so aufgeregt und, ja: feindselig? Ich nestelte den Schlüssel zu 302 aus meiner Gesäßtasche, Charlottes unbelegtem Nachbarzimmer. Die Trennwand war, wie zwischen einigen der anderen ursprünglich großen Durchgangszimmern auch, vor ein paar Jahren nachträglich eingezogen worden und nicht besonders gut schallisoliert. Wenn die beiden deutlich redeten und es rundherum still blieb, hatte ich gute Chancen, sie zu belauschen – so jedenfalls meine Idee, die ich ursprünglich ziemlich pfiffig gefunden hatte.

Du spinnst doch, fuhr es mir nun allerdings durch den

Kopf, als ich in die 302 schlüpfte und leise die Tür hinter mir schloss. Du kannst doch nicht auf einen ebenso vagen wie wirren Verdacht hin einfach zwei Gäste belauschen! Doch, entgegnete ich mir selbst. Das kann und will ich. Aber sobald ich feststelle, dass die Diskussion von Charlotte und Marie nichts, aber auch rein gar nichts mit irgendwelchen Ermittlungen à la LKA zu tun hat, sondern nur sie persönlich etwas angeht, verlasse ich sofort meinen Posten und verliere niemals auch nur ein Sterbenswörtchen über das, was ich zu hören bekommen habe, versprach ich vollmundig – wem auch immer. Damit konnte ich leben.

Charlottes Nachbarzimmer war ein kleiner Raum. Direkt an der Wand zu Charlottes Zimmer stand links der Kleiderschrank, daneben eine kleine Kommode. Ich kniete mich neben der Kommode auf den Boden und legte ein Ohr an die Wand. Ja – man konnte hören, dass nebenan gesprochen wurde. Mit etwas Phantasie wurde einem sogar relativ schnell klar, dass dort zwei Frauen zusammensaßen, die nicht besonders gut aufeinander zu sprechen waren, aber das war es dann auch schon. Bis auf einzelne Worte und Satzfetzen war nichts zu verstehen außer einem dumpfen allgemeinen Gemurmel – mal leiser, mal lauter.

Na toll, dachte ich. Ganz große Nummer. Und jetzt? Bestell ich mir im Internet eine Abhöranlage und versuch's gleich noch mal. Oder besorg mir unten in der Küche einen Topf, den ich dann an die Wand halte, und fortan erschließt sich mir das ganze Gespräch, als säße ich vor dem Radio. Ich verdrehte die Augen und seufzte leise. So ein Mist. Es wäre doch zu schön gewesen, Frau Kommissarin beiläufig mitzuteilen, dass die tumbe Datenmaus mal eben nebenher entscheidende Einzelheiten zur laufenden LKA-Ermittlung beizutragen hatte, weil es ihr gelungen war, Tatbestände nicht nur selbstständig in Erfahrung zu bringen, sondern sogar die richtigen Rückschlüsse zu ziehen. Und es wäre ein beispielloser Genuss, sich an Amelistes verblüfftem Gesichtsausdruck zu weiden. Sie würde sich entschuldigen, träumte ich vor mich hin, ein sanftes Lächeln auf den Lippen. Respekt und Bewunderung und noch einiges mehr im gletscherblauen Blick …

Träum weiter, schnauzte ich mich stumm an und rutschte ein Stück an der Wand entlang, um die Akustik zehn Zentimeter weiter zu prüfen. Auch dort war das Ergebnis eher mangelhaft. Da ich aber nichts unversucht lassen wollte, inspizierte ich nun Stück für Stück die Wand, drückte immer wieder mein Ohr an die Tapete – mal in Kopfhöhe, mal an der Scheuerleiste oder in halber Höhe –, um schließlich resigniert festzustellen, dass es keinen Sinn hatte. Bis auf einige wenige Halbsätze, die mir nichts sagten, war kaum etwas zu verstehen. Ich wandte mich um und beschloss, die ganze Angelegenheit endgültig zu den Akten zu legen und nach Hause zu fahren. Als ich am Kleiderschrank vorbeiging, schwang eine der Flügeltüren mit zartem Knarzen auf. Die Stimmen nebenan wurden sofort lauter.

Ich drehte mich irritiert um und nahm den Schrank gründlich in Augenschein. Dabei stieg mein Puls erheblich. Wenn man sich die Mühe machte, genauer hinzusehen, konnte man erkennen, dass die Rückwand geteilt war und einen Spalt freiließ, hinter dem sich eine ehemalige Durchgangstür befand. Ich bückte mich und stieg vorsichtig in den Schrank. Die Stimmen wurden noch lauter. Ich kniete mich hin und legte mein Ohr direkt an die Rückwand – der Effekt war grandios. Ich saß im Schrank und konnte die Stimmen von Marie Hauser und Charlotte Winkler klar und deutlich vernehmen. Schon nach den ersten Sätzen blieb mir der

Mund offenstehen: Wenn die beiden tatsächlich je ein Liebespaar gewesen waren, verstanden sie es großartig, diese Tatsache nicht an die große Glocke zu hängen.

»Gib mir dein Handy und dann geh ins Bad. Die Tür wird nicht abgeschlossen!«, befahl Charlotte Winkler.

»Ehrlich – du hast ja nicht mehr alle Tassen im Schrank«, kommentierte Marie diese Aufforderung unmissverständlich, was ich durchaus nachvollziehen konnte.

»Möchtest du das Gespräch an einem anderen Ort fortsetzen?«, hielt Charlotte dagegen und fügte dann hinzu: »Geh pinkeln, Marie. Und denk dran: Die Tür bleibt auf.«

Kurz darauf war das Rauschen der Wasserspülung zu hören, gefolgt von Schritten und Stuhlrücken. Ich nutzte die Geräuschkulisse, um eine bequemere Sitzhaltung einzunehmen, da ich nicht ausschließen konnte, dass das Ächzen des Schranks durch die Tür dringen würde.

»Wie ging es weiter?«, hörte ich Charlotte Winkler dann fragen. »Der Erfolg bei Kaiser hat dich garantiert angespornt.«

»Ja, kann man so sagen. Ein ähnlicher Coup ist mir noch einige Male gelungen«, entgegnete Marie Hauser nach kurzer Pause.

Es war sehr bedauerlich, dass ich die beiden nicht sehen konnte. Ich wäre jede Wette eingegangen, dass ihr Blickwechsel alles andere als freundlich war, wenn ich auch keine Ahnung hatte, worum es hier eigentlich ging. Aber das sollte sich bald ändern.

»Das hätte ich gerne etwas genauer«, bemerkte Charlotte, und ich nickte eifrig.

»Unsere Klientel ist durchweg gutsituiert. Schönheitskliniken gehören ebenso dazu wie Fitness- und Reitclubs, Softwarefirmen, Ärzte, Berater, Reiseveranstalter, Privatschulen, um nur einige zu nennen«, erläuterte Marie schließlich.

»Und wenn es mal nicht so gut läuft, ist eure Betriebsberatung zur Stelle, um zu analysieren, wo es gerade klemmt, entsprechende Tipps zu geben, die horrende Summen kosten, und nebenbei dieses oder jenes zu klauen und anderweitig ein zweites oder gar drittes Mal zu vergolden, denn dein Mann stellt ja sicher auch noch die eine oder andere Anwaltsrechnung«, resümierte Charlotte Winkler. »Was hast du eigentlich außer Kundendaten noch so alles mitgehen lassen?«

Meine Kinnlade klappte herunter, aber das hielt mich nicht davon ab, mein Ohr noch fester an den Spalt zu pressen. Nebenan herrschte einen Moment Stille.

»Nichts«, sagte Marie Hauser schließlich. »Das war's.«

»Du lügst.«

»Was?«

»Ich sagte: du lügst. Das passt einfach nicht zu dir.«

»Aha. Na, wenn du doch sowieso alles besser weißt, brauche ich ja gar nichts mehr zu sagen.«

»Ach, komm, Marie! Es wäre dir doch auf Dauer viel zu langweilig, mal hier, mal da eine CD oder einen Stick zu klauen, ein paar tausend Euro extra zu verdienen und dich händereibend zurückzulehnen, während dein auf seine Art ebenso umtriebiger Gatte für die diskrete Geldwäsche sorgt.«

»Warum denn? Langweilig ist das nun wirklich nicht.«

»Für dich auf die Dauer schon«, beharrte Charlotte Winkler auf ihrer Meinung. »Du bist nie zufrieden mit dem, was du erreicht hast und suchst immer wieder neue Herausforderungen – egal in welchem Bereich.«

»Ach? So gut meinst du mich also zu kennen? Interessant«, erwiderte Marie Hauser.

»Ja, sehr interessant sogar – da stimme ich dir unbedingt zu. Wahrscheinlich weiß ich viel mehr von dir, als du dir auch nur vorstellen möchtest.«

Stille. Ich wagte kaum zu atmen.

»Im übrigen«, hob Charlotte wieder an, »fünfzigtausend Euro Vorschuss für Becky wären dann in diesem Zusammenhang doch ein bisschen arg üppig.«

»Wenn du dich da mal nicht täuschst. Die Preise, die für erstklassiges Datenmaterial gezahlt werden, sind enorm.«

»Ich weiß, aber ich bleibe dabei – du hast über die Jahre hinweg noch viel mehr geklaut als Kundendaten.«

»Zum Beispiel?«

»Zum Beispiel Firmengeheimnisse.«

»Tatsächlich?« Maries Stimme klang belustigt.

»Ja. Warum solltest du die CD mit den Kundendaten einstecken, aber die neuesten Pläne, Entwicklungen, Forschungsergebnisse und so weiter links liegenlassen?«

»Mein Gott, Charlotte, nun mach aber mal 'nen Punkt – so blöd sind die Leute nun auch wieder nicht, dass sie ihre wichtigsten Interna jedermann zugänglich machen!«

»Du bist für die nicht jedermann!«, erwiderte Charlotte Winkler. »Sie vertrauen dir wie einer langjährigen Hausärztin, die über jedes Familienmitglied Bescheid weiß und alle Krankengeschichten aus dem Effeff kennt. Das ist der entscheidende Punkt und die eigentliche Schweinerei bei der ganzen Sache. Darüber hinaus kennst du dich in deren Büros aus, wahrscheinlich sogar in den Aktenschränken. Und wie du nebenbei ein Backup von wichtigen Dokumenten machst, während du über einer betriebswirtschaftlichen Auswertung brütest oder eine Abrechnung im Buchungsprogramm durchlaufen lässt, weißt du ganz bestimmt«, stellte sie fest. »Vergiss nicht, dass die Unternehmungsberatung auch mein Geschäft ist und Wilfried und ich seit vielen Jahren sehr erfolgreich sind. Ich weiß, wovon ich rede.« Das klang mehr als ironisch. »Also verkauf mich gefälligst nicht für dumm.«

Das schien Marie zu beeindrucken.

»Also – wie ging es weiter? Und wie kam es zur Zusammenarbeit mit Becky?«

Das interessierte mich auch brennend.

26 Hannah

Nach dem Ende meiner Beziehung mit Margot nahm ich mir fest vor, zunächst Single zu bleiben und mich auf das Wesentliche zu konzentrieren – und das war meine Arbeit. Ich war mit Leib und Seele Ermittlerin, tat mich allerdings von Anfang an schwer mit Mord, schwerer körperlicher Gewalt sowie Sexualdelikten. Vielleicht hatte ich nie gelernt, mich abzuschotten und mir die Fälle innerlich fernzuhalten. Viele Kolleginnen und Kollegen waren da wesentlich souveräner als ich. Jedenfalls kam es mir damals so vor. Später wurde mir klar, dass andere bloß nicht über ihre Alpträume sprachen oder sie leugneten. Ich ertrug die Grausamkeit einfach nicht, weder die reale noch die, die mich später in meinen Träumen verfolgte, und ich stand dazu.

»Warum bist du denn überhaupt Polizistin geworden, wenn du das, was deinen Arbeitsalltag bestimmt, so wenig ertragen kannst?«, hatte Karen mich gefragt, und nicht nur sie. »Man wird doch nicht Chirurg, wenn man kein Blut sehen kann.« Sie hielt den Vergleich für ungemein treffend.

Dass Polizeiarbeit nicht nur mit Leichen und den Auswirkungen körperlicher Gewalt zu tun hatte und für mich ein gesellschaftspolitisch wichtiger Job war, wollte sie nicht hören – darüber hatten wir uns schon oft die Köpfe heiß geredet.

»Man kann Psychiater werden oder Augenarzt, nicht wahr?«, erwiderte ich.

Dieses Argument musste sie gelten lassen, aber sie tat es widerwillig. Karen korrigierte ihre Meinung schon immer ungern.

Als ich zum LKA wechselte, kam ich ins Wirtschaftsressort. Gewalt äußert sich in vielen Formen und war natürlich auch hier ein Thema, aber sie zeigte sich häufig anders – hintergründiger, subtiler. Damit kam ich besser zurecht. Bilanzfälschungen, Geldwäsche, Betrug und dergleichen stinken auch zum Himmel, verursachen aber eine andere Übelkeit als Wasserleichen, obwohl das eine manchmal dann doch wieder mit dem anderen zusammenhing …

Der Tee war kalt geworden. Ich stand auf, um die Tasse in die Küche zu bringen und nach Karen zu sehen. Ihr Schlafzimmer befand sich seit dem ersten Schlaganfall im Erdgeschoss. Als ich an ihr Bett trat, sah sie mit wachen Augen zu mir hoch.

»He, du schläfst ja gar nicht.« Ich lächelte sie an. »Ich bin auch nicht müde. Mir geht so viel durch den Kopf. Ich habe vorhin mit Margot Sander telefoniert. Ich soll dich von ihr grüßen.«

Karen zwinkerte.

»Unsere Ermittlungen gehen in allernächster Zeit, vielleicht schon morgen zu Ende«, fuhr ich fort und zog mir einen Stuhl heran, als ihr Blick unvermindert auf mich gerichtet blieb.

Einen Moment lang betrachtete ich ihr blasses, eingefallenes Gesicht, und plötzlich stieg wie aus dem Nichts eine Welle von Angst in mir hoch, wie ich sie schon lange nicht mehr gespürt hatte. Angst, auch sie zu verlieren. Dann wäre außer mir niemand mehr übrig von dieser Familie … Der Gedanke nahm mir für einen Moment den Atem. Ich spürte, dass ich hilflos lächelte und griff nach Karens Hand. »Du wirst doch weiterkämpfen, nicht wahr?«, fragte ich leise.

Ihr Kopf ruckte herum. Sie starrte mich an.

»Denkst du auch manchmal an unsere Eltern? An ihren sinnlosen Tod?«, fuhr ich fort und war selbst erstaunt über meine Fragen.

Ich fühlte mich immer noch mitverantwortlich für den Unfall – so unsinnig das auch sein mochte. Karen hatte damals gebetsmühlenartig wiederholt, dass ich solche Überlegungen gar nicht erst zulassen durfte, weil sie widersinnig, idiotisch, hirnverbrannt waren. Und trotzdem …

Zu meinem Job gehörte regelmäßiges Waffen- und Kampfsporttraining. Normalerweise riss ich mich nicht darum und wartete grundsätzlich ab, bis ich zum dritten Mal aufgefordert wurde, meine Stunden am Schießstand und auf der Matte abzuleisten, doch die neue Kampfsporttrainerin sollte sehr gut sein, und ich war neugierig auf sie. Elli war blond, graziös und grünäugig, und sie hatte mit Männern nichts am Hut, wie ich den bedauernden Bemerkungen einiger Kollegen entnahm. Das schürte meine Neugier natürlich.

Sie lächelte, dass es mir sofort unter die Haut ging und ein angenehmes Kribbeln hervorrief. Wenn sie mich beim Training nach vorn zitierte, um eine Übung zu demonstrieren, was häufig geschah, wartete ich nur darauf, dass sie mich berührte und auf die Matte legte. Um es kurz zu machen: Von der ersten Begegnung an war klar, was wir voneinander wollten.

Für Elli stand eine lockere Affäre oder eine dieser seichten Nebenbei-Beziehungen, wie ich sie einige Jahre geführt hatte, nicht zur Debatte. Entweder richtig oder gar nicht, lautete ihr Motto, und sie sah mich dabei länger und ernster an, als mir lieb war. Elli akzeptierte zwar, dass ich unsere Liebesbeziehung im Job nicht an die große Glocke hängen wollte, aber im privaten Rahmen kam ein Verheimlichen für sie nicht in Frage, jedenfalls nicht auf Dauer. Da es meine Eltern nach der Herzerkrankung meines Vaters nur noch selten nach Berlin verschlug, hatte ich in diesem Punkt zunächst ein paar Monate Aufschub – dass es lediglich ein Aufschub war, betonte Elli nachdrücklich.

In ihrer Familie war ich häufig zu Gast, und nach den ersten für mich irritierenden Zusammenkünften fand ich allmählich Gefallen daran, so selbstverständlich familiär eingebunden zu werden. Ellis Brüder Max und Daniel waren mir sehr sympathisch, und ihre Mutter war eine echte Berliner Schnauze. Den Gegenpol bildete der Vater – ein stiller, sanfter Mann, der trotz seiner hünenhaften Maße von knapp zwei Metern und den gut hundertzwanzig Kilogramm, die er in mageren Zeiten auf die Waage brachte, sehr verletzlich wirkte.

Elli und ich waren ein halbes Jahr zusammen, als mein fünfunddreißigster Geburtstag bevorstand.

»Wir sollten eine Fete machen«, meinte Elli fröhlich. »Und bei der Gelegenheit kannst du mich endlich mal deinen Eltern vorstellen. Ich jedenfalls bin schon sehr gespannt auf sie.«

Ich schluckte. Eine Fete war eine Sache; eine Fete mit Eltern eine andere; eine Fete mit Eltern, denen man sich als Paar präsentierte, eine noch ganz andere ... Elli sah mich aufmerksam an.

»Deine stille Begeisterung wirkt richtig ansteckend«, sagte sie.

Wir waren bei ihr zu Hause und kochten gemeinsam. Sie

schmeckte die Paprika-Curry-Soße ab, die es zum Hähnchen geben sollte, während ich mich um den Reis kümmerte. Sie trat neben mich und gab mir einen Kuss aufs Ohr. »Na? Sag endlich was.«

»Rosinen dazu?«

»Was?«

»Möchtest du Rosinen im Reis?«

Sie lächelte. »Noch so ein blödes Ablenkungsmanöver und ich könnte auf die Idee kommen, dass du meinen Vorschlag für völlig daneben hältst.«

Ich gab eine Handvoll Rosinen und feingehackte Nüsse in den Reis und rührte bedächtig um.

»Nun?«

Ich sah hoch und wusste einfach nicht, was ich sagen sollte. Es war klar besprochen und vereinbart, dass Elli sich niemals verstecken oder von mir verleugnen lassen würde. Elli ließ sich von niemandem je verleugnen. Daran hatte es von Anfang an nichts zu deuteln gegeben. Keine Kompromisse in diesem Punkt.

»Was soll eigentlich Schlimmes passieren?«, fragte Elli und schob den Topf mit der Soße vom Herd. »Dass deine Eltern völlig ahnungslos sind und hysterisch kreischend hintenüberfallen, wenn du mich ihnen vorstellst? Mitte der neunziger Jahre? Nicht wirklich, oder? Die leben doch nicht hinterm Mond.«

»Nun, der Mond über Göttingen scheint ein anderer zu sein als der über Berlin. Wir haben, wie du weißt, keinen intensiven Kontakt, nicht zu vergleichen mit deiner Familie und ...«

»Ja, und genau darum kannst du dich und dein Leben so gut verbergen«, fiel Elli mir ins Wort. »Aber du weißt ...«

»Ja, ich weiß«, entgegnete ich schnell. »Und ich werde sie einladen. Noch vor dem Essen. Jetzt.«

Ich war verblüfft, wie leicht mir die Worte über die Lippen kamen und wie mühelos das anschließende Telefonat mit meinen Eltern war, die sich über die Einladung freuten. Elli war so begeistert, dass ich sie küssen musste – richtig küssen. Ihr Atem beschleunigte sich sofort. Ich umfasste ihre Pobacken, während meine Zunge nach ihrer tastete; sie knöpfte meine Bluse auf und drängte mich in Richtung Sofa.

»Das Essen wird kalt«, bemerkte ich lachend.

Dann lag sie unter mir, und keine von uns verschwendete noch einen müden Gedanken an das Essen. Ich schob mich zwischen ihre Schenkel und konnte mich kaum sattsehen an ihren geöffneten feuchten Lippen und dem sehnsuchtsvollen Gesichtsausdruck. Sie schlang ihre Beine um meinen Rücken, und wir bewegten uns langsam. Ich wusste, dass es sie verrückt machte, wenn ich das Tempo verminderte und ihren Höhepunkt verzögerte. Sie biss mir in den Hals und fing an zu keuchen. »Nun mach schon, ich bitte dich!«

»Ich liebe dich«, flüsterte ich, und plötzlich bewegten wir uns beide sehr schnell.

Später aßen wir das kalte Hühnchen und planten die Geburtstagsparty. Wir waren rundum glücklich.

Es wurde eine große Feier mit über dreißig Gästen. Ich hatte einen Raum in einem nahegelegenen Lokal gemietet. Für das kalte Büffet hatte Ellis Mutter eigenhändig gesorgt, und ihren jüngeren Bruder konnte ich als DJ gewinnen. Karen und Elli hatten sich um die Organisation gekümmert. Die Scheidung meiner Schwester war gerade durch, und sie wollte auf andere Gedanken kommen. Meine Eltern waren bereits am frühen Nachmittag eingetroffen und hatten sich zunächst bei mir zu Hause etwas ausgeruht. Später unternahmen wir einen Ausflug zum Potsdamer Platz, der damals noch den

Charme einer verwirrenden Großbaustelle hatte, unter der sich außer den Planern kaum jemand etwas vorzustellen vermochte.

Mein Vater sah mitgenommen aus. Er hatte Gewicht verloren und wirkte ernst. Meine Mutter war wie immer: besorgt und still. Sie war in den letzten Monaten deutlich gealtert. Ihr Lächeln hinterließ tiefe Furchen. Ich war froh, als wir zurückkehrten und das Abendprogramm begann. Zugleich war mir mulmig. Ich wollte es hinter mich bringen, so schnell wie möglich, und dann den Abend, die Nacht genießen.

Wir hatten nichts geplant oder Stichworte vereinbart oder so. Elli war der Meinung, dass sich die Situation zwanglos ergeben sollte und ebenso entspannt und selbstverständlich bewältigt werden würde. Sozusagen ganz nebenbei mit leichter Hand. Sie kannte meine Eltern nicht. Sie hatte nicht den blassesten Schimmer.

Im Nachhinein kam mir manchmal der Gedanke, dass meine Eltern und ich uns vor vielen Jahren einfach voneinander abgewendet hatten – ohne groß darüber zu reden. Sie ahnten, was mich bewegte und wollten nichts damit zu tun haben. Ich wiederum ahnte, dass sie sich mit bestimmten Themen nicht auseinandersetzen wollten und akzeptierte das.

Elli hatte ein natürliches Gefühl für richtiges Timing, auch wenn das in diesem Fall herzlich wenig nützte. Als sie mit ihrer Familie eintraf, begann gerade der große Trubel. Sie verhielt sich wie meine beste Freundin, und das war sie ja auch. Unter anderem. Irgendwann, ein, anderthalb Stunden später, als alle gut gegessen hatten und die Tanzfläche sich langsam füllte, kam sie zu mir, nahm meine Hand, und wir traten an den Tisch meiner Eltern. Mein Herz klopfte plötzlich laut und heftig. Ich bekam mit, dass der Blick meines

Vaters kurz unsere ineinanderverschlungenen Hände streifte, bevor er mich ansah. Wir setzten uns. Meine Mutter schob ihr Weinglas zur Seite. Sie lächelte.

»Ein schönes Fest«, sagte sie und nickte mir zu. »Meine Güte, fünfunddreißig ist auch schon ein ganz schönes Alter. Als ich so alt war wie du jetzt, habe ich zwei kleine Mädchen gehabt und …« Sie schüttelte den Kopf und ließ den Satz unvollendet. »Na ja, die Zeiten haben sich geändert.«

»Und wie«, entgegnete ich und probierte ein Lachen aus.

Mein Vater sah mich an. »Hab ich dich überhaupt schon gefragt, was die Karriere macht?«

»Nein, aber es gibt auch nichts Neues zu berichten.«

Elli lehnte sich zurück. Plötzlich wusste ich, dass das ihr Stichwort war. Vielmehr unseres.

»Was den Job angeht«, fügte ich hinzu und ergriff kurzerhand die Initiative. »Ansonsten gibt es schon etwas Neues zu berichten.«

Mein Gaumen war trocken. Ich schluckte mühsam. Mach dich nicht lächerlich, rief ich mich innerlich selbst zur Ordnung. Eine erfolgreiche LKA-Ermittlerin macht sich gleich in die Hose, weil sie ihren Eltern die Liebste vorstellen möchte! Soll. Darf. Kann. Was auch immer.

Ich räusperte mich. »Ihr habt Elli und ihre Familie ja schon kennengelernt.«

Mein Vater nickte. Meine Mutter schloss sich ihm an. Das wird eine mittlere Katastrophe, dachte ich und hoffte, dass der Gedanke sich nicht in meinem Gesicht widerspiegelte.

»Sie steht mir besonders nahe«, fuhr ich fort.

»Wie schön«, bemerkte meine Mutter und schob ihr Weinglas noch weiter von sich weg.

»Ich möchte euch sagen, dass …«

»… dass wir ein Paar sind«, sagte Elli und lächelte von

einem zum anderen. »Ein glückliches Paar. Ich freue mich, Sie beide heute endlich kennenzulernen.«

Es war der Klassiker. Plötzlich herrschte Totenstille an unserem Tisch. Die Kiefer meines Vaters mahlten, als kaue er auf einem Eisenstück herum, während er mich anstarrte. Meine Mutter machte eine unbestimmte Handbewegung. Das Weinglas fiel zu Boden. Lautes Klirren. Irgendwo brandete Gelächter auf, ich glaubte Karens Stimme herauszuhören. Das Musikstück war zu Ende, ein neues ertönte mit wummernden Bässen – irgendwas Fetziges, zu dem ich mich noch einige Minuten zuvor gern bewegt hätte.

»Das ist deine Sache – oder besser eure«, meinte mein Vater schließlich. Meine Mutter nickte langsam.

Weißt du eigentlich, wie mir dieses ständige Nicken auf die Nerven geht, fuhr es mir durch den Kopf. Ich versuchte, ihren Blick einzufangen, wie ich das manchmal bei Vernehmungen von Verdächtigen oder Zeuginnen tue, um ihnen klarzumachen, dass ich hellwach war und die Situation zu kontrollieren gedachte. Sie entwand sich mir.

»Ich dachte, es interessiert euch, wie ich lebe und wen ich liebe«, sagte ich leise.

»Du redest doch sonst auch nicht mit uns über solche Themen«, entgegnete mein Vater kühl.

»Das stimmt. Ich möchte das ändern.«

»Warum? Warum gerade jetzt?«, fragte meine Mutter. »Wir haben es zur Zeit schon schwer genug – die Krankheit deines Vaters, Karens Scheidung. Reicht das nicht?«

»Ja, eben«, antwortete ich. »Genau darum. Ich bin glücklich, wir sind glücklich. Vielleicht freut euch das. Eine glückliche Beziehung ist ein Anlass zur Freude.«

Elli drückte meine Hand. Sie war etwas blasser als zu Beginn des Abends, aber das sah nur jemand, die sie gut kannte.

Mein Vater verzog kurz den Mund. »Verschone mich damit! Ich will nichts davon hören!«

Ich hörte, wie Elli tief durchatmete. Ich hörte meinen eigenen Atem, der sich beschleunigt hatte – wie mein Herzschlag. Weder er noch meine Mutter hatten Elli seit der entscheidenden Wendung des Gesprächs auch nur angesehen.

»Ich habe geahnt, dass du so denkst«, bemerkte ich schließlich leise. Mein Vater schob seinen Stuhl zurück und sah meine Mutter an. Die beiden standen gemeinsam auf. Mein Vater streckte die Hand aus. Einen winzigen Moment lang hegte ich die Hoffnung, dass doch noch alles anders kommen und eine glückliche Wendung nehmen könnte.

»Gib uns bitte den Schlüssel«, sagte er. »Wir holen unsere Sachen und fahren nach Hause. Es ist besser so. Den Schlüssel werfen wir in den Briefkasten.«

»Es ist schon spät und …«

Er schüttelte den Kopf und schnitt mir das Wort ab. Zwei Minuten später verließen die beiden einträchtig nebeneinander das Lokal. Karen stand inzwischen bei mir.

»Was für ein ignorantes Paar«, sagte sie und fasste nach meinem Arm. »Mach dir nichts draus, Schwesterherz. Irgendwann musste die Sache einfach mal auf den Tisch. Das habt ihr in jedem Fall gut gemacht.«

Ich gab ihr recht, aber meine Stimme klang gepresst. Der Abend war verdorben, und Elli wirkte völlig konsterniert.

Wir sahen sie nie wieder. Bei einem Überholmanöver verlor mein Vater die Kontrolle über den Wagen und geriet auf die Gegenfahrbahn. Er kollidierte mit einem LKW. Sie starben beide noch am Unfallort. Drei Monate später trennte ich mich von Elli. Wir ertrugen die Schuld nicht, die sich zwischen uns gedrängt hatte.

Natürlich hatte ich recht. Marie wäre nicht Marie, wenn sie nicht versucht hätte, ihr Spiel auszuweiten. Merkwürdig, wie genau ich plötzlich, das hieß in wenigen Stunden, gelernt hatte, ihre Vorgehensweise, ihre Motive zu durchschauen, und was zu Beginn noch perfide und unvorstellbar schien, kam mir auf einmal völlig schlüssig vor. Ich war dabei, die richtige, die echte Marie kennenzulernen, und ein Teil von mir fand sich bereits damit ab, monatelang mit einer Frau zusammengewesen zu sein, die es so gar nicht gab.

Ich goss mir ein Glas Saft ein und trank es zur Hälfte aus. Meine Hände zitterten schon längst nicht mehr.

»Was hast du eigentlich vor, Charlotte?«, fragte Marie. »Wenn ich dir alles erzählt habe, was …?«

Ich stellte das Glas ab und lächelte. »Das sage ich dir, wenn es soweit ist.«

Sie hatte Lust, mich zu schlagen – das sah ich ihr an. Es wäre besser für sie, wenn sie es nicht versuchte. Ich war wesentlich kräftiger und trotz des Altersunterschieds durchtrainierter. Marie hielt nicht viel von Sport. Ich schon, und zwar nicht nur vom Schwimmen. Vielleicht brauchte ich meine Fitness noch. Ich würde nicht zögern, einen Angriff abzuwehren und es ihr mit gleicher Münze heimzuzahlen. Was für ein Gedanke! Hätte mir jemand vor zwei Tagen erzählt, welche Überlegungen mir im Zusammenhang mit Marie durch den Kopf geistern würden, hätte ich fassungslos reagiert oder wäre in schallendes Gelächter ausgebrochen.

»Ich bin ganz Ohr«, sagte ich dann.

Marie atmete tief durch. »Na schön. Das erste Mal kam mir die Idee, auch nach anderen nützlichen Dingen Ausschau zu halten …«, sie räusperte sich und tat verlegen, »als wir die Bilanz für ein Labor erstellten. Das war viel Arbeit, und ich war häufig vor Ort.«

»Ein Labor für chemische Analysen?«

»Ja, für spezielle chemische Analysen«, betonte Marie. »Das kleine Unternehmen war europaweit führend bei der Entwicklung von Doping-Prüfverfahren im Pferdesport, und wir wunderten uns, warum die aktuellen Zahlen auf eine eher mittelprächtige Bilanz hinwiesen, obwohl die Auftragsbücher gut gefüllt waren.«

»Und – woran lag es?«

»An einem neuen Analyseverfahren – sie hatten eine Menge Geld investiert und standen nun kurz vor dem Durchbruch.«

Ich starrte Marie an. Sie verschränkte die Arme vor der Brust.

»Ja, es war eine Art Spiel«, sagte sie zögernd. »Eine besondere Herausforderung. Ich war gespannt, ob es mir gelingen würde, an die Unterlagen oder zumindest einzelne Forschungsergebnisse zu kommen.«

»Lass mich raten – es ist dir gelungen, und zwar ohne sonderliche Mühe.«

»Nun, ganz so einfach war es nicht, aber in jedem Betrieb, und sei er noch so gut gesichert, arbeiten Menschen, und jeder Mensch hat seine Schwachstelle.«

Rolf Schneider, der leitende Chemiker, sei ein unrasierter mürrischer Typ Ende dreißig, der zu cholerischen Anfällen neige und um den sich nach Aussagen des Laborchefs nichtsdestotrotz halb Europa risse, weil er schlicht und ergreifend ein Genie sei, begann Marie schließlich zu berichten. Das hielt ihn jedoch nicht davon ab, seine Mitarbeiter zu drangsalieren und sich unbeliebt zu machen, wo es nur ging – im

Gegenteil: Da er sich für unersetzlich hielt, meinte er seine Launen ausleben zu können, wie sie ihm gerade in den Sinn kamen. Seine rechte Hand war eine junge Wissenschaftlerin, die eben erst ihren Doktor gemacht hatte und einer großen Zukunft entgegensah – sofern es ihr gelang, die Zeit mit Schneider unbeschadet zu überstehen. Laura Behrens litt besonders unter ihm, weil sie Angst vor dem Choleriker hatte.

Marie, die stets Augen und Ohren offenhielt, wenn sie Mandanten besuchte und einen Teil ihrer Arbeit vor Ort erledigte, bekam schnell mit, wie unzufrieden die Assistentin mit ihrem Job war. Natürlich verfügte Laura über detaillierte Kenntnisse, was Arbeitsabläufe und gesteckte Ziele sowie wichtige Forschungsvorhaben und Aufträge des Labors anging. Außerdem war sie verführbar. Marie grinste, als sie das sagte.

»Ihr Puls beschleunigte sich, wenn wir uns in der Cafeteria oder im Büro begegneten, das roch ich drei Meilen gegen den Wind«, erzählte sie, und es war unschwer zu erkennen, wie sehr Marie es genoss, diesen Teil der Geschichte auszuschmücken. Sie streute Salz in meine Wunden, rieb es tief hinein und ergötzte sich daran. »Laura fasste schnell Vertrauen zu mir, nachdem wir uns einige Male unterhalten hatten. Eines Abends fragte sie mich, ob ich Lust hätte, mit ihr ins Kino zu gehen. Hatte ich natürlich.«

Marie fuhr sich mit der Zungenspitze kurz über die Lippen und sah mich an. »Irgendein Drama über eine Bergbesteigung. Viel habe ich nicht davon mitbekommen. Laura noch weniger.« Marie lächelte süffisant. »Während irgendwelche Helden den Gipfel erstürmten, bin ich allmählich näher an sie herangerückt. Du kannst es dir vorstellen …?«

Das konnte ich in der Tat.

»Ich hab's ihr gemacht – einmal, zweimal, dreimal …«

Marie lachte kurz auf. »Danach hat sie mehr geredet als mir lieb war, und keine vierzehn Tage später habe ich mir übers Wochenende ihren Schlüssel ausgeliehen, um eine externe Festplatte mitgehen zu lassen, auf der wichtige Forschungsergebnisse gespeichert waren und von der ich wusste, wo Laura sie deponiert hatte. Damit der Diebstahl nicht auffiel, habe ich die Daten überspielt und die Festplatte wieder zurückgebracht. Ganz einfach.«

Das gestohlene Analyseverfahren bot Marie einem Labor in Spanien an, zu dem ihr Mann Klaus über zwei, drei Ecken einen Kontakt herstellen konnte – der Erlös war prächtig. Da der Wettbewerb in diesem heißumkämpften Markt hart war und mit vielen Tricks gearbeitet wurde, hegte Lauras Labor keinen Verdacht, als ein spanischer Konkurrent ihnen zuvorkam und das Analyseverfahren auf den Markt brachte. Rolf Schneider erlitt einen seiner berühmt-berüchtigten Tobsuchtsanfälle, es herrschte einige Tage Frust und Ärger, aber letztlich handelte es sich um einen durchaus üblichen Vorgang in dieser Branche.

»Du hast also vor ungefähr fünf Jahren mit deinem beziehungsweise eurem einträglichen Nebengeschäft begonnen«, rekapitulierte ich nach einer kurzen Pause, während ich mich bemühte, das Erzählte zu verdauen. »Und du bist nie erwischt worden?«

»Doch – zwei brenzlige Situationen gab es in dieser Zeit«, erwiderte Marie.

»Abgesehen von dieser hier«, wandte ich ein.

»So ist es. Die erste hat mit Becky zu tun.«

Marie war nach den ersten fast lächerlich leichten Erfolgen unvorsichtig geworden. Im Nachhinein war sie froh, dass

Becky es war, die sie auf frischer Tat ertappte. Die junge Übersetzerin arbeitete damals in einer Sprachschule in München und half für einige Wochen in der Hamburger Zweigstelle aus, wo Marie eine Beratung hinsichtlich geplanter Investitionen durchführte. Becky hatte die Nase gestrichen voll von ihrem öden Alltag, wie sie ihn bezeichnete, zu dem ein schmales Gehalt gehörte, mit dem sie nach der Scheidung auskommen musste. Sie war es leid, sich ihre Wünsche nicht erfüllen zu können – oder nur in ihren Tagträumen.

Die exklusive private Sprachschule gehörte seit zwei Jahren zum festen Mandantenstamm der HUB, und es würde, so Maries Einschätzung, keine sonderlichen Probleme bereiten, zum Beispiel Daten von Sprachschülern sowie Einzelheiten zu Lernprogrammen mitgehen zu lassen. Wie lukrativ ein derartiges Geschäft sein würde und wen ihre Beute anschließend interessieren könnte, beschäftigte sie zunächst gar nicht. Das würde sich finden. Einen Tag, eine Woche oder sechs Monate später.

An dem Abend, den sie sich für ihr Vorhaben ausgesucht hatte, waren alle Unterrichtsräume belegt. Marie saß im Büro der Sekretärin und wollte noch einen Blick auf die aktuelle Buchführung werfen, wie sie der Schulleiterin Rosa Mahlberg mit treuherzigem Lächeln versicherte, als die sich anschickte, Feierabend zu machen.

»Damit alles Hand und Fuß hat«, fügte Marie lächelnd hinzu und klappte ihren Taschenrechner auf.

»Sie sind immer so gründlich«, bemerkte Rosa Mahlberg.

»Aber selbstverständlich.«

Ich war sicher, dass Maries Stimme bei diesen Worten honigsüß klang und ihr lächelndes Gesicht sich erst wieder glättete, als die Mahlberg von dannen gezogen war. Marie stellte den Drucker an und gab einen langen Druckauftrag ein, um für die entsprechende Büroatmosphäre und Geräuschkulisse zu sorgen. Dann ging sie zweimal den langen Flur auf und ab. Hinter den Türen der Klassenräume war leises Gemurmel zu hören, hin und wieder hob sich eine Stimme, um spanische, französische oder auch chinesische Sätze zu artikulieren, ansonsten war es völlig still.

Marie hielt die Gelegenheit für günstig. Sie hatte sehr genau aufgepasst, wo die Mahlberg die Zweitschlüssel zu ihrem Büro und dem Aktenschrank aufbewahrte, ohne dass die Schulleiterin von ihren scharfen Blicken etwas mitbekommen oder auch nur geahnt hätte, und griff nach ihrer Rückkehr ohne zu zögern in die kleine Keksdose hinter der Kaffeemaschine. Beide Schlüssel waren in einer kleinen Plastikhülle an den Boden der Dose geklebt.

Wie einfallsreich, dachte Marie kopfschüttelnd, wahrscheinlich sogar verächtlich, und huschte im nächsten Moment in Rosa Mahlbergs Büro. Warum sie ausgerechnet an diesem Abend vergaß, die Tür abzuschließen, würde Marie noch lange beschäftigen. Sie hasste es, Fehler zu machen und sich die dann auch noch selbst eingestehen zu müssen. Der größte Fehler war jedoch ihre Überheblichkeit, aber ich hatte keine Ahnung, ob ihr das bewusst war.

Marie war gerade dabei, Disketten aus dem Aktenschrank zu nehmen, als sie hörte, wie nebenan die Tür zum Büro der Sekretärin aufging. Sie erstarrte mitten in der Bewegung und wagte kaum Luft zu holen.

»Hallo!«, rief jemand. »Frau Mahlberg, sind Sie noch hier?«

Bevor Marie auch nur den Ansatz einer Überlegung anstellen konnte, wie sich die Situation retten ließ, klopfte es, und einen Wimpernschlag später stand Becky Koch vor ihr, fixierte sie, warf erst dem offenen Aktenschrank, dann den

Disketten in Maries Händen einen Blick zu und hob schließlich beide Augenbrauen.

»Interessant«, meinte sie dann.

»Ich brauche noch Unterlagen«, setzte Marie zu einer halbherzigen Erklärung an.

Becky schüttelte den Kopf. »Sie sollten mich nicht für dumm verkaufen. Ich weiß, dass die Mahlberg nie jemanden allein in ihr Büro lässt – bis auf ihre Sekretärin, mit der sie seit hundert Jahren zusammenarbeitet. Also, was machen Sie da?«

Marie musste sich geschlagen geben, denn es war völlig klar, dass Becky ihr Tun längst durchschaut hatte. Jeder Versuch, sich aus dieser eindeutigen Lage herauswinden zu wollen, würde es höchstens schlimmer machen. Sie atmete tief durch.

»Ich klaue Daten«, sagte sie schließlich.

Becky musterte sie eine Weile mit leicht geöffnetem Mund. »Aha. Das ist ja eine sehr direkte Antwort.«

»Sie haben eine direkte Frage gestellt, oder?«

»Das stimmt, und ich füge gleich noch eine hinzu: Warum? Was wollen Sie damit?«

»Verkaufen«, entgegnete Marie prompt und hoffte, Zeit zu gewinnen. »Es ist ein einträgliches Geschäft.«

»Tatsächlich?«

»Ja.«

»Was ist so interessant an einer Sprachschule?«

»Die Kundendaten zum Beispiel.«

»Hm. Die Kundendaten?«

»Ja, genau die.«

»Wie einträglich?«

Diese Frage gefiel Marie. Sie hätte von ihr stammen können. Und plötzlich schöpfte sie Hoffnung.

»Wenn ich den richtigen Abnehmer dafür finde, können Sie ganz schnell fünftausend Euro von dem Geschäft abbekommen. Mindestens«, erläuterte sie in ruhigem Ton.

Becky sah sie einen Augenblick stumm an. »Zehntausend«, meinte sie dann, ohne mit der Wimper zu zucken.

»Becky war gierig, glücklicherweise, sie ist es immer noch, und so begann unsere Zusammenarbeit. Ich bot ihr eine Partnerschaft an, von der alle profitierten«, erläuterte Marie. »Arbeitsteilung, Risikoverteilung und das große Geschäft für alle drei.«

»Du besorgst das Material und hast die Kontakte – mal selbst geknüpft, mal über Klaus –, und sie liefert aus«, ergänzte ich.

»Hm, ja, so in etwa. Du denkst mit.«

»Ja, manchmal.«

Was bist du doch für ein Miststück, Marie, dachte ich. Aber es sollte noch schlimmer kommen.

28 Lisa

Ich wechselte so leise wie möglich in den Schneidersitz und musste die Zähne zusammenbeißen, um nicht laut aufzustöhnen. Die Knie taten mir weh von der unbequemen und angespannten Haltung, aber um nichts in der Welt hätte ich meinen Platz im Kleiderschrank verlassen.

Inzwischen hegte ich nicht mehr den geringsten Zweifel, dass Marie von jenen kriminellen Machenschaften erzählte, denen Amelie Rupert auf der Spur war. Sie ist viel zu umständlich, dachte ich und gönnte mir ein Grinsen. Sie hätte sich diesen ganzen Aufriss mit dem Datensammeln sparen können und ab und an schlichtweg die Ohren spitzen müssen – Wand an Wand. Das war natürlich ein höchst alberner Gedanke, aber es tat mir unglaublich gut, die Nase vorn zu haben, vielmehr das Ohr zur richtigen Zeit am richtigen Ort und nun genau der Betrügerin zu lauschen, der das LKA wahrscheinlich seit Monaten hinterherjagte.

Welche Rolle Charlotte Winkler bei der ganzen Sache spielte, war mir noch schleierhaft. Von der Geliebten war sie inzwischen zur scharfen Vernehmerin mutiert, die offensichtlich alles ganz genau wissen wollte und Marie erheblich unter Druck setzte. Vielleicht war sie sogar beides … Wie dem auch sei: Marie Hauser musste reden, sonst würde die Winkler gleich zur Polizei rennen – so lautete das Motto, das Charlotte immer wieder ausgab. Dass Marie sich trotz ihres zeitweiligen Sträubens und Zeterns nicht rundweg weigerte, aus dem Nähkästchen zu plaudern, bedeutete wohl, dass sie Charlottes Drohungen ernst nahm. Ich war gespannt, was passieren würde, wenn es nichts mehr zu erzählen gab.

Bis dahin konnte ich nur hoffen, dass Ute nicht auf die Idee kam, sich über meine lange Suchaktion zu wundern, um dann eventuell sogar nach mir Ausschau zu halten. Eine wirklich vernünftige und zugleich harmlos anmutende Begründung für meinen ausgedehnten Aufenthalt im Kleiderschrank von Zimmer 302 gab es nicht; darüber hinaus würden Charlotte und Marie es natürlich mitbekommen, wenn sich im Nebenzimmer plötzlich etwas regte, und der ganze Spaß fände ein vorzeitiges Ende, was sehr bedauerlich wäre. Ute verfügte nicht unbedingt über das, was man eine zarte Stimme nennt. Außerdem würde sie meinen Vorschlag, sich im Flüsterton mit mir zu unterhalten, ganz sicher nicht einsehen ... Ich schickte ein Stoßgebet zum Himmel, dass sie in aller Gemütsruhe mit ihrem Nachtmahl beginnen und schließlich wohlgesättigt und müde einnicken würde, ohne noch einen einzigen Gedanken an mich und meinen seltsamen Auftritt an diesem Abend zu verschwenden.

»Frankfurt«, wiederholte Marie Hauser nebenan schließlich das Stichwort, das Charlotte im Laufe der Unterhaltung der beiden bereits mehrfach geäußert hatte. »Das war in der Tat knapp. Und zugleich sehr aufregend, wenn du mir diese Beschreibung erlaubst.«

Sie schwieg einen Moment. Vielleicht lächelte sie auch.

»Es liegt ungefähr zwei Jahre zurück. Ich hatte mehrere USB-Sticks aus einer Schönheitsklinik mitgehen lassen: Sie enthielten ausführliche Patientendaten und Details zu Behandlungsmethoden, für die sich eine kleine Schweizer Klinik brennend interessierte«, fuhr Marie schließlich fort. »Ich hegte nicht zu unrecht die Hoffnung, dass wir mit diesem Geschäft einen Haufen Geld machen würden.«

Sie ist die Gier in Person, dachte ich, nicht zum ersten Mal verblüfft über Maries schamlose Unverfrorenheit. Sogar Stolz schwang in ihrer Stimme mit. Mädchen, früher oder später rächt sich so was, dachte ich.

»Dr. Krimholz, der Klinikleiter, bewahrte die Sticks in seinem Zimmer in einem Büroschrank auf, zu dem sich viele Zugang verschaffen konnten, wenn sie wollten, denn er ließ seine Tür den ganzen Tag über offenstehen. Bis zu dem Diebstahl hatte er noch nie darüber nachgedacht, dass er derlei Interna besser sichern müsste. Es war also nicht gerade schwierig, den Schrankschüssel für zwei Stunden zu entwenden und einen Zweitschlüssel anzufertigen, um dann die Sticks gegen andere einzutauschen. Immerhin waren sie mit einem Kopierschutz versehen, den nur ein Profi hätte knacken können, und damit wollte ich niemanden beauftragen.«

»Kein weiterer Mitwisser, den du ja schließlich auch hättest bezahlen müssen?«

»Ganz genau. Also habe ich einfach leere Sticks in den Schrank zurückgelegt. Kein Mensch weiß, ob die Sicherheitskopien je benötigt werden – so dachte ich jedenfalls. Wahrscheinlich werden einfach regelmäßig die aktuellen Datenversionen drübergespielt und niemandem fällt auf, dass die Speicher leer sind. Und falls doch, nun ...«

Ich ging jede Wette ein, dass Marie Hauser beiläufig die Achseln zuckte.

»Man hätte dich nicht verdächtigt?«, fragte Charlotte nach.

»Davon war ich überzeugt, aber dann geschah doch etwas, womit ich nicht gerechnet hatte.«

Die Verhandlungen mit der Schweizer Klinik waren gerade angelaufen, als Dr. Krimholz Marie Hauser anrief, um ihr zu berichten, dass jemand sein Vertrauen missbraucht und wichtige Daten gestohlen hätte. Er ließ durchblicken, dass er einen Mitarbeiter in Verdacht hatte, den er zur Verantwortung ziehen würde, erzählte aber keine Einzelheiten. Marie spielte die Empörte und beschloss, das eingeleitete Geschäft nunmehr zügig über die Bühne zu bringen. Falls polizeiliche Ermittlungen nicht nur aufgenommen, sondern sogar ausgeweitet wurden, konnte sie die Möglichkeit nicht ausschließen, zu der Angelegenheit befragt zu werden. Und unter diesen Umständen wollte sie das Material nicht mehr in ihrem Besitz haben. Eine verständliche Reaktion.

»Aber vielleicht war genau das der Fehler«, meinte Marie nachdenklich. »Ich war zwar relativ ruhig, hatte jedoch plötzlich das Gefühl, mich beeilen zu müssen. Na ja. Jedenfalls vereinbarten Becky und ich ein Treffen in einem Frankfurter Hotel, das wir hin und wieder für die Übergabe nutzten. Ein kleineres, unauffälliges Haus, in dem hauptsächlich Geschäftsleute verkehrten, und eigentlich war alles wie immer, abgesehen davon, dass ich noch hellhöriger war als sonst. Wir aßen zusammen, redeten über Gott …«

Das würde ich glatt mal bezweifeln, dachte ich.

»… und die Welt und wollten schließlich aufs Zimmer gehen, um dort diskret unser Geschäft abzuwickeln.«

»Was heißt denn diskret?«, hakte Charlotte nach.

»Ich hatte Becky ein hübsches Etui mit Stiften mitgebracht«, meinte Marie prompt.

»Ganz besondere Stifte, nehme ich an.«

»Genau.«

Aber wie es der Zufall so wollte, hatte Marie ausgerechnet an diesem Abend ihr zweites Handy im Auto liegengelassen. Während Becky schon mal nach oben ging, lief Marie die Treppe hinunter. Sie nahm gerade die letzte Stufe, als sie hörte, wie der Portier an der Rezeption ihren und Beckys Namen nannte – sehr leise, aber dennoch deutlich zu vernehmen, im Gegensatz zum Rest des Satzes, der nur noch ein unverständliches Murmeln war. Marie blieb abrupt stehen und bekam mit, wie ein Mann sich leise bedankte. Ohne darüber nachzudenken, machte sie auf dem Absatz kehrt und huschte unbemerkt nach oben.

»Und?«, fragte Charlotte. »War euch die Polizei auf den Fersen?«

»Nein – wohl eher ein Privatdetektiv, so vermute ich jedenfalls, denn Becky und ich haben nach Rücksprache mit Klaus sicherheitshalber beide Zimmer abgesucht und sind fündig geworden.«

»Was heißt das?«

»In jedem Zimmer war eine winzige Abhöranlage mit Videokamera versteckt.«

»Und so was findest du auf Anhieb?«, wunderte sich Charlotte.

»Wenn man weiß, worauf man achten muss, ist es halb so wild …«

»Damit habt ihr euch doch aber erst so richtig verdächtig gemacht«, wandte Charlotte ein.

»Wir sind natürlich nicht hektisch durch die Zimmer getobt und haben das Unterste zuoberst gekehrt. Das ist das eine. Zum anderen sind Lauschangriffe verboten, und wer den Verdacht hegt, dass man ihm nachspioniert, darf sich dagegen wehren. Eine Kamera war in der Stehlampe versteckt, die zweite bei Becky über dem Türrahmen befestigt. Wir sind noch in derselben Nacht abgereist und haben nach dieser Erfahrung einiges an unserer Arbeitsweise geändert.«

»Zum Beispiel wickelt ihre eure Geschäfte möglichst immer an öffentlichen Orten ab und ihr geht nur noch in Frauenhotels«, sagte Charlotte. »Da fühlt ihr euch sicherer.« Sie lachte auf. »Und ausgerechnet hier …«

Sie vollendete den Satz nicht, aber ich hörte ihr Lachen. Wenn ich richtig lag, gefiel das Marie nicht sonderlich.

»Ich finde, dass du jetzt mal dran bist«, meinte Marie Hauser eine Weile später. »Spann mich nicht so auf die Folter: Woher hast du von mir und Becky gewusst?«

»Das spielt keine Rolle.«

»Für mich schon.«

»Du wirst es früh genug erfahren, aber den Zeitpunkt bestimme ich.«

»Charlotte, hör zu. Vielleicht können wir …«

»Versuch es erst gar nicht!«

Stille.

Karen sah mich mit schmerzhafter Intensität an. Ich ertrug ihren Blick kaum. »Das ist alles ziemlich lange her, nicht wahr?« Ich zog die Bettdecke glatt und versuchte zu lächeln. Vergeblich.

Karen ließ mich nicht aus den Augen.

»Der Schock über den tragischen Tod der Eltern hat lange angehalten«, fuhr ich schließlich leise fort. »Länger als du ahnst.«

Karen verzog das Gesicht.

»Na schön – vielleicht hast du es doch geahnt und nichts dazu gesagt«, fügte ich hinzu. »Was sollte man auch dazu sagen? Ich war einige Monate in Therapie. Wusstest du das eigentlich?«

Sie blinzelte.

»Aber danach ging es langsam wieder aufwärts.«

Sie blinzelte erneut. Nun lächelte ich doch.

Um ehrlich zu sein – die Therapie hatte fast ein Jahr gedauert und die Zeit, die ich damit verbrachte, mich zu verkriechen – hinter Arbeit, Kopfschmerzen, Erschöpfung, Lustlosigkeit –, über zwei Jahre. Fast drei. Dann, von einem Tag auf den anderen, beschloss ich, mein Leben wieder in die Hand zu nehmen. Ich fing mit dem Reiten an, ich lernte ein paar nette Frauen kennen, stieg die Karriereleiter einige Stufen hinauf, und ich atmete wieder freier durch. Ich wusste nicht warum. Es gab keinen Auslöser, den ich hätte benennen können. Vielleicht war es einfach an der Zeit, etwas zu ändern.

Petra war eine der Frauen aus dem Reitverein, der plötzlich meine Freizeit bestimmte. Obwohl uns Welten trennten, freundeten wir uns schnell an. Petra war einige Jahre jünger als ich, hatte einen messerscharfen Verstand, außerdem Charme für drei, einen aufregenden Körper, feuerrote Locken und die hübscheste Sommersprossennase, die ich je gesehen hatte. Sie war verheiratet und hatte zwei Kinder im Alter von fünf und acht Jahren. Bezaubernde Kinder mit ähnlich hübschen Sommersprossennasen wie sie. Ihr Mann sah aus wie ein älterer Bruder von James Dean; selbst das Lächeln stimmte. Er hatte einen gutbezahlten Job als Bauingenieur und trug sie auf Händen, wie Petra immer wieder betonte. Zu häufig, meiner Ansicht nach. Sie arbeitete als freie Journalistin für mehrere Frauenzeitschriften und hatte genügend Zeit für Kinder, Pferde und das noble Häuschen in Zehlendorf.

Manchmal warf sie mir Blicke zu, die ich vor dem Hintergrund des Lebens, das sie führte, nur schwer zu deuten wusste. Aber je besser wir uns kennenlernten, desto mehr genoss ich die angenehme Unruhe, in die sie mich versetzten. Schließlich erlaubte ich mir sogar, sie zu erwidern und festzuhalten. Warum auch nicht? Ich hatte nichts zu verlieren. Sie war die Frau mit dem James-Dean-Bruder als Mann und dem Bilderbuchleben. Wenn sie trotzdem einem kleinen oder auch größeren Flirt mit einer Frau nicht abgeneigt war, konnte mir das nur recht sein. Mehr wollte ich schließlich auch nicht.

»Hast du nicht Lust, mit uns ans Meer zu fahren?« Die Frage kam so unschuldig daher wie ein Kinderlachen.

Es war Mai. Sommerliche Wärme beschwor Ferienstimmung herauf. Wir saßen nach einem längeren Ausritt im Clubhaus zusammen. Gitty und Bärbel hatten sich gerade verabschiedet. Petra nippte an ihrem Tonic und sah mich an.

»Familienurlaub mit Kind und Kegel?« Ich schüttelte den Kopf und gab mich erheitert, während ich spürte, wie sich mein Puls beschleunigte. »Nein, das ist nichts für mich.«

Petra zuckte die Achseln. »Schade. Rainer bekommt wohl keinen Urlaub, aber die Kinder freuen sich schon so ... Warst du schon mal auf Rügen? Das ist wirklich traumhaft. Und nicht so versnobt, weißt du.«

Ich lächelte. Aus ihrem Munde klang das irgendwie merkwürdig, aber den Gedanken behielt ich für mich.

»Hast du denn wirklich gar keine Lust?«

Ich hob den Blick und sah sie an. »Vielleicht doch. Ein bisschen zumindest.«

Sie lächelte.

Natürlich fuhr ich mit in den Urlaub, sobald endgültig klar war, dass Rainer nicht dabeisein würde, und natürlich war mir bewusst, dass ich mich auf ein Spiel einließ, das gefährlich werden konnte. Wie gefährlich, begriff ich jedoch erst, als es zu spät war, um mich zumindest innerlich zu distanzieren.

Petras Eltern besaßen ein kleines Haus auf der Insel – fast direkt am Meer und wenige hundert Meter von einem Reiterhof entfernt. Um es kurz zu machen: Es war traumhaft schön, abseits gelegen, gemütlich und komfortabel zugleich, eine Idylle wie aus besten Rosamunde-Pilcher-Filmen. Petra meldete die Kinder zum Reit- und Segelunterricht an, und wir verbrachten viel Zeit zu zweit. Zu viel. Die Nähe schuf knisternde Vertrautheit und eine Selbstverständlichkeit, der ich mich besser entzogen hätte. Aber »hätte« ist ein Wort, das tief blicken lässt und im Grunde alles sagt.

Am dritten oder vierten Abend bat Petra mich, ihr den Rücken einzureiben.

»Ich war so vorsichtig, aber ich glaube, ich habe mir trotzdem einen Sonnenbrand geholt«, sagte sie und drückte mir eine Flasche After Sun Lotion in die Hand, bevor ich auch nur Luft holen konnte. »Wärst du so lieb?« Sie zog ihr Shirt aus und legte sich aufs Sofa, ohne mich eines weiteren Blickes zu würdigen.

Na schön, dachte ich, wie du willst. Ich verteilte die nach Zitronengras und frisch gemähtem Heu duftende Lotion auf Schultern und Rücken und begann sie mit sanften Strichen einzumassieren. Petra rührte sich nicht und atmete gleichmäßig weiter. Meine Fingerspitzen fuhren mit kräftigerem Druck über ihren Nacken und dann die Wirbelsäule entlang bis hinunter zu den Hüften. Ich schluckte verstohlen. Meine Hände verharrten in Höhe ihrer Taille. Langsam drehte Petra sich um.

»Der Sonnenbrand hat mich auch vorne erwischt«, flüsterte sie leise und sah mich mit einem Blick an, in dem zugleich Provokation, Begierde und auch eine zarte Scheu lag, die mich mehr berührte als alles andere.

»Du verbrennst dir was ganz anderes als die Haut.«

»Na und? Wir leben nur einmal, oder?«

Eine abgedroschene Bemerkung, dachte ich, aber nach kurzem Zögern griff ich erneut zur Flasche, beträufelte ihre Brüste, den Bauch, die Oberschenkel und rieb die Lotion mit sanften kreisenden Bewegungen ein. Sie begann erst zu stöhnen, als ich ihre Beine auseinanderschob und die Innenseite ihrer Schenkel zu massieren begann. Als sie es nicht mehr aushielt, packte sie meinen Kopf mit beiden Händen und presste ihn an ihren Schoß.

Über vier Jahre blieben wir ein heimliches Liebespaar, und in dieser Zeit lernte ich die ganze Bandbreite meiner Gefühle kennen. Es gab Monate, in denen ich die lügenverwobene

Basis unserer Beziehung unerträglich fand und ständig kurz davor war, das Weite zu suchen; zu anderen Zeiten fühlte ich mich ebenso frei wie angenommen und wollte gar nichts anderes als genau das, was zwischen Petra und mir möglich war: Hitze und Distanz, liebevolle Vertrautheit und Losgelöstsein, alles und nichts. Wir begehrten einander und wir stritten uns bis aufs Blut; wir versöhnten uns drei Tage lang und trennten uns für zwei Wochen; sie schickte mir Rosen und Briefe, einen Brillanten und meine Lieblingspralinen, um mir zwei Tage später zu erklären, dass Rainer ihr alles bedeute – Rainer, die Kinder, ihr Leben, das beste Leben überhaupt. Aber auf mich könne sie auch nicht verzichten.

Es war vorbei, als er uns erwischte. Von einem Tag auf den anderen. Sie nahm sich nicht einmal die Zeit für ein abschließendes Gespräch oder irgendeine langatmige Erklärung, eine Geschichte voller Halbwahrheiten und unsinniger Hoffnungssplitter, gespickt mit fadenscheinigen Ausreden und verzweifelten Liebesschwüren, die man ohnehin nicht mehr unter Beweis stellen muss. Was man sich eben so erzählt, wenn der Bruch längst erfolgt und nicht mehr zu ändern ist. Wir sahen uns schlicht und einfach nie wieder. Petra verschwand aus meinem Leben, als hätte der Erdboden sie verschluckt. Ich begriff nie, wie es ihr gelang, mich, uns, all das, was wir einander gegeben hatten, von einem Moment auf den nächsten auszulöschen und damit jegliche Bedeutung, die unsere Beziehung über die Jahre hinweg für jede von uns zweifellos gehabt hatte, zu leugnen.

Aber vielleicht lag genau darin mein Irrtum: Ich hatte ihr nichts anderes bedeutet als ein bisschen Aufregung und Sex, hier und da ein paar gestohlene Stunden voller Hitze und Intensität, und zu keinem Zeitpunkt wäre ihr auch nur als flüchtiger Gedanke in den Sinn gekommen, ihr Leben mit

Rainer in Frage zu stellen. Ihre Familie zu brüskieren. Hitze und Intensität können nicht von Dauer sein. Vielleicht hätte ich mir das viel eher klarmachen müssen, aber wer gibt schon gern vor sich selbst zu, dass die eigenen Gefühle nur teilweise erwidert werden?

Karen hatte die Augen geschlossen und atmete ruhig. Ich versuchte die Erinnerungen abzuschütteln, stand auf und wandte mich zur Tür, als mein Handy vibrierte: Ben.

»Alles in Ordnung?«, fragte ich leise, während ich das Zimmer verließ.

»Ja. Hier rührt sich nichts.«

»Die beiden haben das Hotel nicht verlassen?«

»Nein.«

»Okay. Ich werde gleich noch mal am Empfang nachfragen. Ansonsten: eine ruhige Nacht, Ben.«

»Danke. Ihnen auch.«

30 Charlotte

Im Grunde durfte es mich nicht verwundern, dass Marie ihre Taktik änderte und nach einer Lösung suchte. Die Auswirkungen der anfänglichen Verwirrung und des Schocks, auf unerklärliche Weise aufgeflogen zu sein und sich in mir völlig getäuscht zu haben, nahmen allmählich ab. Sie versuchte, die Lage zu sondieren, Fuß zu fassen und einen Ausweg aus ihrer misslichen Lage zu finden, und allmählich stellte sich in der Tat auch mir die Frage, wie es weitergehen würde. Ich könnte Marie anzeigen und als Zeugin aussagen. Wahrscheinlich war das sogar meine Pflicht.

»Willst du nicht wenigstens mal über ein Angebot nachdenken, mit dem wir beide gut leben könnten?«, nahm Marie den Faden wieder auf. Offensichtlich fühlte sie sich durch mein längeres Schweigen gestärkt und deutete es als Unentschlossenheit. Das konnte ihr nur recht sein.

»Du bietest mir Geld an? Ist das dein Ernst? Damit ich den Mund halte oder sogar mitmache? Wie Becky damals?«

Marie nickte langsam. »Warum denn nicht? Lass mich doch fragen. Geld kann man schließlich nie genug haben.«

Ich lehnte mich zurück. »Das ist Ansichtssache. Außerdem ist es mir im Gegensatz zu dir und deinen Kumpanen nicht egal, wie ich zu Geld komme.«

»Ich verstehe.«

»Das verstehst du eben nicht«, wandte ich ein. »Sonst würdest du so eine Frage gar nicht erst stellen.«

»Willst du mir bereits den Versuch übelnehmen?«

Eigentlich schon, dachte ich, beschloss aber, die Frage unbeantwortet zu lassen. »Wen habt ihr eigentlich diesmal beklaut?«, hakte ich nach. »Was für Daten oder Firmengeheimnisse hat Becky von dir übernommen, um sie für viel Geld zu eurem Kunden zu bringen?«

»Es geht um eine Firmenneugründung im Softwarebereich«, meinte Marie nach kurzem Zögern und machte eine unbestimmte Handbewegung. »Ich habe wichtige Pläne ergattern können. In den meisten Branchen sind Kenntnisse über neue Konkurrenten und deren Vorhaben überaus begehrt.«

»Ich weiß, Marie«, gab ich zurück und hätte beinahe die Augen verdreht. »Wilfried und ich sind, wie gesagt, auch in der Wirtschaftsberatung tätig …« Ein Gedanke schoss mir plötzlich durch den Kopf, doch ich konnte ihn nicht entschlüsseln. Ebenso wenig wie das Unbehagen, das er hervorrief. »Und wenn wir schon bei diesem Wochenende angelangt sind, lass mich gleich noch der Vollständigkeit halber nachschieben: Was ist terminlich schiefgelaufen, dass du mich versetzen musstest, noch dazu auf diese schnöde Weise?«

»Ist das jetzt noch wichtig?«

»Für mich schon.«

»Warum?«

»Marie, die Fragen stelle nach wie vor ich. Vielleicht ist es ja kein Zufall, dass wir uns begegnet sind«, fügte ich nach kurzem Zögern hinzu, während sich mein Puls sprunghaft beschleunigte. »Oder willst du mir weismachen, dass dich die Liebe wie ein Blitz getroffen hat, als wir uns kennengelernt haben?«

Ein Kribbeln überzog meine Kopfhaut, kaum dass ich den Satz ausgesprochen hatte. Natürlich – Marie hatte es niemals ehrlich mit mir, mit uns gemeint. Zu keinem Zeitpunkt. Das müsste mir eigentlich schon seit einigen Stunden klar sein. Auch ich war nur ein beliebiges Mittel zum Zweck gewesen, und zwar von Anfang an, wie zig Menschen, die sie im wahrsten Sinne des Wortes missbraucht hatte. Blieb nur noch die Frage, worum genau es ihr in meinem Fall ging.

»Quatsch!«, erwiderte sie heftig. »Wir sind seit Monaten ein Paar! Hast du das etwa vergessen? Das ist doch etwas völlig anderes, als wenn ich jemanden …«

»Wir *waren* ein Paar. Hast du das vergessen?« Ich beugte mich vor und sah, dass ihre Unterlippe zitterte.

»Was hast du geklaut?«

»Nichts! Was sollte ich dir denn klauen, wenn wir uns getroffen haben?«

»Genau das frage ich dich.«

»Noch mal: nichts. Es gab nichts zu klauen. Wir …«

»Ach? Es gab nichts zu klauen – das immerhin hast du festgestellt. Wie interessant.«

Marie schüttelte den Kopf. »Was soll das? Dreh mir nicht das Wort im Mund um!«

»Ich dreh dir gleich ganz was anderes um!«

Ich sah, dass sie aufspringen wollte und war den Bruchteil einer Sekunde schneller.

»Rühr dich nicht vom Fleck!«, fuhr ich sie an und beugte mich mit geballten Fäusten zu ihr hinunter. »Glaub mir, ich bin in einer Stimmung, in der ich nicht zögern würde, dir eine zu verpassen!«

Sie sah kurz auf meine Fäuste und schluckte. »Schon gut – reg dich bloß ab.«

Ich setzte mich langsam wieder auf meinen Platz. Eine derart eingeschüchterte Marie zu erleben hätte ich vor diesen Ereignissen nicht für möglich gehalten; ebenso wenig hätte ich mir vorstellen können, dass ich jemals in der Lage wäre, sie so unter Druck zu setzen.

»Wir haben uns auf diesem Kongress kennengelernt«, hob sie an und warf mir einen unsicheren Blick zu. »Das war Zufall – ob du mir nun glaubst oder nicht. Ihr habt an der Theke in dieser Bar gesessen und wir auch. Aber später …«

»… später bist du auf die Idee gekommen, dass Wilfried und ich auch für deine Interessen von Belang sein könnten, nicht wahr?«

Sie zog kurz die Schultern hoch. »So ähnlich, ja.«

»Und weiter?«

Sie schüttelte eifrig den Kopf. »Nichts. Du hattest nie Geschäftsunterlagen oder den Laptop dabei …«

Ich nickte langsam. Ja, plötzlich erinnerte ich mich an Situationen, in denen Marie beiläufig nachgefragt hatte, wie die Geschäfte liefen, ob wir auch so viel zu tun hätten und so weiter. Sogar das eine oder andere kurze Geplänkel über Fachthemen hatte es gegeben. Gänzlich harmlos. Schließlich waren wir in der gleichen Branche unterwegs. Nichts war mir unangenehm oder gar verdächtig aufgestoßen, im Gegenteil: Ich hatte ihr Interesse auch an diesem Bereich meines Lebens als besonders schön empfunden, als Beweis unserer außergewöhnlichen Beziehung. Mein Gott! Ich starrte sie an. Wie blöd war ich eigentlich gewesen? Wie verblendet?

»Nein, ich hatte nie Unterlagen dabei«, nahm ich den Faden wieder auf. »Warum auch? Davon abgesehen hat Wilfried schon immer viel Wert auf Sicherheitsvorkehrungen gelegt. Er käme nicht auf die Idee, Datenträger oder Laptop ohne Passwortschutz mit auf die Reise zu nehmen und achtete natürlich darauf, dass ich es genauso hielt. Und auch unserer Büro ist seit längerem professionell geschützt.«

Ich hatte mich sogar einige Male darüber lustig gemacht, überlegte ich weiter. Wilfried hatte nicht nur einen Tresor angeschafft, dessen Passwort alle paar Tage geändert wurde. Er sorgte auch höchstpersönlich dafür, dass sämtliche externen Datenspeicher und wichtigen Dokumente abends dort hineinwanderten. Jeden Abend, ohne Ausnahme …

»Übertreibst du nicht ein bisschen?«, hatte ich ihn vor einigen Wochen, vielleicht auch Monaten entnervt und müde gefragt, als wir noch spätabends nach einem Auswärtstermin im Büro vorbeifuhren, weil Wilfried seinen Laptop wegschließen und das Passwort ändern wollte.

»Aber nein«, entgegnete er. »Wir beraten zur Zeit mehrere zukünftige Chefmanager und begleiten den Start einer Online-Kreditbank. Solche Informationen sind Gold wert.«

»Ja, das ist mir klar, aber ich bin total fertig. Wir sind seit zwölf Stunden unterwegs. Das Passwort kannst du auch morgen noch ändern. Was soll denn ausgerechnet heute Nacht passieren?«

Wilfried stützte eine Hand in die Hüfte und sah mich an. »Das ist keine besonders professionelle Einstellung, Liebling. Außerdem finde ich, dass du schon mal vorsichtiger und aufmerksamer warst.«

Ich stellte meine Tasche auf einem der Schreibtische ab und sah ihn irritiert an. »Wie meinst du das denn?«

»Ich habe dir letztens schon gesagt, dass ich das Gefühl gehabt hätte, jemand wäre ... ja: hiergewesen. Ich meine, abends oder nachts. Aber du gibst einfach nichts darauf oder hörst mir nicht richtig zu. Manchmal habe ich den Eindruck, dass du mit deinen Gedanken ziemlich weit weg bist.«

Ich atmete tief aus. Ja, ich erinnerte mich. Die Unterhaltung lag einige Wochen zurück, und ich war nur mit halbem Ohr bei der Sache gewesen, aus zwei Gründen. Einer davon hieß Marie. Der andere Wilfried, der manchmal etwas neurotisch und auf seine Art durchaus ein Monk war.

»Ich weiß, dass du diesen Verdacht ausgesprochen hast, aber ich teile ihn nicht, nach wie vor nicht, und das hat nichts mit Unaufmerksamkeit oder mangelnder Vorsicht zu tun«, erklärte ich betont sachlich.

»Das finde ich schon.«

»Wilfried, ich bitte dich! Wie kommst du darauf, dass sich hier jemand Zutritt verschafft haben könnte? Dafür gibt es keinen einzigen Anhaltspunkt. Es fehlte nichts, es gab keine Einbruchsspuren oder auch nur Anzeichen ...«

»Doch! Mein Stuhl stand anders als sonst. So steht er nie! Das ist das eine. Und jemand hat sich an meiner Schreibtischschublade zu schaffen gemacht.«

Ich verschränkte die Arme vor der Brust. »Noch einmal: Es fehlte nichts, oder?«

»Nein, es fehlte nichts«, gab Wilfried mir recht. »Aber das lag vielleicht nur daran, dass es in meiner Schreibtischschublade nichts zu klauen gibt: Wer ist schon scharf auf Büroklammern und Stifte, zumal wenn er ahnt oder sogar weiß, welche Schätze sich in unserem Tresor befinden?«

Die Bemerkung hallte in mir nach wie ein Echo, das nicht leiser, sondern immer lauter und intensiver wurde, bis es zu einem einzigen schmerzenden Dröhnen angeschwollen war. Marie starrte mich an. Sie sah meinem Gesicht an, dass mir gerade etwas klar wurde.

»Wie hast du das gemacht?«, flüsterte ich. »Lass mich raten – du hast wieder die Nachschlüsselnummer durchgezogen – die hat dir ja schon einige Male entscheidende Türen geöffnet. Aber da du in unserem Büro nicht allzu weit gekommen bist, musstest du am Ball bleiben, nicht wahr?«

Sie blieb stumm.

»Aus deiner Sicht bin ich zu einer besonderen Herausforderung geworden, die es zu knacken galt«, fuhr ich fort. »Mit Geduld und Beharrlichkeit. Notfalls versprichst du mir eben das Blaue vom Himmel ... Doch du hast dir die Zähne an mir ausgebissen, stimmt's? Spätestens jetzt dürfte dir das klargeworden sein.«

Auch dazu sagte sie nichts.

»Nur noch der Vollständigkeit halber: Was ist schiefgelaufen am Freitag?«, schob ich hinterher.

Sie räusperte sich. »Ganz einfach: Es gab Terminprobleme wegen der anderen Sache, und Klaus meinte, ich sollte auf keinen Fall ein Treffen mit dir und Becky verknüpfen. Das wäre ein viel zu großes Risiko«, erwiderte sie dann leise.

»Da hat er recht gehabt. Aber wie wäre es mit uns beiden weitergegangen?«, fügte ich hinzu. »Hättest du mir tatsächlich weiterhin die Marie vorgespielt, die ihren Mann verlassen und ein neues Leben mit mir beginnen will? Das war ja ursprünglich das Motto für unser Wochenende, wenn du dich erinnerst.«

Ihr rechtes Auge zuckte. »Ja, nun …«

»Ja?«

»Wahrscheinlich hätte ich ein bisschen auf Zeit gespielt, geschäftliche Belange angeführt und so weiter …«

»Und so weiter.« Ich nickte langsam. »In der Hoffnung, dass ich am Ball bleibe und sich dir irgendwann doch die Möglichkeit bietet, an Firmeninterna zu kommen?«

Sie hob die Hände. »Charlotte, bitte, hör auf! Du musst wissen, dass ich dich …«

»Um Gottes willen, verschon mich jetzt mit irgendwelchem Gesäusel«, unterbrach ich sie schnell. »Sonst verliere ich wirklich die Nerven.«

Sie brach ab und starrte mich an. »Na schön. Aber sag mal, was hast du jetzt eigentlich vor? Ich habe dir Rede und Antwort gestanden, weil du gedroht hast, du würdest sonst die Polizei einschalten. Und wie geht es jetzt weiter?«

Ich lehnte mich zurück. »Du hast mir in der Tat ein paar aufschlussreiche Geschichten erzählt. Denkst du, ich fahre jetzt nach Hause und vergesse alles wieder?«

»Nein, aber … du hast gesagt …«

Ich lachte freudlos auf. »Du müsstest doch am besten wissen, dass Worte Schall und Rauch sind, Marie. Ich wollte ein Ziel erreichen.«

»Du schaltest also die Polizei ein?« Sie klang ehrlich verblüfft. Ausgerechnet Marie, die ihr ganzes Leben auf einem Lügengespinst aufbaute und auch noch Spaß daran hatte, verließ sich darauf, dass ich zu meinem Wort stand.

»Natürlich«, behauptete ich fest.

»Ich werde alles abstreiten, das ist doch wohl klar. Klaus ist ein findiger Anwalt und …«

»Ach, sei still, Marie – sie werden euch die Bude so auf den Kopf stellen, dass du nicht mehr weißt, wo oben und unten ist. Da kann dein Klaus noch so findig sein.«

»Und was soll das bringen? Genugtuung für dich?«

»Darum geht es doch gar nicht!«, entgegnete ich.

»Natürlich geht es darum – du bist zutiefst gekränkt und …«

»Komm mir nicht so, Marie! Du bist eine Kriminelle, hast du das vergessen? Meine Rolle in der ganzen Geschichte ist zwar unerfreulich, aber letztlich völlig nebensächlich. Leuten wie dir gehört einfach das Handwerk gelegt.«

Sie atmete tief durch. »Kannst du dir denn gar keine andere Lösung vorstellen? Etwas Sinnvolleres als die juristische Schiene?« Ihr Ton hatte auf einmal etwas Drängendes, Bittendes. »Ich weiß nicht, wie du mir auf die Schliche gekommen bist, aber das ist ja vielleicht auch gar nicht so wichtig …« Sie sah mich an.

Ich musste ein Lächeln unterdrücken. Es wurmte sie ungemein, immer noch nicht zu wissen, wann und wie sich die Vorzeichen unserer gemeinsamen Geschichte geändert hatten.

»Richtig«, stimmte ich ihr zu. »Das ist völlig unwichtig.«

»Also?«

»Also was?«

»Du weißt, was ich meine. Ich sehe dir an, dass du mich gut verstehst.«

Natürlich gab es eine andere Möglichkeit, für die sogar eine ganze Menge sprach. Die Idee geisterte seit einigen Minuten in meinem Kopf herum.

»Na schön, Marie«, hob ich schließlich an. »Es ist ganz einfach: Ihr werdet Schadensersatz leisten.«

»Aha. Was genau darf ich darunter verstehen?«

»Ich denke, du weißt, was ich meine. Ihr werdet euer ganzes schönes irgendwo gehortetes Geld nehmen, das ihr mit euren miesen Geschäften zusammengetragen habt, und es den geschädigten Firmen zur Verfügung stellen.«

Sie öffnete den Mund. »Wie stellst du dir das denn vor?«

»Soll das eine betriebswirtschaftliche Frage sein?«

»Meine Güte, wir können doch nicht ...«

»Doch, ihr könnt«, unterbrach ich sie in süffisantem Ton. »Ansonsten informiere ich die Kripo, und zwar noch heute Nacht! Mit den Anhaltspunkten, die ich ihnen nennen kann, ist für euch sehr schnell alles vorbei, und ihr kommt nie wieder auf die Beine. Das Geld ist dann natürlich auch futsch, aber zusätzlich wandert ihr in den Knast, und zwar für eine ganze Weile. Ist das eine echte Alternative für dich?«

»Aber ...«

Ein lautes Geräusch unterbrach uns. Es kam aus dem Nebenzimmer. Es hörte sich an, als krache ein Schrank zusammen. Mindestens. Marie fuhr herum. Diesmal war sie schneller.

31 Lisa

Eigentlich hatte ich längst genug gehört. Es wurde Zeit, die Früchte meiner Anstrengungen zu ernten, und das bedeutete, die Große Analytikerin darüber zu informieren, was sich in Zimmer 301 seit geraumer Zeit tat. Mit Details konnte ich ja dank meiner pfiffigen Lauscharbeit problemlos aufwarten: Marie Hauser, eine Wirtschaftskriminelle ersten Ranges, hatte gerade mehr oder weniger freiwillig eine Fülle aufschlussreicher Details zu ihrer beeindruckenden

Karriere ausgebreitet, so dass einer zügigen Verhaftung nichts mehr im Wege stand. Meiner ehemaligen Schulkollegin dürfte das gleiche Schicksal bevorstehen. Becky Koch hatte kräftig mitgemischt, so unvorstellbar mir das auch erschien. Einen Moment lang badete ich erneut in der Vorstellung, wie Amelie Rupert mich ansehen würde: bewundernd, voller Staunen und Freude, aber auch zärtlich ... Ach ja, träum weiter.

Charlottes Idee klang durchaus überlegenswert. In jedem Fall wäre es eine völlig unbürokratische und darum erfreulich flotte Möglichkeit, die Unternehmen, die Marie und ihre Mitstreiter so niederträchtig hereingelegt hatten, auf direkte Weise ein wenig zu entschädigen. Denn falls sich die Polizei einschaltete und detaillierte Ermittlungen anstellte, die dann von der Staatsanwaltschaft ausgewertet wurden, um schließlich vor Gericht zu ziehen, dürfte es Jahre dauern, bis die betrogenen Firmen auf Schadensersatz hoffen durften, wenn überhaupt! Typen wie die Hausers verfügten sicher über zig Möglichkeiten, Geld verschwinden zu lassen, auch wenn sie gerade im Knast saßen.

Aber kam Marie Hauser auf diese Weise nicht zu glimpflich davon? Nur finanziellen Schaden zu erleiden und zudem zwar die Scham ertragen zu müssen, ausgerechnet von der Frau vorgeführt worden zu sein, der sie sich ohne Zweifel haushoch überlegen gefühlt hatte, aber dennoch in Freiheit und sicherlich alles andere als notleidend? Würde sie nicht versuchen, Charlotte erneut aufs Kreuz zu legen und/oder ihre Geschäfte in absehbarer Zeit in bekannter Manier fortzusetzen? Und, auch das musste beachtet werden – wie würde ich dann zu meinem wohlverdienten Auftritt bei der blauäugigen Kommissarin kommen?

Ich streckte vorsichtig die Beine aus und massierte mir die

Knie. Man müsste zwei Tage warten, dachte ich. Oder drei. Dann hätte Klaus Hauser das Geld vielleicht schon Charlottes Anweisungen entsprechend auf den Weg gebracht oder zumindest die nötigen Vorbereitungen getroffen, und man könnte die drei anschließend verhaften. Ich erlaubte mir ein Grinsen. Wenn das klappte ... Marie würde es recht geschehen.

Und Becky? Mein Grinsen verblasste. Hatte sie nicht eine eher untergeordnete Rolle gespielt? Das würde das Gericht berücksichtigen. Falls man ihr glaubte und Marie nicht versuchte, ihr den schwarzen Peter in die Schuhe zu schieben ... Ich zog die Beine wieder an. Vielleicht sollte ich ...? Nein! Das stand mir nicht zu. Frau Kommissarin würde mich zur Schnecke machen. Mindestens. Wie kam ich überhaupt auf derart absurde Gedanken? Nun, Becky war immerhin eine ehemalige Schulkollegin, die, zugegeben, nie allzu viel von mir gehalten hatte, aber darum ging es im Moment nicht. Worum ging es denn? Wenn ich das wüsste.

Ich streckte erneut die Beine aus. Eine Sekunde später verkrallten sich meine Finger in den rechten Oberschenkel, der von einem Muskelkrampf geschüttelt wurde, wie ihn höchstens Hochleistungsfußballer nach einem kräftezehrenden Spiel in der Verlängerungszeit kennen. Ich stöhnte auf und wälzte mich auf die Seite, aber der Schmerz war unerträglich. Mit einer Hand hielt ich mir den Mund zu, mit der anderen griff ich nach der Schranktür, um mich festzuklammern. Aber ich griff daneben, nicht zum ersten Mal in meinem Leben übrigens. Die Tür schwang von einem hässlichen Quietschen begleitet auf, während ich halb aus dem Schrank herausglitt und die zurückschwingende Tür frontal mit meiner Stirn kollidierte. Gleichzeitig löste sich die Kleiderstange über mir, krachte mir auf den Kopf und fiel dann zu Boden.

Es polterte und schepperte, und für Sekunden schien das gesamte Hotel den Atem anzuhalten, mich eingenommen. Dann sah ich nur noch Sterne, hörte von ferne mein unterdrücktes Fluchen und wunderte mich, dass der Muskelkrampf abrupt ausgesetzt hatte, während mein Schädel sich in einen Bienenstock zu verwandeln schien. Die plötzliche Stille hielt nur wenige Augenblicke an. Ich versuchte mich auf die Geräusche nebenan zu konzentrieren, um sie zuordnen zu können, aber das war bei dem Getöse im Oberstübchen kaum machbar.

Mühsam und so leise wie möglich rappelte ich mich auf. Im Hochkommen bemerkte ich, dass sich die Türklinke senkte. Natürlich hatte ich hinter mir abgeschlossen. Selbstverständlich. Alles andere wäre ja auch ... Oder?

32 Hannah

Ich begegnete Rainer vor einigen Jahren wieder. Nicht nur unfreiwillig und völlig unerwartet, sondern auch an einem Ort und in einem Zusammenhang, über den ich selbst am allermeisten schockiert war. Mein Kollege Bert Köppen ermittelte damals in der Baubranche. Dabei ging es nicht nur um zigfachen Betrug und Bilanzfälschung, in die mehrere große Firmen verwickelt waren, sondern auch um Mordverdacht. Eine Buchhalterin war unter nicht eindeutig geklärten Umständen zu Tode gekommen.

Bert fing mich an meiner Bürotür ab, als ich gerade Feierabend machen wollte und abschloss.

»Schön, dass ich dich noch antreffe. Kannst du mir helfen?«, fragte er und setzte seinen Dackelblick ein, mit dem er mich schon so manches Mal überredet hatte, Überstunden zu machen oder ihm unter die Arme zu greifen, was häufig auf ein und dasselbe hinauslief. »Du weißt ja, ich bin nicht gerade eine Leuchte, was Vernehmungen angeht.«

Dem konnte ich nur zustimmen. Bert war weder ein begnadeter Ermittler noch ein scharfsinniger Vernehmer, er war eher ein Schreibtischbeamter, der sich erst so richtig wohlfühlte, wenn sich hundert Akten vor ihm auftürmten, hinter denen er sich verkriechen konnte. Auch äußerlich war er mit seinem kugelrunden Bauch und der Nickelbrille, die ihm alle fünf Minuten von der Nase rutschte, nicht unbedingt der Jerry-Cotton-Typ. Zeugenbefragungen oder Vernehmungen wirkten bei ihm hölzern. Ich fragte mich so manches Mal, wie es ihn ausgerechnet zur Polizei verschlagen hatte. Einwohnermeldeamt oder Finanzamt hätten wesentlich besser zu ihm gepasst.

»Die Baufirma?«, vergewisserte ich mich ohne sonderliche Begeisterung in der Stimme. Mein Tag war lang genug gewesen. »Warum fragst du nicht Hartmut oder Sonja?«

»Geht nicht – die sind noch unterwegs und kommen heute auch nicht mehr rein, wie eigentlich geplant. Und der Bursche, der befragt werden muss, gilt als ziemlich ausgebufft. Wir haben ihn zunächst als Zeugen vorgeladen, aber es ist anzunehmen, dass er nicht alles sagt, was er weiß und unter Umständen jemanden schützt. So jedenfalls die Lage.« Bert seufzte unglücklich und trat von einem Bein aufs andere.

Ich steckte meinen Schlüssel ein, und wir wandten uns zum Gehen. Die Vernehmungsräume befanden sich am anderen Ende des Gebäudes.

»Sieh ihn dir wenigstens mal an, ja?« Bert ließ nicht locker.

Ich seufzte. »Aber ich bin doch gar nicht in dem Fall drin. Wie soll ich dann …?«

»Kein Problem – ich briefe dich in fünf Minuten, höchstens sechs. Sonderlich kompliziert ist das Ganze nicht. Es geht nur darum, dem Typen ein bisschen auf den Zahn zu fühlen, sein Alibi abzufragen und ihn etwas zu verunsichern. In den nächsten Tagen wird sich Hartmut dann noch mal ausführlich mit ihm befassen.«

Ich seufzte erneut. Bert war sicherlich völlig ungeeignet, jemanden zu verunsichern, der sich schon im Vorfeld als harte Nuss erwiesen hatte. »Na schön, weil du es bist.«

»Du bist ein Schatz!«

»Ja, ich weiß.«

Bert beschleunigte seine Schritte und hielt mir beflissen die Tür zu dem kleinen Nebenraum auf, der mit einer verspiegelten Scheibe versehen war, durch die wir den Zeugen sehen und per Lautsprecher oder Kopfhörer auch hören konnten, während er davon nichts mitbekam. Ich stutzte sofort. Bert drückte mir einen schmalen Aktenordner in die Hand, während er den Fall zu skizzieren begann. »Rainer Dirksen, leitender Bauingenieur bei Hartmann & Co. KG ...«

Ich starrte einen Moment wie gebannt durch die Scheibe. Dann hob ich die Hand und schnitt Bert das Wort ab.

»Vergiss es«, sagte ich. »Tut mir leid, es geht nicht. Ich muss meine Zusage zurücknehmen.«

»Ach? Warum denn?« Bert ließ die Schultern hängen und sah mich betroffen an.

»Ich kenne den Mann – privat.«

»Was? Sag nicht, das ist ein Freund von dir!«

Ich zog eine Augenbraue hoch, und Bert hob rasch die Hände. »Entschuldigung, ich wollte dir nicht zu nahe treten, aber der Typ da ist unter Umständen in einen Bauskandal, vielleicht sogar in einen Mordfall verwickelt, und ...«

»Ich war vor einigen Jahren ziemlich eng mit seiner Frau

befreundet und kenne ihn, nun ja, flüchtig. Aber das reicht aus, um mich in diesem Fall besser zurückzuhalten.«

»Hm, na ja ... Hältst du das wirklich schon für Befangenheit? Ich meine, du warst mit seiner Frau befreundet, und er wird dich wohl wiedererkennen. Aber das war es doch schon.«

Wenn du wüsstest, dachte ich. »Egal. Das geht für mich trotzdem nicht«, beharrte ich und schüttelte den Kopf. »Auf keinen Fall. Aber ich kann hierbleiben und das Ganze beobachten, während du ihn befragst. Nimm dir die kleinen Kopfhörer mit. Vielleicht kann ich dir den einen oder anderen Tipp geben.«

Bert war nicht glücklich über diesen Vorschlag, aber ihm blieb keine andere Wahl. Wenige Minuten später setzte er sich Rainer gegenüber, begrüßte ihn freundlich, während er seine Brille zurechtschob, und schaltete das Aufnahmegerät ein. Ich versuchte mich völlig auf die vor mir liegende Aufgabe zu konzentrieren und die alte Geschichte sowie meine Verblüffung und Anspannung außen vor zu lassen.

»Herr Dirksen, Sie kennen dic Ausgangssituation«, meinte Bert, nachdem er fürs Protokoll einige einleitende Anmerkungen gemacht hatte. »Ihre Kollegin Beate Reim ist vor einigen Tagen tödlich verunglückt, und wir können ein Fremdverschulden zur Zeit nicht ausschließen, zumal das LKA wegen weitreichenden Betrugs und Bilanzfälschung seit einigen Wochen unter anderem auch in Ihrer Firma ermittelt.«

»Beate ist von einer U-Bahn erfasst worden«, sagte Rainer und legte die Hände auf den Tisch. »Das ist tragisch, aber wie kommen Sie auf Fremdverschulden?«

Seine Stimme klang selbst über den Lautsprecher, dessen Qualität nicht besonders gut war, erstaunlich vertraut in meinen Ohren. Dabei hatte ich damals höchst selten mit ihm zu tun gehabt, nicht nur wegen Petra – der James-Dean-Verschnitt war mir nie sonderlich sympathisch gewesen, obwohl er blendend aussah und sich immer höchst charmant gab. Ich schüttelte die Erinnerungen ab und schaltete das Mikro ein.

»Lass dir keine Fragen aufdrängen!«, wies ich Bert an. »Geh einfach nicht drauf ein.«

Bert räusperte sich und sah kurz hoch, bevor er Rainer wieder anblickte. »Was glauben Sie denn, was passiert ist?«

Gut, dachte ich. Rainer hob flüchtig die Hände. »Entweder sie ist gestolpert oder geschubst worden, aus Versehen zum Beispiel, im Gedränge am Bahnsteig kann das passieren. Vielleicht hat sie sich auch vor den Zug gestürzt.«

»Sie tippen auf Suizid?« Bert griff nach seiner Brille.

»Ich tippe auf gar nichts. Ich zähle nur die Möglichkeiten auf«, erwiderte Rainer lässig. »Es ging ihr nicht besonders gut in letzter Zeit.«

»Frag ihn, woher er das weiß!«, forderte ich Bert rasch auf.

»Hat sie mit Ihnen darüber gesprochen, warum es ihr nicht gutging?«, griff Bert meine Anregung sofort auf.

»Nein. Aber die Ermittlungen haben uns alle stark beschäftigt, wie Sie sich wohl denken können, und Beate war schon immer etwas sensibel und auch nervös. Die meisten Kollegen würden sie wohl so beschreiben.«

Ich verlagerte mein Gewicht von einem Bein aufs andere. Bert müsste die Fragen viel schneller stellen. Es machte mich nervös, dass er Rainer, dem die kühle Selbstsicherheit aus jeder Pore quoll, erst lange überlegen ließ.

»Gib mal Gas«, wies ich ihn an. »Er hat viel zu viel Zeit.«

»Sie waren privat befreundet«, fuhr Bert fort und blätterte in der Akte vor sich. »Das haben Sie jedenfalls bei der ersten polizeilichen Befragung kurz nach dem Unglück angeben.«

»Ach, was heißt schon befreundet? Man hat sich mal zusammengesetzt und ein Bierchen getrunken oder im Sommer gemeinsam gegrillt. Beate und meine Frau kannten sich ganz gut. Sie waren häufiger mal zusammen reiten.«

Ich atmete scharf ein.

»Aber dann redet man doch mal darüber, wenn es Stress oder Probleme gibt«, wandte Bert ein.

»Ja, schon, aber mehr im Allgemeinen, verstehen Sie? Beate hat sich nicht lang und breit darüber ausgelassen, was in ihr vorging.«

Bert nickte, als verstünde er genau, was Rainer meinte. »Auch Ihrer Frau gegenüber nicht?«

»Ich denke nicht.«

»Nun, dazu könnten wir Ihre Frau ja auch persönlich befragen, nicht wahr?«

Rainer nahm die Hände vom Tisch und verschränkte die Arme vor der Brust. »Wenn Sie das für nötig halten ...«

Ich ließ ihn nicht aus den Augen. Der Hinweis auf Petra gefiel ihm ganz und gar nicht.

»Frau Reim lebte allein«, stellte Bert einen Moment später fest. »Eine feste Beziehung gab es wohl nicht. Können Sie das bestätigen?«

Rainer zog die Achseln hoch. »Ich weiß nicht ...«

Ich schaltete das Mikro erneut ein und beugte mich darüber. »Seine Frau war mit seiner Kollegin befreundet – dafür weiß er aber verdammt wenig über Beate.«

»Ich finde das alles ein bisschen arg dünn, Herr Dirksen«, bemerkte Bert.

Rainer lächelte. »Tut mir leid, dass ich nicht mehr zur Aufklärung beitragen kann, aber ich habe meinen Job und Sie Ihren.«

Der Typ war so blasiert, dass mir nahezu schlecht wurde. Ich packte das Mikro. »Frag ihn mal versuchshalber, ob

Beate Beziehungen mit Frauen hatte. Vielleicht macht ihn das nervös. Könnte sein – wenn nicht, lass das Thema wieder fallen.«

Bert schien einen Moment irritiert, dann räusperte er sich. »Sagen Sie mal, Herr Dirksen, wissen Sie etwas darüber, dass Frau Reim lesbische Beziehungen hatte?«

Rainer zuckte so auffallend zusammen, dass sogar Bert es mitbekam. Er hob kurz einen Finger.

»Treffer«, flüsterte ich ins Mikro.

»Beate soll eine Lesbe gewesen sein?« Rainer gab sich perplex, aber ich nahm ihm die Show nicht ab.

»Ja«, behauptete Bert spontan. »Das müssen Sie doch gewusst haben.«

»Ich sagte doch schon, dass sie wenig über persönliche Dinge sprach. Und ich bin da nicht so neugierig.«

»Aber mit Ihrer Frau hat sie doch sicherlich darüber gesprochen«, blieb Bert am Ball.

»Da gehe ich jede Wette ein«, gab ich Bert übers Mikro ins Ohr.

»Woher wollen Sie denn wissen, worüber die beiden gesprochen haben?«, blaffte Rainer meinen Kollegen an.

»Frag ihn, wo er zur Tatzeit war«, forderte ich ihn auf.

Bert lehnte sich zurück und sah Rainer an. »Wo waren Sie am letzten Mittwochabend gegen neun Uhr?«

»Das habe ich doch schon gesagt: Ich hatte einen Termin bei einem Kunden in Mitte, in der Leipziger Straße. Gegen neun war ich zu Hause.«

»Ihre Frau war nicht da?«

Rainer schüttelte den Kopf. Er war sauer, richtig sauer, das war deutlich zu sehen. »Nein, das habe ich auch schon gesagt. Sie kam spät aus dem Reitstall, es war schon zehn durch, und die Kinder haben bei ihren Eltern übernachtet.«

»Das Unglück ist in der U-Bahnstation Friedrichstraße passiert«, sagte Bert in bedächtigem Tonfall. »Sie waren ganz in der Nähe.«

Rainers Kopf schnellte habichtartig nach vorn. »Ich sagte doch schon, dass ich bei einem Kunden war und anschließend gleich nach Hause gefahren bin.«

»Ja, das sagten Sie«, meinte Bert erstaunlich gelassen und richtete zur Abwechslung mal nicht die Brille, sondern strich sich über den Scheitel. »Aber dieses Alibi ist, was den Zeitrahmen angeht, verdammt dünn, weil Ihr Kunde zwar bestätigen kann, dass Sie gegen Viertel nach acht aufgebrochen sind, aber niemand Ihre Heimkehr bezeugen kann. Das reicht uns nicht.«

»Meine Güte – was für ein Alibi, verdammt noch mal? Warum brauche ich ein Alibi? Beate ist auf die Gleise gestürzt. Das ist tragisch, ein fürchterliches Unglück, aber was soll ich damit zu tun haben? Und warum?« Rainer schrie nun fast.

»Beate Reim wusste eine Menge über das, was in der Firma vor sich ging«, erwiderte Bert. »Eine Buchhalterin sitzt an zentraler Stelle. Sie hätte uns wohl einiges zu berichten gewusst. Aus ihrem E-Mail-Verkehr geht jedenfalls hervor, dass sie zutiefst beunruhigt war und sich überlegt hat *auszupacken,* um sie wörtlich zu zitieren. Das klingt ziemlich dringend.«

»Beate war häufig beunruhigt«, entgegnete Rainer nun wieder deutlich gelassener. »Das hat wenig zu bedeuten.«

»Sag ihm, dass er das Deuten uns überlassen soll«, mischte ich mich wieder ein. Mein Puls hatte sich inzwischen erheblich beschleunigt.

»Sie können sich darauf verlassen, dass wir uns in der Sache unsere eigenen Gedanken machen«, bemerkte mein Kollege, und ich vernahm einen leisen Triumph in seiner

Stimme. Die Vernehmung fing an, ihm Spaß zu machen, wahrscheinlich zum ersten Mal in seiner Karriere.

»Klar. Aber es zählen die Beweise, nicht wahr?«

»Richtig.«

»Frag ihn, ob seine Frau wirklich im Reitstall war und warum die Kinder mitten in der Woche bei den Eltern übernachten«, sagte ich ins Mikro. Es war einen Versuch wert.

Bert hatte gegen den abrupten Themenwechsel nichts einzuwenden, im Gegenteil. Er lächelte. »Herr Dirksen, verraten Sie mir doch mal, warum erstens Ihre Kinder mitten in der Woche bei ihren Großeltern übernachten – die gehen doch zur Schule, oder? –, und zum zweiten: Sind Sie sicher, dass Ihre Frau tatsächlich im Reitstall war?«

Die nachfolgend eintretende Stille war beeindruckend. Rainer ballte die Fäuste und hielt einen Moment die Luft an.

»Was reden Sie da für eine Scheiße?«, flüsterte er schließlich und feuerte einen wutentbrannten Blick auf meinen Kollegen ab.

»Sag ihm, dass seine Frau die Abwechslung liebt und ein Faible für Hotels und spontane Aktionen hat«, fügte ich nach kurzem Zögern hinzu. Natürlich konnte Bert sich nun seinen eigenen Reim darauf machen, was meine Freundschaft mit Rainers Frau anging, aber das war im Moment zweitrangig.

»Unter den Linden gibt es ein wunderschönes Frauenhotel. Vielleicht lässt sich feststellen, dass Beate und Petra dort waren«, ergänzte ich meinen Hinweis.

»Herr Dirksen, kennen Sie das Frauenhotel Unter den Linden? Was glauben Sie, wer dort letzten Mittwoch zu Gast war?«

Rainer wurde kalkweiß. Sein Gesicht gefror innerhalb von Sekundenbruchteilen zu einer eisigen Maske.

»Das haben Sie gewusst«, fuhr Bert fort und sah kurz in die Akte, bevor er wieder hochblickte. »Sie haben sich Beate an die Fersen geheftet, als sie das Hotel verließ, während Ihre Frau in den Reitstall fuhr. Und im dichten Gedränge am U-Bahnsteig haben Sie Ihre Chance gesehen, zwei Fliegen mit einer Klappe zu schlagen – schnell und unauffällig. Die endgültige Lösung für mehrere Probleme!«

Rainer sagte nichts mehr. Und in mir wurde es plötzlich ganz still.

Zwei Minuten später führten zwei Beamte Rainer ab. Ich stand in der Tür und blickte ihn einen Moment an. Er öffnete den Mund, als er mich erkannte und schloss ihn wieder.

Sowohl der Bauskandal als auch der Mord konnten damals in einem Tempo aufgeklärt werden, das beim LKA noch lange für Gesprächsstoff sorgte, zumal Berts Vernehmungstaktik so effektiv gewesen war, wie man es nie zuvor erlebt hatte. Danach übrigens auch nicht mehr. Der Kollege sprach mich zum Glück niemals darauf an, woher meine detaillierten Hintergrundkenntnisse stammten.

Ich rang anschließend einige Wochen mit mir, ob ich mich mit Petra in Verbindung setzen sollte. Und entschied mich dagegen. Diese Geschichte war längst vorbei, auch wenn ich es immer noch ein wenig bedauerte.

Ich war auf dem Weg ins Bad, als erneut das Handy klingelte.
»Was gibt's, Ben?«

»Hier passiert gerade was.« Er klang aufgeregt. »Etwas Unvorhergesehenes, wenn Sie mich fragen.«

»Was heißt das?«

»Die Mädels fliegen aus. Und sie haben es sehr, sehr eilig.«

33 *Charlotte*

Der Stoß, den sie mir versetzte, war so heftig, dass ich mitsamt Stuhl hintenüberkippte und zu Boden stürzte. Ich schlug mit dem Hinterkopf auf und blieb einen Moment benommen liegen. Dann rappelte ich mich so schnell ich nur konnte wieder hoch und stolperte zur Tür. Im gleichen Augenblick hörte ich, wie von außen abgeschlossen wurde. Ich griff zur Klinke, als mir schwarz vor Augen wurde. Ein dichter zäher Nebel legte sich vor meine Augen. Ich sah nichts mehr, dann wurde es allmählich stiller in meinem Kopf, Schmerz und Schwindel ebbten ab, und ich wollte mich gerade aufrichten, als abrupt Ruhe einkehrte. Du Miststück, dachte ich noch, dann verlor ich die Besinnung.

Als ich wieder zu mir kam, hockte Lisa Krone neben mir. Sie hatte eine rote Beule auf der Stirn und war ansonsten bleich wie ein Laken.

»Frau Winkler, können Sie mich hören? Was ist passiert?«

Ich stöhnte leise und versuchte mich aufzurichten. Die Erinnerung kam schubweise zurück, ohne dass ich sofort begriff, was geschehen war.

»Bleiben Sie liegen!« Lisa Krone drückte mir behutsam eine Hand auf die Schulter und sah hoch. »Es ist wohl besser, wenn wir einen Arzt holen. Was meinst du, Ute?«

Erst jetzt bemerkte ich, dass jemand neben mir stand. Eine große breitschultrige Frau mit kurzem Haar und erschrockenem Gesichtsausdruck, die jetzt eifrig nickte. »Das sehe ich auch so.« Sie kratzte sich im Nacken. »Und ich dachte schon, du hättest mich verschaukelt ...«

Ich griff mir an den Kopf. »Hören Sie, das ist nicht nötig«, versuchte ich die beiden zu beschwichtigen. »Ich bin mit dem Stuhl umgekippt und habe mir den Kopf gestoßen. Das ist halb so wild. Dafür brauche ich doch keinen Arzt!« Ich brachte die Worte flüssiger hervor, als ich es für möglich gehalten hätte.

»Sie könnten eine Gehirnerschütterung haben. Damit ist nicht zu spaßen«, wandte die Frau ein, die Ute hieß und offensichtlich eine Kollegin von Lisa war, wie ich aufgrund der Hotelkleidung schloss.

»So schlimm ist das bestimmt nicht«, wehrte ich ab und versuchte erneut hochzukommen. Warum ich nicht sofort von Marie erzählte und Alarm schlug, würde ich später ergründen, wenn es mir besser ging und ich wieder klarer denken konnte. »Warten Sie. Bitte keine überstürzten Aktionen.«

Mein Kopf dröhnte erheblich, und auch der Schwindel meldete sich zurück, aber immerhin konnte ich mich schließlich aufsetzen. Ich lehnte mich mit dem Rücken an die Wand und atmete gleichmäßig durch. Im Flur war es unruhig, wie ich jetzt mitbekam. Türen klappten, einzelne Stimmen und Schritte waren deutlich zu hören. Das Hotelleben war offensichtlich mitten in der Nacht erwacht.

»Was ist passiert?«, fragte Lisa Krone erneut.

»Das habe ich doch schon gesagt. Ich bin mit dem Stuhl umgekippt«, erwiderte ich irritiert, während ich die plötzlich wild auf mich einströmenden Gedanken zu sortieren versuchte. Wie viel Zeit war vergangen? Zehn Minuten? Oder eher eine halbe Stunde? Wo war Marie? Und was sollte ich jetzt tun? Vorhin schien alles so einfach und klar.

»Das meine ich nicht«, entgegnete Lisa in drängendem Tonfall.

»Was meinen Sie denn?«

Ute blickte von Lisa zu mir und wieder zurück. »Pass auf, du kommst hier erstmal allein zurecht, ja? Es ist ziemlich unruhig im Haus. Ich gehe mal zurück an die Rezeption. Wenn ihr doch einen Arzt braucht, sag Bescheid.« Sie musterte ihre Kollegin einen Moment nachdenklich. »Alles andere klären wir später.«

Lisa nickte. »Ja. Gute Idee.« Sie schien erleichtert, als Ute verschwand und sah mich sofort gespannt an. »Wo ist sie?«

Ich versuchte die Stirn zu runzeln, aber das tat weh. »Wie bitte?«

»Hören Sie, Frau Winkler«, beschwor mich Lisa Krone auf einmal in drängendem Tonfall. »Wenn wir nicht sofort etwas unternehmen, sind Marie und Becky über alle Berge, und ich schätze, dass sie die Zeit gut nutzen werden, um so viele Beweise wie möglich verschwinden zu lassen.«

Ich starrte Lisa an und hatte Mühe, ihre Worte zu verdauen, zumal mir das Denken gerade schwerfiel. »Aber ...«

Sie schüttelte den Kopf. »Machen wir's kurz. Ich habe im Nebenzimmer alles mitbekommen oder doch einen wesentlichen Teil der Geschichte. Dann ist plötzlich der Schrank zusammengekracht ... Warum auch immer. Auf jeden Fall muss Marie kurz danach aus Ihrem Zimmer gestürmt sein und einen Stuhl unter meine Türklinke geklemmt haben. Vielleicht befürchtete sie nach dem Getöse, dass nebenan jemand ... Aber auch das ist jetzt nebensächlich.« Sie winkte ab und seufzte tief. »Bis ich die Rezeption benachrichtigt hatte und meine Kollegin endlich nach oben kam, um mich rauszulassen, sind jedenfalls einige Minuten vergangen. Einige Minuten zuviel.« Sie knirschte kurz, aber heftig mit den Zähnen. »Ich konnte sie schließlich davon überzeugen, Ihre Tür zu öffnen, als Sie nicht antworteten. Währenddessen bin ich schnell runter in den zweiten Stock, um festzustellen, dass Marie und Becky das Hotel bereits verlassen haben. Das ist der Stand der Dinge.«

»Interessant«, bemerkte ich, mehr verdutzt als sonst was. »Irgendwie fehlen mir gerade die Worte. Hätten Sie wohl ein Glas Wasser für mich?«

»Na klar.« Sie stand auf und ging eilig ins Badezimmer.

Wasserrauschen. Als Lisa den Hahn wieder zudrehte, hörte ich durch die angelehnte Tür, wie sich im Flur eilige Schritte näherten. Ute hat doch einen Arzt alarmiert, dachte ich. Einen Moment lang war ich verwundert, dass ich mich an ihren Namen erinnern konnte.

»Ich bin froh, dass Sie offensichtlich mit dem Schrecken davongekommen sind«, sagte Lisa, als sie mit einem Glas Wasser aus dem Badezimmer kam. »Aber jetzt müssen wir dringend etwas unternehmen. Wir müssen sofort die Polizei benachrichtigen und die beiden aufhalten. Sonst war alles …«

In dem Augenblick wurde die Zimmertür aufgeschoben, und die Geschäftsführerin trat ein. Amelie Rupert. Mitten in der Nacht war sie zur Stelle, weil sich ein Gast den Kopf gestoßen hatte – ich war beeindruckt.

»Nicht nötig«, sagte sie zu meiner Überraschung und musterte mich einen Moment besorgt, nachdem sie Lisa einen scharfen Blick zugeworfen hatte. »Das ist längst geschehen. Und ein Arzt ist auch unterwegs.«

»Aber …«

»Keine Widerrede!« Erneut fixierte die Geschäftsführerin Lisa. »Sagen Sie mal, was genau machen Sie eigentlich hier? Ute konnte das nicht überzeugend erklären.«

»Aber ich kann es.«

»Wie schön.« Amelie Rupert zog eine Augenbraue hoch. »Ich hoffe, dass die Erklärung gut ist. Besser noch: sogar richtig gut.«

Sie kriegt Ärger, dachte ich, während Lisa eifrig nickte. Sogar großen Ärger.

»Ich beziehungsweise Frau Winkler und ich haben interessante Neuigkeiten für Sie«, sagte sie.

»Ich bin sehr gespannt.« Amelie Rupert wandte sich mit einer abrupten Bewegung ab, hockte sich zu mir und glättete ihr Gesicht. »Sie kannten Marie Hauser näher?«

»Ja, schon, aber …«

»Frau Winkler, um die Sache zu verkürzen, lassen Sie mich kurz erläutern: Ich bin nicht die Geschäftsführerin des Hotels, sondern vom LKA. Wir führen seit geraumer Zeit verdeckte Ermittlungen gegen Marie Hauser und Becky Koch durch, auch hier im Hotel, und müssen jetzt schnellstens handeln, um entscheidende Beweise sichern zu können. Die aktuellen Ereignisse haben uns einen kleinen Strich durch die Rechnung gemacht, aber das nur nebenbei. Also, was war hier los?«

Ich atmete laut aus. Du liebe Güte, die Geschichte wurde immer verrückter, aber wie es aussah, hatte ich keine Zeit, mich groß zu wundern. »Die Polizei war im Hotel und hat die beiden beobachtet? Aber dann können Sie sie doch festnehmen. Oder sind sie entkommen? Ich meine …«

Die LKA-Beamtin Rupert winkte ab. »Beantworten Sie bitte meine Fragen. Was ist geschehen?«

»Wir waren ein Paar, dachte ich jedenfalls …«, begann ich zögernd. »An diesem Wochenende habe ich zufällig mitbekommen, welche illegalen Geschäfte Marie, ihr Mann und Becky nebenbei machen. Sie hat mir dann in den letzten Stunden hier auf meinem Zimmer einiges darüber erzählt …« Ich sah kurz zu Lisa Krone hinüber und überlegte, wie ich die Situation am unverfänglichsten schildern konnte, auch was die Rolle der Hotelassistentin anging. »Als Marie klar wurde, dass ich zur Polizei gehen würde, gab es ein kleines Handgemenge. Sie hat mir einen heftigen Stoß versetzt und ist davongestürmt. Ich bin mit dem Kopf auf dem Boden aufgeschlagen und habe das Bewusstsein verloren. Als ich wieder zu mir kam, stand Lisa vor mir. So in etwa kann man die Geschichte zusammenfassen.«

Amelie Rupert runzelte die Stirn, während Lisa ein erleichtertes Gesicht aufsetzte und mir ein blitzschnelles Lächeln schenkte, was die Kommissarin jedoch sehr genau mitbekam. Sie warf ihr einen wenig freundlichen Seitenblick zu. Ich war froh, nicht in Lisas Haut zu stecken. Amelie Rupert sah mich wieder an. »Sie hat Ihnen von ihren Geschäften erzählt?«

»Ja, genau.«

»Warum?«

Ich räusperte mich. »Nun, ich wusste einige wichtige Details, was sie ziemlich verblüfft hat, und ich ... na ja, ich wollte eben die ganze Geschichte hören und habe sie ein bisschen unter Druck gesetzt. Ja, so könnte man sagen.«

»Marie Hauser hegte die Hoffnung, Sie würden sie dann laufen lassen?«

»Ja, so ähnlich. Sie war zunächst völlig perplex und konnte die Situation überhaupt nicht einschätzen. Dann hat sie angefangen auszupacken.«

»Ich verstehe.«

Einen Moment blieb es still im Zimmer.

»Wenn die ärztliche Untersuchung abgeschlossen ist und es Ihnen einigermaßen gutgeht, muss ich Sie bitten, morgen aufs Präsidium zu kommen, um Ihre Aussage zu Protokoll zu geben. Eher kann ich Ihnen das wohl nicht zumuten.« Sie biss sich auf die Unterlippe. »Fällt Ihnen jetzt im Augenblick noch irgendetwas ein, was von Bedeutung sein könnte?«

Ich schüttelte vorsichtig den Kopf und sah Lisa an. Die räusperte sich und nickte mir zu. Dann wandte sie sich an die LKA-Beamtin. »Ich könnte sofort aussagen, weil ich ...«

»Das hatte ich tatsächlich so vorgesehen, aber wie schön, dass Sie meiner Meinung sind.« Die Stimme von Amelie Rupert triefte vor Ironie.

Plötzlich verspürte ich ein dringendes Bedürfnis. »Entschuldigen Sie, aber ich müsste mal wohin …«

Ich streckte die Hand aus, und Amelie Rupert half mir hoch, während Lisa mir die Badezimmertür aufhielt. Als ich im Bad die Hose öffnete und nach unten streifte, spürte ich einen Gegenstand in meiner Gesäßtasche. Ich zog ihn heraus: Maries Handy. Ich hatte es ihr im Laufe des Abends abgenommen, als sie auf die Toilette wollte und es mir wichtig schien, jegliche Kontaktaufnahme zu verhindern.

Sie hatte zwei Handys, erinnerte ich mich plötzlich an die Geschichte in Frankfurt, und wenn mich nicht alles täuschte, war das, was ich jetzt in den Händen hielt, das Entscheidende – nämlich das Handy, das sie für ihre kriminellen Machenschaften benutzte. In der Eile ihres überstürzten Aufbruchs hatte sie vergessen, es mir abzunehmen.

Auch eine Marie Hauser machte Fehler.

34 Lisa

Natürlich hatte ich mir das alles ein bisschen anders vorgestellt, um es mal milde und zurückhaltend zu formulieren. Die Phantastereien bezüglich meiner ach so bedeutsamen Rolle bei der Überführung der beiden Verbrecherinnen muteten, konfrontiert mit den tatsächlichen Ereignissen, nahezu peinlich an. Von den höchst unangenehmen Folgen, die sich Frau Kommissarin noch für mich ausdenken würde, mal ganz abgesehen. Immerhin hatte ich ihr, wenn ich ihre

Bemerkung in Gegenwart von Charlotte Winkler richtig deutete, einen dicken Strich durch die Rechnung gemacht. Und Amelie Rupert war nicht die Frau, die das einfach so hinnahm.

Ich war in ihr Büro beordert worden, nachdem sie einige Telefonate erledigt und sich mit einem jungen Kollegen besprochen hatte, der ausnahmsweise das Hotel betreten durfte. Inzwischen hatten die frühen Stunden des Sonntagmorgen begonnen. Sie sah mich an, als überlege sie, ob sie mir zuerst Kerkerhaft aufbrummen und mich anschließend auf einer unbewohnten Insel aussetzen sollte, wo das Gelbfiebervirus grassierte und ich nichts mehr anstellen oder besser gesagt versauen konnte, weil ich vorher vor Schwäche verenden würde, oder aber umgekehrt. Doch das störte mich gerade am allerwenigsten.

Es war so ziemlich alles schiefgegangen, was überhaupt hatte schiefgehen können, wobei nicht einmal ich mit meiner oftmals überbordenden Phantasie auf die Idee gekommen wäre, dass mich die Kombination von Muskelkrampf, Schranktür und Kleiderstange aus dem Gefecht werfen würde. Zusätzlich war ich mit einer Kollegin geschlagen, die schon im normalen Tages- und Nachtgeschehen in der Disziplin Blitzreagieren nicht gerade rekordverdächtige Zeiten erreichte. Ute hatte mir zunächst überhaupt nicht abnehmen wollen, dass ich ohne ihre Hilfe nicht mehr aus dem Zimmer kam und außerdem nebenan Gefahr im Verzug war, sondern geglaubt, ich wolle sie auf den Arm nehmen.

Ihr Zögern hatte unbestritten wertvolle Minuten ungenutzt verrinnen lassen, auch wenn ich bei genauerem Hinhören inzwischen zugeben musste, dass meine Story ziemlich abenteuerlich klang. Fairerweise konnte ich ihr weder einen Vorwurf daraus machen, mehrmals nachgehakt zu haben, bevor sie sich endlich entschloss, die Rezeption zu verlassen und nach oben zu eilen, noch Kommissarin Rupert über meine Anwesenheit zu informieren. Ich wagte mir kaum auszumalen, wie Ameliste reagieren würde, wenn sie von meiner Lauschaktion erfuhr. Und dem grandiosen Desaster im Kleiderschrank.

»Also, Lisa – was haben Sie am späten Abend noch im Hotel gemacht?«, fragte die Rupert, nachdem sie mir gnädigerweise einen Stuhl vor ihrem Schreibtisch angeboten hatte. »Wenn ich mich recht erinnere, waren Sie doch heilfroh, nach den vielen Überstunden endlich Feierabend machen zu können.«

Die Frage war nicht leicht zu beantworten. Sollte ich gleich die Wahrheit sagen oder sie mir Stück für Stück aus der Nase ziehen lassen, in der Hoffnung, mir fiele zwischenzeitlich doch noch etwas Überzeugenderes ein, das Frau LKA-Ermittlerin gnädig stimmen würde? Ein Blick in ihr übernächtigtes Gesicht bestärkte mich darin, derlei Versuche tunlichst zu unterlassen.

»Darf ich vorher eine Frage stellen?«, wagte ich dennoch zu fragen.

»Nein!«

»Bitte!«

Sie runzelte die Stirn.

»Ich will nur wissen, ob Sie sie geschnappt haben«, blieb ich trotzdem am Ball. »Verstehen Sie nicht, Frau Rupert, dass ich …?«

»Lisa – darum geht es gar nicht!«, entgegnete Amelie und beugte sich ein Stück zu mir vor. »Natürlich haben wir sie festgenommen.«

Ich atmete erleichtert aus.

»Aber das ist nicht der Punkt. Es geht um die Beweise!

Die beiden hatten natürlich genügend Zeit und Gelegenheit, belastendes Material verschwinden zu lassen. Und selbstverständlich will ich wissen, was Sie mit der ganzen Sache zu tun haben.«

»Ich verstehe.«

»Tatsächlich? Übrigens: Mein Name ist nicht Amelie Rupert. Ich heiße Hannah Trepur.«

Ich starrte sie völlig verdattert an. Natürlich, Ameliste gab die verdeckte Ermittlerin doch nicht unter ihrem richtigen Namen! »Birkholz«, flüsterte ich.

»Wie bitte?«

»Schon gut.«

»Keineswegs. Woher wissen Sie, dass ich in Birkholz wohne?«

Ich schluckte. Meine Spionagefähigkeiten hielten sich wirklich in engen Grenzen. »Ich bin Ihnen gefolgt.«

Für einen Moment sah sie nun verdutzt aus. »Wie bitte?« Sie musterte mich mit schmalen Augen.

»Mir ist im Hotel einiges merkwürdig vorgekommen«, sagte ich schließlich zögernd. Dann hob ich das Kinn. »Auch wenn Sie mir das nicht zugetraut haben. Ich bin nicht so blöd, wie Sie denken!«

Sie zuckte kurz zusammen und spendierte mir dann einen ihrer gletscherblauen Blicke, aber ich war trotzdem froh, dass es heraus war. Immerhin erklärte das einiges. Ich war beleidigt und betroffen gewesen, dass sie so wenig von mir hielt und hatte eben entsprechend handeln müssen, um das Gegenteil zu beweisen. Oder zumindest den Versuch zu unternehmen, denn ich hatte ja keineswegs eine überzeugende Vorstellung geliefert.

Ich räusperte mich. »Diese ganze Datensammelei zum Beispiel ... aber nun weiß ich ja warum«, fuhr ich fort. »Jedenfalls bin ich Ihnen bis nach Birkholz gefolgt und dann wieder zurück in die Stadt.« Ich merkte, dass ich puterrot wurde, aber dann fiel wenigstens meine Beule auf der Stirn nicht mehr so auf. »Sie sind direkt zum LKA gefahren, und so hab ich mir einiges zusammengereimt. Nach Ihrem Anruf habe ich mich am Abend dann kurzerhand entschieden, dem Hotel noch mal einen Besuch abzustatten. Ich habe einen Blick in die Gästeliste geworfen und dabei etwas Merkwürdiges festgestellt.«

Hannah Trepur verschränkte die Arme vor der Brust. »Ich bin sehr gespannt.«

»Charlotte Winkler hatte für sich und Marie Hauser eigentlich ab Freitag ein Doppelzimmer gebucht, aber die Hauser kam nicht. Charlotte Winkler wartete auf sie, das hat sie mir selbst gesagt, und sie wirkte ziemlich ungeduldig.«

»Gut, und weiter?«

»Marie Hauser kam erst am Samstag.«

»Das weiß ich. Und?«

»Sie hat ein Einzelzimmer bezogen, und das hat mich stutzig gemacht.«

»Aha.«

»Ich dachte mir, dass das eine Bedeutung haben muss, eine unter Umständen wichtige, was sich ja bestätigt hat.« Ich nickte Hannah Trepur zu, aber die sah mich reglos an und verzog keine Miene. »Dann bekam ich mit, dass Charlotte und Marie sich stritten ...«

»Moment – wie bekamen Sie das mit?«

Blöde Frage, aber das behielt ich lieber für mich.

»Die beiden standen vor Maries Zimmer, im Flur, und ich kam gerade die Treppe herauf. Es war also fast so was wie ein Zufall ...«

Sie zog die Augenbraue hoch. »Zufall? Aha. Weiter!«

»Die beiden sind in Charlottes Zimmer gegangen, nicht ganz freiwillig, was Marie anging«, befolgte ich Hannah Trepurs Aufforderung. »Das Nebenzimmer ist nicht belegt, und ich dachte mir, dass ich vielleicht etwas mitbekomme, was im Zusammenhang mit den Ermittlungen aufschlussreich sein könnte, wenn ich mich im benachbarten Zimmer aufhalte … na ja, Sie wissen schon.« Ich atmete tief durch.

»Und?«

»Ich habe den Großteil der Unterhaltung zwischen Charlotte und Marie mitbekommen«, entgegnete ich schlicht.

Hannah Trepur legte die Hände auf den Tisch. »Wie bitte? Die Wände sind derart hellhörig, dass Sie …?« Sie starrte mich kopfschüttelnd an. »Unsinn.«

»Kein Unsinn. Die Trennwand zwischen der 301 und der 302 ist nachträglich eingezogen worden, und der Kleiderschrank steht direkt vor einer ehemaligen Durchgangstür …« Ich schluckte mühsam. »Na ja – die Akustik war da jedenfalls auffallend gut.«

»Verstehe ich das richtig – Sie haben im Kleiderschrank gehockt und einen Großteil des Gesprächs belauscht?«

»So könnte man es auf den Punkt bringen.«

Die Kommissarin blickte mich eine halbe Ewigkeit unverwandt an. Plötzlich huschte ein Lächeln über ihr Gesicht. »Ich stelle jetzt für den Moment ein, zwei Fragen zurück, die mich aber dennoch brennend interessieren und die Sie mir zu gegebener Zeit beantworten werden. Sie gehen jetzt rüber an Ihren Schreibtisch und tippen einen Bericht über das, was Sie von der Unterhaltung der beiden mitbekommen haben, und zwar en detail und ziemlich flott. Verstanden?«

»Aber ich …«

Sie hob die Hand. »Ich habe jetzt erstmal einiges zu erledigen. Wir sprechen uns später noch einmal.«

Damit stand sie auf, und ich war entlassen. Dass mir vor Erschöpfung inzwischen die Knie zitterten, interessierte sie herzlich wenig. Sie kam um den Schreibtisch zu mir herum. Ich wollte aufstehen, aber Hannah Trepur legte mir eine Hand auf die Schulter.

»Wo haben Sie eigentlich diese Beule her?«, fragte sie und blickte direkt auf meine Stirn.

»Ach …«, zögerte ich und zuckte die Achseln.

»Lassen Sie mich raten: Sie waren zwischendurch im Fitnessbereich und haben sich etwas Bewegung verschafft? Das geht manchmal nicht ohne Blessuren ab.«

Erst als ich an meinem Schreibtisch saß und ihre Bemerkung nachklingen ließ, während ich darauf wartete, dass der Computer hochfuhr, wurde mir siedendheiß klar, was sie damit meinte. Hannah Trepur war in jener Nacht auf der Pirsch gewesen und hatte mich und Ronja beobachtet.

Ich tauchte in schlohfarbenes Rot, das mich ohne Zweifel für einige Stunden wärmen würde.

35 Hannah

Ich zögerte nur einen winzigen Augenblick, bevor ich den Befehl zum Zugriff gab. Bens kurze Schilderung machte mir sofort klar, dass etwas Entscheidendes passiert sein musste, das Marie und Becky alarmiert hatte. Das war höchst frustrierend so kurz vor dem Ziel und konnte unsere gesamte Ermittlung gefährden. Den beiden Frauen war es wahrscheinlich längst gelungen, die entscheidenden Beteiligten zu warnen, die mit dem Coup an diesem Wochenende zu tun hatten, und wenn es ganz dumm für uns lief, konnte es Wochen oder sogar Monate dauern, beweiskräftiges Material zu sichern. Wenn es noch dümmer lief, bestand sogar die Gefahr, dass die Aktion gänzlich fehlschlug. Klaus Hauser würde mit allen Tricks arbeiten, die ihm als abgebrühter Anwalt zur Verfügung standen, und mein Chef würde sich die Haare raufen. Aber soweit wollte ich es nicht kommen lassen. Pollmann war unausstehlich, wenn die Dinge nicht so liefen, wie er es sich vorgestellt hatte.

Was ich als Pluspunkt vermerkte, war die Tatsache, dass die unvorhergesehene Entwicklung nicht nur uns, sondern auch Marie & Co. überrascht hatte, und selbst Profis wie die beiden beziehungsweise die drei waren nicht davor gefeit, in der Hektik Fehler zu machen. Ein magerer Pluspunkt, aber besser als nichts.

Ben kümmerte sich eilig um die Festnahme von Marie und Becky, während ich mich mit den Hamburger Kollegen in Verbindung setzte, um Klaus Hauser zur Vernehmung zu bitten und eine Durchsuchung von Kanzlei und Privaträumen zu veranlassen. Dann klingelte ich Beate Kern aus dem Bett und fuhr ins Hotel.

In meiner bisherigen Karriere hatte es mir selten so die Sprache verschlagen wie in dem Moment, als mir klar wurde, dass Charlotte Winkler und Lisa Krone direkt in die Ermittlungen involviert waren und damit die aktuellen Ereignisse erst heraufbeschworen hatten. Als Lisa schließlich vor mir saß und stockend zu berichten begann, schwankte ich zwischen Ärger und Heiterkeit und der unbändigen Lust, meine »Assistentin» zu schütteln, wenn nicht Schlimmeres. Andererseits – ich selbst hatte einen nicht unwesentlichen Anteil an der Entwicklung, indem ich ihre Neugier und ihren Drang, eigenmächtig zu handeln, erheblich unterschätzt hatte. In dem Punkt hatte Pollmann ausnahmsweise einmal recht behalten. Der Rest war dem berühmt-berüchtigten Zufall zuzuschreiben. Wäre ich von Birkholz nicht direkt ins LKA gefahren, hätte sie keine entsprechenden Rückschlüsse gezogen, und hätte sich Charlotte Winkler nicht zum gleichen Zeitpunkt Marie Hauser vorgeknöpft, als Lisa erneut im Hotel eintraf ... Und so weiter und so fort. Aber mit Lisa würde ich mich später noch eingehender befassen. Der Gedanke löste eine angenehme Unruhe in mir aus.

Die unglückselige Verquickung der Geschehnisse durfte mich nicht allzu lange beschäftigen, denn ich konnte Marie Hauser und Becky Koch nur bis zum Ablauf des nächsten Tages festhalten. Dann musste ich sie mit überzeugenden Beweisen dem Haftrichter vorführen. Die Vernehmung musste also zügig erfolgen, auch wenn wir das entscheidende Beweisstück, das die Hauser ihrer »Kollegin« nach dem Besuch in der Ausstellung übergeben hatte, bislang nicht hatten finden können. Spezialisten waren damit beschäftigt, Maries Auto, die beiden Hotelzimmer und alle persönliche Habe eingehend unter die Lupe zu nehmen – bisher ohne Ergebnis. Sie konnten den Speicherstick in die Spree geworfen oder zertreten haben. Oder so gut versteckt, dass wir im Leben nicht darauf kamen.

Ich war hundemüde, erschöpft, ausgelaugt, und ausgerechnet so vor die beiden Frauen treten zu müssen war eine schwache Ausgangsposition, aber es blieb mir nichts anderes übrig. Wenigstens verfügte ich über Einzelheiten zu Maries Vorgehensweise, die Lisa in ihrem Bericht recht anschaulich und ausführlich beschrieben hatte.

Marie Hauser war blass und hatte dunkel umschattete Augen. Die letzten Stunden hatten sie eindeutig mitgenommen, aber der Blick, mit dem sie mich musterte, war hellwach und scharf. Meinen Auftritt als Geschäftsführerin im Hotel erwähnte sie mit keiner Silbe. Ich wusste, dass ich mir nichts vormachen durfte. Die Frau würde nicht aufgeben, solange ein Funken Hoffnung bestand, sich irgendwie aus dieser Situation herauswinden zu können, und sei es nur um Zeit zu schinden und der Polizei das Leben schwerzumachen.

»Ich hoffe, Sie haben sehr gute Argumente für die vorläufige Festnahme«, hielt sie mir entgegen, kaum dass ich den Vernehmungsraum betreten hatte. Das *vorläufig* betonte sie spitz. Als Frau eines Anwalts wusste sie natürlich, wovon sie sprach.

»Möchten Sie einen Kaffee?«, fragte ich.

»Ja.«

Ich bestellte eine Kanne Kaffee, und während wir warteten, sah ich Hauser kaum an, sondern blätterte in der vor mir liegenden Akte, richtete das Mikrofon, strich meinen Blazer glatt, schnipste einen Fusel weg. Sie fixierte mich – das spürte ich.

»Sie wissen, dass Sie kein Recht haben, mich ohne Grund …«

Ein Klopfen unterbrach sie. Eine Polizistin trat ein, stellte ein Tablett neben mich und ging wieder. Ich schenkte zwei Tassen Kaffee ein. Marie nahm sich eine und trank zwei Schlucke, wobei sie es nicht versäumte, angewidert das Gesicht zu verziehen. Nun, wir befanden uns nicht in einem exquisiten Coffeeshop.

»Also, was soll das Theater?«, hob sie erneut an und stellte die Tasse lauter ab, als nötig gewesen wäre.

»Mein Kollege hat die Festnahme doch sicherlich begründet«, entgegnete ich und sah sie zum ersten Mal direkt an.

Große braune Augen, Grübchen, apartes Gesicht, umrahmt von kastanienbraunem, leicht gelocktem Haar. Ohne Zweifel: Marie Hauser war eine kluge und attraktive Frau, und ich konnte mir gut vorstellen, dass sie mit ihrem Lächeln und ihrem Charme überaus anziehend wirkte und ihre Ausstrahlung dazu benutzte, Menschen zu manipulieren. Ich hatte sie in den letzten Monaten gut kennengelernt und war freudig gespannt gewesen, sie endlich vor mir sitzen zu haben, allerdings unter anderen Vorzeichen.

»Ja, er sprach von Wirtschaftskriminalität«, sagte sie und schüttelte den Kopf. »Aber was hat das mit mir zu tun?«

»Sehr viel. Frau Hauser, wir beobachten Sie, Becky Koch und Ihren Mann schon seit geraumer Zeit, und was wir zusammengetragen haben, dürfte ausreichen, Sie für eine ganze Weile aus dem Verkehr zu ziehen.«

Sie verschränkte die Arme vor der Brust. »Tatsächlich? Wie wäre es, wenn Sie etwas konkreter würden? Mit allgemeinen Anschuldigungen werden Sie nicht allzu weit kommen.«

»Sie stehlen Betriebsgeheimnisse und personenbezogene Daten und verkaufen die Informationen an die Konkurrenz beziehungsweise letztlich an jeden, der sich dafür interessiert und bereit ist, entsprechend zu zahlen. Dieses einträgliche Nebengeschäft betreiben Sie seit mehreren Jahren.«

»Namen? Beweise?« Sie lächelte zynisch.

»Sotec, eine Schönheitsklinik, die von Dr. Hartmut Krimholz geleitet wird, ein Labor, das unter anderem ein Dopinganalyse-Verfahren entwickelt hat, ein großes Sportgeschäft, eine Sprachschule – um nur einige Beispiele zu nennen. Die Liste ist erheblich länger und wird wohl noch um einiges anwachsen, bis die Ermittlungen abgeschlossen sind«, erklärte ich mit sanfter Stimme. »Alle betroffenen Unternehmen werden von Ihrer Firma, der HUB, in betriebswirtschaftlicher Hinsicht und in Steuerfragen betreut und sind häufig auch Mandanten der Kanzlei Ihres Mannes. Was für ein Zufall.«

Ich beugte mich ein Stück vor und zog eine Braue hoch. »Während wir hier gemütlich zusammensitzen, werden übrigens gerade die Büroräume der HUB, Ihr Haus und die Kanzlei Ihres Mannes durchsucht sowie alle geschäftlichen Unterlagen und was sonst noch so zu Ihrem Arbeitsalltag dazugehört von meinen Hamburger Kollegen beschlagnahmt. Und Ihr Mann trinkt jetzt wahrscheinlich ebenfalls den nicht sonderlich exquisiten Polizeikaffee und sieht sich ähnlich unangenehmen Fragen ausgesetzt wie Sie. Meinen Sie nicht, es wäre klüger, das Lügen zu unterlassen und auszupacken, damit wir Feierabend machen können? Sie ersparen sich eine Menge Zeit.«

Marie Hauser atmete heftig aus. Mit einer derart konzertierten Aktion hatte sie wohl nicht gerechnet. »Das müssen Sie mir erstmal alles beweisen«, stieß sie schließlich hervor. »Wenn Sie sich übrigens bei Ihren absurden Anschuldigungen auf die Schilderungen von Charlotte Winkler verlassen, tun Sie mir leid«, fügte sie wütend hinzu.

»Ach ja?«

»Da hat jemand das Ende einer Liaison nicht verkraftet und eine Menge dummes Zeug erzählt, das das LKA doch tatsächlich für bare Münze nimmt. Mein Mann wird sich ausschütten vor Lachen.«

»Das wird ihm bald vergehen. Charlotte Winkler handelte also aus Rache, meinen Sie?«

»Ja, das meine ich.«

Ich nickte langsam und blätterte kurz in meiner Akte. »Ach so. Aber wir beobachten Ihr Treiben, wie gesagt, schon seit geraumer Zeit, Frau Hauser. Das Zerwürfnis mit Charlotte Winkler ist jedoch erst ein paar Stunden alt, wie wir wissen. Hinzu kommt, dass Frau Winkler bei der Übergabe des Datensticks an Frau Koch am Samstag nach dem Besuch der Dalí-Ausstellung gar nicht dabei war. Diese Information kann also nicht von einer gekränkten Ex-Geliebten stammen.«

Sie zuckte kurz zusammen, fing sich aber rasch wieder. »Was für ein Datenstick?«

»Wir haben die Übergabe gefilmt, Frau Hauser«, erklärte ich. »Eine der Ausstellungsbesucherinnen ist als verdeckte Ermittlerin dabeigewesen.«

»Auf den Film bin ich gespannt«, gab Marie ohne zu zögern zurück und warf mir einen provozierenden Blick zu.

Ich lächelte, dabei war Lächeln das Letzte, wonach mir zumute war. Marie wusste sehr genau, dass die Aufnahmen lediglich zeigten, wie sie Becky eine zusätzliche Tüte zusteckte. Was sich für uns bei der Observierung als klares Indiz dargestellt hatte, würde bei der Staatsanwaltschaft gerade mal ein müdes Schulterzucken hervorrufen und bei Gericht wahrscheinlich auch. Die entscheidende Frage war und blieb, ob wir den Stick präsentieren konnten. Bisher konnten wir es nicht, und Marie war sich bewusst, dass wir damit den einen entscheidenden Schritt hinten lagen.

Einen Moment lang hatte ich das Gefühl, dass alles umsonst gewesen war. Marie Hauser hatte ihren Mann rechtzeitig warnen können, und alle wirklich aussagefähigen Beweise waren längst vernichtet oder bestens versteckt, als die Beamten eintrafen. Und Klaus Hauser war sicher kein Mann, der sich per E-Mail mit zwielichtigen Typen verabredete oder die Gelder aus den Zusatzgeschäften auf dem Postsparbuch einzahlte … Außerdem hatten die drei sicher mal über den Ernstfall gesprochen und genau festgelegt, wie sie sich verhalten würden.

Marie Hauser fixierte mich. Sie lächelte sanft. Ein bezauberndes Lächeln, genau richtig dosiert. Eher ein Schmunzeln. Für einen Moment empfand ich den innigen Wunsch, ihr eine runterzuhauen. Derart emotional reagierte ich im Job selten. Im selben Augenblick klingelte das Telefon.

»Die Winkler hat ein Handy, das der Hauser gehört«, berichtete Ben langsam. »Sie hat es im Zimmer zurückgelassen, als sie Hals über Kopf getürmt ist. So ähnlich hat die Winkler es jedenfalls in Erinnerung.« Sein Tonfall war schleppend. Ich hörte, dass er gähnte. Er sprach nur das Nötigste und klang so müde, wie ich mich fühlte.

»Oh«, sagte ich. »Interessant. Haben Sie schon einen Blick darauf werfen können?« Ich spürte, dass Marie mich genau im Auge behielt und sah sie beiläufig an.

»Ja, aber nur einen Blick: Das Ding war eingeschaltet, aber wenn Sie mich fragen, sind die Daten verschlüsselt eingegeben. Nur ein paar Telefonnummern, sehr allgemein.«

»Kann man das im Einzelnen überprüfen?«

»Natürlich, aber nicht mehr heute Nacht. Einen Profi kriegen wir frühestens morgen ran.«

»Gut. Danke erstmal für die Info. Bis später.«

»Ja, bis dann.«

Ich legte auf. Wie bedeutsam dieser Fund sein würde, ließ sich im Augenblick noch nicht ermessen. Selbstfabrizierte Verschlüsselungen konnten unsere Spezialisten natürlich mühelos knacken, aber wie brisant die Informationen wirklich waren, die Marie Hauser möglicherweise in ihrem Handy gespeichert hatte, würde sich erst herausstellen, wenn die Daten vorlagen. Irgendwelche Telefonnummern allein würden uns jedenfalls nicht weiterhelfen – Namen, Firmen, Treffpunkte und Geldbeträge natürlich schon eher.

»Sie haben Ihr Handy bei Charlotte Winkler vergessen«, bemerkte ich nach kurzem Überlegen.

Marie sah mich fragend an. »Wie kommen Sie darauf?

Ich habe meins eben bei einer Kollegin von Ihnen abgeben müssen.«

»Eine Geschäftsfrau wie Sie hat sicherlich ein zweites Handy.«

»Ich habe nur ein Handy dabeigehabt, als ich nach Berlin aufbrach«, erwiderte Marie Hauser und zog ein gelangweiltes Gesicht.

»Ihre Fingerabdrücke werden leicht nachzuweisen sein.«

»Na klar – das Teil lag auf dem Tisch in Frau Winklers Zimmer. Ich habe es mir genauer angesehen und zu diesem Zweck in die Hand genommen.« Sie zuckte die Achseln. Ihre Stimme vibrierte vor Selbstsicherheit.

»Erinnern Sie sich an Sofia Heinrich?«, wechselte ich das Thema.

»Sofia Heinrich? Wer soll das sein?«

»Sie arbeitet bei Sotec. Sie sind ihr auf der ComBär begegnet. Das ist noch nicht so lange her.«

»Ach? Interessant. Und?«

»Sie waren auch mit ihr im Hotel Marlene«, fuhr ich fort.

»Wenn Sie es sagen. Aber das wäre nicht verboten.« Marie schürzte die Lippen.

»Sie haben sich an ihren Geschäftsunterlagen zu schaffen gemacht und Teile eines Programms gestohlen, an dem Sotec Monate gearbeitet hatte.«

»Tatsächlich?«

»Sofia Heinrich hat Sie wiedererkannt«, fuhr ich betont ruhig fort. »Ich bin ziemlich sicher, dass wir sehr bald sehr genau beweisen können, dass Sie die entscheidenden Informationen gestohlen haben.«

»Da bin ich aber sehr gespannt, Frau Kommissarin«, entgegnete Marie Hauser gelassen. »Ich erinnere mich, wenn ich genauer darüber nachdenke, an eine Sofia Heinrich, die es ziemlich eilig hatte, mit mir ins Bett zu kommen.« Sie lächelte. »Um ehrlich zu sein – sie konnte es kaum abwarten.«

Ich lächelte zurück. »Es gab seinerzeit eine polizeiliche Untersuchung. Spuren an Frau Heinrichs Geschäftskoffer wurden sichergestellt. Fingerabdrücke, die auf Sie verweisen werden, da bin ich mir gewiss.«

»Und was soll das beweisen? Dass ich den Koffer angefasst habe? Tolle Erkenntnis.«

»Sie haben sich an den Schlössern zu schaffen gemacht und ihn geöffnet.«

»Vielleicht hat Sofia ihn geöffnet, um mich einen Blick auf ihre gut gehüteten Schätze werfen zu lassen. Wenn ich es recht überlege, hat sie mir in der Nacht so einige Schätze gezeigt – falls Sie verstehen, was ich meine.«

Ich hatte befürchtet, dass Marie sich nicht aus der Ruhe bringen lassen würde. Nach der ersten Überraschung hatte sie sich beeindruckend schnell wieder gefangen und gewann von Minute zu Minute an Selbstsicherheit. Ich musste diese Dynamik unterbrechen.

»Ich verstehe durchaus«, gab ich zurück.

»Wirklich?«

»Frau Hauser – ich erwarte in Kürze die ersten Ergebnisse aus Hamburg«, sagte ich. »Außerdem werde ich jetzt erstmal mit Becky Koch sprechen. So lange haben Sie Pause.«

»Wie Sie meinen.« Einen Moment lang wirkte sie fast amüsiert. Das Ganze begann ihr Spaß zu machen. Ein neues Spiel, bei dem ihre ganze Kreativität, Gewandtheit und Abgebrühtheit gefordert war.

Ich schaltete das Gerät ab, während Marie Hauser aus dem Raum geführt wurde, und starrte eine ganze Weile die Wand an, bevor ich Becky Koch hereinbringen ließ.

Becky wirkte längst nicht so kühl und überheblich wie

Marie, aber ich fürchtete, dass bei der Vernehmung trotzdem nicht viel mehr herauskommen würde. Wenn das so weitergeht, würde sich mein Chef die Haare raufen, dachte ich. Ich wusste, dass mir die Fäden entglitten waren. Nur in einem Punkt war ich seltsam sicher: Marie hatte den Datenstick nicht endgültig entsorgt. Sie war so von sich überzeugt, dass sie meinte, uns austricksen zu können.

Und vielleicht würde ihr das sogar gelingen.

36 Charlotte

Ich wusste nicht, wie ich ihm gegenübertreten würde. Nachdenklich, erschüttert, erschöpft. Von allem etwas. Nach diesem Wochenende würde nichts mehr so sein wie zuvor. Das zumindest stand fest, auch wenn alles andere in der Schwebe hing. Vielleicht hatte Wilfried recht und es war meine verdammte Pflicht, ihm und uns eine Chance zu gewähren. Aber was war das für eine Chance, die letztlich nur zustande kam, weil sich herausgestellt hatte, dass ich einer Betrügerin auf den Leim gegangen war und nun reumütig einsehen musste, einen Fehler gemacht zu haben?

Hatte ich mich in Marie verliebt, weil es ihr gelungen war, mich mit ihrer besonderen Art zu verzaubern? Und warum hatte ich mich überhaupt in eine Frau verliebt? Weil die Frau Marie war? Würde ich mich wieder in eine Frau verlieben? Eine schwierige Frage. Vielleicht die schwierigste von allen, weil sie entscheidende Konsequenzen nach sich zog, die mir die Rückkehr in mein altes Leben so oder so verwehren konnten. Selbst wenn Wilfried mit offenen Armen auf mich wartete und ich einem Neubeginn mit ihm nicht abgeneigt wäre.

Aber war ich das? Und wenn ja – warum? Angst vor der Leere und der plötzlichen Einsamkeit?

Ich hatte das Hotel am späten Morgen verlassen. Bei der ärztlichen Untersuchung war nichts Gravierendes festgestellt worden. Dass ich zutiefst erschöpft war, musste mir kein Arzt sagen. Als ich nach dem ausführlichen Gespräch mit der Kommissarin vom LKA aus direkt in Richtung Autobahn aufbrach, beschlich mich das seltsame Gefühl, an einen im selben Maße vertrauten wie völlig fremden Ort zurückzukehren.

Die Ereignisse des Wochenendes zogen vor meinem inneren Auge vorbei, einzelne Szenen wiederholten sich ein ums andere Mal, bis ich entnervt aufstöhnte und mir auf die Lippen biss. Immer wieder hörte ich Maries Lachen, sah ihren gehässigen oder auch wütenden und entsetzten Blick, spürte für Momente ihrer Hilflosigkeit nach und ihrer arroganten Selbstverliebtheit. Zwischendurch hatte sie es richtiggehend genossen, ihre schlauen Winkelzüge vor mir auszubreiten. Immerhin hatte sie sich deswegen verleiten lassen, mehr zu erzählen, als nötig gewesen wäre.

Ich hoffte inständig, dass es der Polizei gelang, ihre Machenschaften komplett aufzudecken, und dass sie dafür zahlen musste. Wenn ich es richtig verstanden hatte, suchte das LKA zur Zeit noch nach dem Datenspeicher, den Becky von Marie entgegengenommen hatte, und offensichtlich war es den beiden gelungen, den Stick trotz der Kürze der Zeit und der hektischen Umstände spurlos verschwinden zu lassen. Das spielte hoffentlich keine große Rolle mehr. Ich vermutete, dass es genügend andere Spuren und Zeugen gab, die die Straftaten der beiden belegen konnten – schließlich ermittelte die Polizei schon viele Monate. Mein zwischenzeitlicher Gedanke, Marie zu zwingen, den geschädigten Firmen das ergaunerte Geld zukommen zu lassen, erschien mir im Nachhinein als romantisch-versponnene Robin-Hood-Idee.

Erst als ich aus der Stadt herausfuhr, spürte ich, dass mein Gesicht nass war. Späte Tränen. Ich schniefte und hoffte, dass ich nicht um Marie heulte. Wie verrückt das alles war! Plötzlich hatte ich Durst, mein Kopf dröhnte. Ich brauchte dringend einen Kaffee. An der Raststätte Ziesar verließ ich die Autobahn und setzte mich ins Restaurant. Der Kaffee war erstaunlich gut. Ich zwang mich, ihn in aller Ruhe zu genießen. Eine Viertelstunde später bezahlte ich und schlenderte langsam zum Auto zurück.

Als ich gerade einsteigen wollte, hielt neben mir ein Van. Eine vierköpfige Familie verließ den Wagen: Vater, Mutter, zwei kleine Kinder, allesamt sehr aufgeregt. Ein Kind schrie heftig, und die Mutter setzte ein besorgtes Gesicht auf, während sie auf das Kind einredete und es zu beruhigen versuchte. Ich sah genauer hin. Der Junge war höchstens vier, fünf Jahre alt, und sein Anorak war blutverschmiert.

»Kann ich Ihnen helfen?«, fragte ich.

Der Mann winkte ab. »Er hat sich an der Hand verletzt. Halb so wild, aber danke schön.«

»Brauchen Sie vielleicht ein Pflaster oder Verbandsmaterial?«, bot ich trotzdem an.

Die Frau nickte sofort. »Ach, das wäre toll. Unser Erste-Hilfe-Kasten ist nämlich nicht mehr vollständig …« Sie lächelte entschuldigend, ihr Mann räusperte sich.

»Kein Problem«, sagte ich rasch und ging nach hinten, um den Kofferraum zu öffnen.

Meine alte Benz-Limousine, die mir seit zwanzig Jahren die Treue hielt, verfügte nicht über eine Zentralverriegelung, und ich schloss den Kofferraum nur selten ab. Eine dumme Angewohnheit, über die Wilfried sich immer wieder aufregte, obwohl ich dort in der Regel nichts verstaute, schon gar nichts Wichtiges.

Mein Verbandskasten war mit einem Gummiriemen in einem Seitenfach des Kofferraums befestigt. Der Riemen saß ungewöhnlich locker. Ich zog ihn ganz ab und öffnete den Kasten. Zwei Packungen mit Verbandsmaterial und Pflaster lagen obenauf. Ich nahm sie heraus und reichte sie der Frau.

»Das ist ganz reizend von Ihnen – vielen Dank«, sagte sie.

»Keine Ursache.«

Wenige Minuten später war die Hand des Jungen versorgt. Die Familie beschloss, eine kurze Rast einzulegen und sich nach dem Schreck im Restaurant zu stärken. Der Junge hatte sich beruhigt und verfügte schon wieder über so viel Energie, dass er sich mit seinem Bruder um den Gameboy streiten konnte.

Ich sah der Familie einen Moment nach, bevor ich mich über den Verbandskasten beugte. Ich darf nicht vergessen, ihn aufzufüllen, dachte ich und packte Pflaster und Schere wieder ein. Dabei stießen meine Finger an einen kleinen harten Gegenstand in einer Plastiktüte. Ich tastete danach und zog ihn heraus. Ich weiß nicht, wie lange ich ihn betrachtete, bis mein Herzschlag sich abrupt beschleunigte.

Schließlich verstaute ich ihn in meiner Handtasche und setzte mich hinters Steuer.

37 Lisa

Zwei Tage lang hatte ich nichts anderes getan als geschlafen, gegessen, vor mich hin geträumt oder gegrübelt, um wieder einzuschlafen, schließlich ein heißes Bad zu nehmen und vor dem Fernseher erneut in Tiefschlaf zu versinken. Im Grunde war es ganz einfach: Ich wusste nicht, wie es weiterging. Nicht dass diese Situation neu für mich gewesen wäre, aber fast hatte ich mich an ein geregeltes Leben mit all seinen Vor- und Nachteilen gewöhnt. An die Hektik und die Überstunden, die Müdigkeit, nette Kolleginnen ... Ameliste. Die es gar nicht gab. Zumindest nicht unter diesem Namen.

Margot Sander hatte mir aufs Band gesprochen, als ich unterwegs war, um meine Vorräte aufzufüllen und meinen Kreislauf etwas in Schwung zu bringen: Sie und Hannah Trepur wünschten mich Mittwochvormittag im Hotel zu sprechen. Ich ahnte ja längst, was kommen würde. Mein Vertrag würde nach Ablauf der Probezeit nicht verlängert werden. Natürlich nicht, was hatte ich schon vorzuweisen: keine vernünftige Ausbildung, eine fatale Eigenmächtigkeit, die Neigung, mich überall einzumischen und dabei sogar die Grenze zur Illegalität mehr oder weniger sorglos zu überschreiten. Zudem war ich bockig, vorlaut, nachtragend, schnell eingeschnappt und erotischen Abenteuern an ungewöhnlichen Orten nicht abgeneigt. Wer wollte schon eine solche Mitarbeiterin?

Ich rechnete damit, dass Hannah Trepur mir noch einmal in aller Form die Leviten lesen würde. Wenn sie wüsste, dass ich ihre Ermittlungen in jener Nacht durch das Getöse im Kleiderschrank gefährdet hatte, hätte sie mich wohl gleich aufs Präsidium bestellt. So hatte ich noch Glück gehabt, dass sie mit meinem schriftlichen Bericht über den Inhalt des belauschten Gesprächs fürs Erste zufrieden war. Wenigstens mein Gedächtnis funktionierte noch einigermaßen. Ob Marie und Becky inzwischen wohl in gestreifter Kluft umherwanderten und erste Ausbruchversuche planten? Es würde sich zeigen, ob ich die Möglichkeit zur Nachfrage erhielt.

Margot Sander begrüßte mich mit einem herzlichen Lächeln und bot mir einen Platz in der kleinen Sitzgruppe unterm Fenster an. Ich schwitzte wie seinerzeit beim Vorstellungsgespräch.

»Hier war ja ganz schön was los«, sagte sie und nahm mir gegenüber Platz.

Ich nickte betont lässig. »Das kann man wohl sagen.«

Drei Kaffeetassen standen auf dem Tisch, außerdem eine Schale Gebäck. Sie verabschieden sich stilvoll, dachte ich. Wie es sich gehört.

»Hannah verspätet sich«, erklärte Margot Sander und hörte nicht auf zu lächeln. »Sie hat gerade angerufen.«

Ich nickte erneut. »Wissen Sie, ob die beiden Frauen ...?«

Margot Sander hob beide Hände. »Mich dürfen Sie nicht fragen. Vielleicht entlocken wir ihr ja gleich ein paar Details.« Sie zwinkerte mir zu.

Ihre Fröhlichkeit wirkte nach meinem Geschmack etwas überzogen, aber vielleicht war ich da zu empfindlich. Heutzutage wurden ja schließlich ständig Leute vor die Tür gesetzt, neue eingestellt und wieder entlassen – ein fröhliches Kommen und Gehen. Warum sollte sie nicht bester Laune sein, zumal ihr Hotel noch so ganz nebenbei im Mittelpunkt einer aller Wahrscheinlichkeit nach letzten Endes doch erfolgreich verlaufenen Polizeiaktion gestanden hatte? Vielleicht konnte man damit sogar werben. Sie schenkte Kaffee ein und ermunterte mich zuzugreifen, aber mir war irgendwie der Appetit vergangen.

»In die Datenbankgeschichte haben Sie sich ja gut eingearbeitet«, meinte sie schließlich. »Bemerkenswert gut.«

Beinahe hätte ich eine Augenbraue hochgezogen oder es zumindest versucht. Dann aber beließ ich es bei einem Räuspern.

Die Hotelbesitzerin lächelte. »Ich weiß, was Sie sagen wollen, aber von den Ermittlungen mal abgesehen: Hier lag ja wirklich einiges im Argen. Letztlich hat Hannah dafür gesorgt, dass ich endlich zu einem hochmodernen Service gekommen bin. Und Sie hatten die Hauptarbeit damit.«

»So kann man es ausdrücken«, entgegnete ich zurückhaltend. Meine Güte, warum redete sie so lange um den heißen Brei herum?

Sie strahlte mich an. »Hätten Sie eigentlich Lust, den Job weiterhin zu machen? Ich meine: langfristig.«

Einen Moment lang glaubte ich mich verhört zu haben. Ich schluckte. »Ich bin nicht aus dem Rennen?«

»Nein. Ich finde, Sie haben sich wacker geschlagen. Warum sollte ich Sie gehen lassen, jetzt wo alles so gut klappt?«

Das sah Hannah Trepur garantiert anders. »Aber …?«

Sie hob die Hände. »Was Ihre Zusammenarbeit mit Hannah Trepur angeht, so ist die natürlich beendet. Unter uns: Sie war sicherlich keine einfache Vorgesetzte, oder?«

»So kann man es ausdrücken«, sagte ich erneut. Die Bemerkung schien sich gerade zu einem meiner Lieblingssätze zu entwickeln. Aber ich war rhetorisch ohnehin nicht sehr anspruchsvoll und außerdem immer noch wie betäubt. Die Sander bot mir einen langfristigen Job an. Hannah verspätete sich, und ich saß hier und wartete auf sie. Natürlich tat ich das. Und wie ich wartete!

Margots Handy kündigte den Eingang einer SMS an. Sie nahm es zur Hand und blickte kurz darauf wieder zu mir hoch, ein bedauerndes Lächeln auf den Lippen.

»Sie schafft es nicht mehr vorbeizukommen. Leider.«

Der Stich in der Herzgegend war so heftig, dass ich ihn unmöglich leugnen konnte.

»Na ja.« Ich zuckte die Achseln. »Vielleicht ein andermal.«

Frau Sander erhob sich. »Ja. Haben Sie sich soweit erholt, dass Sie morgen früh um neun Uhr anfangen können? Dann besprechen wir alles Weitere. Herzlich willkommen übrigens!«

Ich stand ebenfalls auf. »Danke für die Chance. Ich freue mich sehr. Wirklich.«

»Ich weiß.«

Wenig später stand ich draußen vor dem Hotel. Verwirrt, aufgewühlt und seltsam traurig. Und nun?, dachte ich. Alles zurück auf Anfang? Der Alltag beginnt? Aber womit?

Ich atmete tief durch und setzte mich langsam in Bewegung.

38 Hannah

Pollmann war gerade dabei, sich die spärlichen Haare zu raufen und mir einen Vortrag zu halten, als ich die Nachricht erhielt. Ich hob die Hand, um meinen Chef zu unterbrechen und Bens telefonischem Kurzbericht ungestört lauschen zu können. Als er fertig war, blickte ich Pollmann an. »Wir müssen unsere Unterredung später fortsetzen.«

»Warum?«

»Es gibt Neuigkeiten.« Ich stand auf. »Entscheidende Neuigkeiten.« Beinahe hätte ich gelacht. Plötzlich kam wieder Schwung in die Sache.

»Und welche, wenn ich fragen darf?« Pollmann setzte eine empörte Miene auf.

»Sie dürfen, aber nicht jetzt. Ich muss sofort rüber, um mit Ben die nötigen Vorkehrungen zu treffen. Wir können die beiden nicht mehr lange festhalten.«

»Was Sie nicht sagen.«

Pollmann plusterte sich kurz auf, aber ich beachtete ihn nicht, sondern eilte grußlos aus dem Büro, während es in meinem Kopf längst zu schwirren begonnen hatte.

Ben wartete bereits in dem kleinen Büro neben den Vernehmungsräumen auf mich. Er hatte tiefe Augenränder, grinste mich aber an und wirkte tatendurstig. Wir brauchten eine gute halbe Stunde, um die Neuigkeiten eingehend zu erörtern, das weitere Vorgehen zu besprechen und die Vernehmungsstrategie im Detail zu entwickeln.

»Hauser oder Koch?«, fragte er schließlich.

»Koch. Mal sehen, was dabei rauskommt.«

»Okay. Ich lasse sie holen.«

Er öffnete eine der Türen und ließ mich schon mal eintreten. »Ich bin nebenan und lausche aufmerksam.«

»Tun Sie das. Achten Sie bitte auf eventuelle Handzeichen.«

»Klar, Chefin, wie besprochen.«

Becky Koch fehlten mindestens zwanzig Stunden Schlaf. So sah sie jedenfalls aus: arg mitgenommen und offensichtlich höchst perplex, erneut von mir befragt zu werden. Die Vernehmung in der Nacht war alles andere als fruchtbar gewesen, aber immerhin wusste ich nun, wie die Koch argumentierte und wo ihre Schwachstellen waren. Und noch einiges mehr. Ich hatte ein paar Stunden geschlafen, fühlte mich einigermaßen gestärkt und nach der neuesten Entwicklung nun auch erfrischt. Ich betrachtete Becky eine Weile wortlos und sortierte dabei meine Gedanken.

Die Sichtung des bei der Durchsuchung der Büros und Privaträume der Hausers beschlagnahmten Materials in Hamburg dauerte an. Einen richtigen Knüller hatten sie bis jetzt nicht entdeckt und auch keine sonderlich aufregenden Unterlagen, wie mir ein Kollege vor meiner Besprechung mit Pollmann in einem längeren Telefonat erläutert hatte, und ich zweifelte daran, dass die Beamten beim groben Sichten in den nächsten Stunden tatsächlich etwas Entscheidendes finden würden.

Klaus Hauser war übervorsichtig, ein richtiger Fuchs. Als seine Frau in welcher Form auch immer Alarm geschlagen hatte, war er sicherlich ruhig und souverän geblieben und hatte nur wenige Minuten gebraucht, um verdächtig erscheinendes Material verschwinden zu lassen. Ohne weitere konkrete Hinweise würde sich zunächst nicht viel mehr nachweisen lassen als die schlichte Tatsache, dass die beklauten Firmen Mandanten der Hausers gewesen waren, hatte der Kollege bedauernd hinzugefügt, und ich hatte mich allmählich darauf einzustellen versucht, dass die ganze Aktion auf mühevolles und langwieriges Zusammenpuzzeln einzelner Details hinauslaufen würde, die unter Umständen irgendwann zu längst erkalteten Spuren führen würden – das riss niemanden vom Hocker, wie Pollmann auch noch einmal unnötigerweise betont hatte, und war genau die Art von Ermittlungsarbeit, die ich mit meiner Hotelobservierung eigentlich hatte verhindern wollen. Doch in den nächsten Minuten konnte sich das Blatt noch einmal wenden. Ich schob meine Überlegungen mit einem leisen Lächeln beiseite und konzentrierte mich auf die junge Frau vor mir.

»Hallo, Frau Koch, wie geht's Ihnen heute?«, fragte ich höflich.

»Soll das ein Scherz sein?« Becky starrte mich empört an. »Ich würde gerne mit meinem Anwalt sprechen. Sie wissen, dass das mein gutes Recht ist und dass Sie mich hier nicht tagelang grundlos festhalten können.«

»Ja, ich weiß.« Ich nickte ihr freundlich zu und betätigte eine Taste am Aufnahmegerät – irgendeine, denn ich wollte es gar nicht in Betrieb setzen. »Aber heute ist Sonntag. Ihr Anwalt ist nicht zu erreichen, und Sie sind erst seit heute Nacht Gast in diesem Haus. Von Tagen kann nun wirklich nicht die Rede sein. Darüber hinaus besteht Verdunklungsgefahr.«

»So ein Quatsch! Sie haben nichts gegen mich in der Hand«, entgegnete sie aufgebracht.

»Das sehe ich anders«, erwiderte ich und entschloss mich spontan, meinen Trumpf noch eine Weile in der Hinterhand zu behalten und mich langsam vorzutasten. »Die Zeugin, mit der ich vorhin gesprochen habe, hat sich entschlossen, uns einige sehr interessante Hinweise zu liefern, die den Haftrichter ganz bestimmt überzeugen werden«, behauptete ich, ohne mit der Wimper zu zucken.

»Mit der Zeugin meinen Sie die Lady, die Sie bereits heute Nacht erwähnten und mit der Marie mal was hatte?« Becky Koch blies die Wangen auf. »Lächerlich. Damit kommen Sie nicht durch. Die beiden haben sich gefetzt, und nun erzählt die Frau dummes Zeug. Grandiose Beweise, die Sie da auftischen!«

Ich lehnte mich zurück und beachtete Beckys Heiterkeitsausbruch gar nicht. »Sie und Marie Hauser sind in letzter Zeit nicht mehr allzu gut miteinander ausgekommen, stimmt's? Kann es sein, dass die Arbeitsatmosphäre ein bisschen gelitten hat? Von Harmonie weit und breit keine Spur, heißt es. Und ist es nicht tatsächlich so, dass Sie einen Großteil des Risikos tragen, aber jedes Mal um einen angemessenen Vorschuss kämpfen müssen, während Marie Hauser sich mächtig ziert? Auch an diesem Wochenende gab es wieder Ärger deswegen.«

Becky schüttelte langsam den Kopf und blieb zumindest

äußerlich erstaunlich gelassen. Trotzdem war ich überzeugt, dass sich das Gedankenrad zu drehen begonnen hatte und die Frage in ihr rumorte, woher ich von dem Vorschuss wusste.

»Netter Versuch, aber vergessen Sie es. Marie und ich haben häufig geschäftlich miteinander zu tun, verstehen uns aber auch privat sehr gut«, behauptete sie nach kurzem Überlegen. »Das sagte ich schon mehrfach. Ich weiß nicht, was Ihre Beschuldigungen sollen. Wir kennen uns seit einigen Jahren und treffen uns in regelmäßigen Abständen – meist in Berlin. Wie Sie ja wissen, bin ich Übersetzerin …« Sie fing an, ihre Story herunterzuleiern. Auf diese Weise hatte sie schon in der Nacht die Vernehmung auszuhebeln versucht, und offensichtlich war sie überzeugt, mich mit der Masche entweder provozieren oder aber einlullen zu können. Ich hingegen war sicher, dass Becky und Marie mit Klaus Hauser den Ernstfall geprobt und Vernehmungsgespräche nachgespielt hatten, denn manches klang doch arg stereotyp und ungewöhnlich abgebrüht.

»Sie haben Marie Hauser seinerzeit in der Sprachschule in Hamburg beim Stehlen von Kundendaten überrascht«, stellte ich fest. »Seitdem sitzen Sie mit ihr und ihrem Mann in einem Boot, weil Sie nicht abgeneigt sind, hier und da bei einem lukrativen Geschäft mitzumachen. Die Gewinnspanne ist erheblich, und moralische Bedenken haben Sie nicht.«

»Wir haben uns damals in der Sprachschule kennengelernt, als Maries Firma, die HUB, dort eine betriebswirtschaftliche Beratung durchführte – soweit kann ich Ihre Information bestätigen. Kurz danach habe ich mich selbstständig gemacht und arbeite seitdem häufig für die Hausers. Aber davon, dass Marie in der Schule etwas gestohlen haben soll, weiß ich nichts.« Becky lächelte zuvorkommend.

Ich lächelte zurück. »Die Personendaten, die damals weitergegeben wurden, haben irgendwo Spuren hinterlassen, so wie andere Daten und Informationen auch, die Sie und Frau Hauser verkauft haben. Denken Sie mal an Frankfurt. Alles hinterlässt immer irgendwo Spuren, die auch noch nach Jahren Aussagekraft haben.«

»Frau Kommissarin, darf ich Sie erstens daran erinnern, dass ich gar nicht mit Ihnen reden müsste und zweitens Ihre langatmigen Geschichten niemanden interessieren, solange Sie keine Beweise vorlegen können?«

»Sie dürfen. Wie lange wissen Sie eigentlich schon, dass Charlotte Winkler und Marie Hauser ein Paar sind?«, wechselte ich unbeeindruckt das Thema.

»Marie hat hin und wieder mal eine Affäre«, erwiderte Becky. »Aber das interessiert mich nicht. Das ist ihre Sache. Wir sind lediglich befreundet.«

»Charlotte und Marie haben keine Affäre – sie sind seit vielen Monaten fest zusammen«, berichtigte ich sie.

Becky hob kurz die Hände. »Kann ja sein, aber das ist nicht verboten, soweit ich informiert bin. Oder haben Sie was gegen Lesben beziehungsweise Bisexuelle? Ausgerechnet hier in Berlin – das wäre ja besonders lachhaft.«

»Das wäre überall lachhaft«, erwiderte ich. »Aber darum geht es gar nicht.«

»Worum geht es denn?«

»Charlotte sollte Ihren Platz einnehmen, Frau Koch.«

Becky warf den Kopf in den Nacken und lachte. »Welchen Platz meinen Sie? Wollte Sie meine Übersetzungsaufträge?«

»Charlotte sollte zukünftig die Überbringerin spielen, während man Sie abservieren wollte, und zwar auf ziemlich unfreundliche Weise, aber dazu später mehr«, schob ich sanft hinterher. »Marie ist schon lange nicht mehr zufrieden mit Ihnen.«

»Die Geschichte gefällt Ihnen, was? Na gut, erzählen Sie ruhig weiter. Ich bin ganz Ohr.«

»Und das ist auch gut so«, erwiderte ich freundlich und zwinkerte ihr kurz zu. »Die beiden haben Ihre Ablösung schon länger vorbereitet. Glauben Sie denn allen Ernstes, dass es ein Zufall ist, dass Charlotte Winkler ausgerechnet an diesem Wochenende auch im Hotel war?«

»Nein, aber was spielt das für eine Rolle?«

»Wir haben Sie rund um die Uhr observiert. Warum haben Sie nicht mal zu dritt etwas unternommen? Das hätte sich doch durchaus angeboten.«

»Na und? Keine Lust, andere Interessen, was auch immer.« Becky setzte eine gelangweilte Miene auf. »Ich habe mich nicht näher damit beschäftigt, und unsere Freizeitplanung geht die Polizei ja nun weiß Gott nichts an.«

»Klingt nicht sehr überzeugend«, bemerkte ich. »Ich glaube, Sie haben gar nicht gewusst, dass Charlotte Winkler auch im Hotel war.«

»Selbst wenn ich erst später davon erfuhr – was wäre so schlimm daran?«, gab Becky zurück. »Marie wollte noch ein, zwei Tage mit ihrer Liebsten dranhängen, und die Möglichkeit dazu hat sich ganz spontan ergeben. Das ist doch nicht meine Sache.«

»Das hat Sie Ihnen in der Eile gestern Nacht erzählt?«

Becky nickte. »Ja, und dann hatten die beiden Krach – einen richtig heftigen Streit. So was soll ja vorkommen. Die Einzelheiten interessieren mich ehrlich gesagt nicht.«

»Und deswegen dann der eilige Aufbruch? So haben Sie bei der ersten Vernehmung jedenfalls argumentiert. Klingt merkwürdig, wenn Sie mich fragen. Warum sollten Sie nachts aus dem Hotel verschwinden, noch dazu in Windeseile, nur weil Marie Ärger mit ihrer Geliebten hat, zumal Sie beide nicht gemeinsam angereist sind und auch nicht gemeinsam abreisen wollten?«

»Das Ganze ist so unwichtig, dass ich die Einzelheiten vergessen habe«, behauptete Becky und zuckte mit den Achseln. »Außerdem sind die Gründe für den gemeinsamen Aufbruch mit Marie völlig nebensächlich.«

»Das sind sie ganz bestimmt nicht, Frau Koch.«

»Dann beweisen Sie mir, was daran strafrechtlich von Bedeutung sein soll.«

»Na schön«, lenkte ich kurz ein. »Kommen wir zu einem weiteren Punkt, der das Ganze vielleicht von einer anderen Seite besser erhellt. Sicherlich erinnern Sie sich noch daran, dass Marie meinte, in der Firma von Charlotte Winkler und ihrem Mann interessante Betriebsgeheimnisse stehlen zu können.«

Becky Koch atmete tief durch und spielte die Genervte, aber ihr Blick war plötzlich auffallend wach. Sie legte die Hände vor sich auf den Tisch. »Ich weiß nicht, wovon Sie reden.«

»Das wissen Sie sehr wohl. Marie hat Ihnen erzählt, dass sie sich Zweitschlüssel vom Büro der Winklers hat anfertigen lassen. Angeblich gäbe es dort einiges zu holen. Vergessen Sie diese hübsche Story, die zugegebenermaßen gut zu Marie Hauser passt und unter Umständen durchaus mal eine Überlegung wert war, dennoch: Aktuell ist sie nichts als Augenwischerei, um Sie davon abzulenken, was Marie in Wirklichkeit vorhatte. Die beiden waren sich längst einig, was die Zukunft anbelangte, ihre gemeinsame Zukunft, und zwar ohne Sie, Frau Koch«, behauptete ich. »Die beiden haben in letzter Zeit emsig daran gearbeitet.«

»Ich bin tief beeindruckt«, erklärte Becky. Sie meißelte sich ein Lächeln ins Gesicht.

Ich beugte mich vor. »Sie glauben, dass ich Sie mit der Geschichte verunsichern will, um einen Keil zwischen Sie zu treiben. Diese Überlegung kann ich nachvollziehen, aber ich befasse mich nicht mit Hirngespinsten. Dazu habe ich weder Zeit noch Lust. Nehmen Sie zum Beispiel die Blitzüberweisung. Marie hat sich eine Weile geziert, stimmt's?«

Diesmal zuckte Becky zusammen, und ich hatte Mühe, nicht mit einem Schmunzeln darauf zu reagieren. »Das Konto verfügte, wie wir inzwischen wissen, gar nicht über genügend Deckung für diese hohe Summe«, behauptete ich und machte eine Pause. »Fünfzigtausend sind kein Pappenstiel, auch nicht für die Hausers, und Marie war ziemlich genervt, dass sie ins Minus gehen musste, weil Sie darauf bestanden. Aber das hat sie natürlich nicht erwähnt, oder? Und Ihnen ist vermutlich auch nichts an ihrem Verhalten aufgefallen?«

Becky Koch öffnete den Mund und schloss ihn wieder.

»Alles Show«, fuhr ich fort. »Aber offensichtlich eine gute Show, denn Sie haben sie für bare Münze genommen.«

»Das alles hat Ihnen Charlotte Winkler verklickert?«

»Sie hat noch viel mehr erzählt«, bestätigte ich und machte eine Kunstpause. »Denken Sie mal an den Datenspeicher, den sie nach dem Besuch der Dalí-Ausstellung von Marie zugesteckt bekommen haben. Er ist sichergestellt. Das heißt, wir haben ihn. Aber das ist noch längst nicht alles.«

Becky schwieg einen Moment. »Sie bluffen«, entgegnete sie schließlich, aber sie schluckte dabei, und ihre Stimme klang alles andere als fest.

»Er war bei Charlotte Winkler im Wagen. Erinnern Sie sich an die eilige Aktion?«

»Nein. Ich weiß nicht, was Sie meinen.«

»Ich erkläre es Ihnen gerne«, fuhr ich fort. »Marie Hauser erzählte Ihnen während Ihres hektischen Aufbruchs, dass Charlotte Winkler die Angewohnheit hat, ihren Kofferraum meistens unverschlossen zu lassen – über eine Zentralverriegelung verfügt ihr alter Benz noch nicht –, und wann muss man schon mal an den Erste-Hilfe-Kasten? Wenn man Glück hat, so gut wie nie, oder? Sie hatten Angst, dass Sie aufgeflogen waren oder die Polizei zumindest im Anmarsch sein könnte, mit Recht, wie sich ja gezeigt hat – wobei Sie beide nicht ahnen konnten, dass das LKA Sie bereits seit Monaten observiert. Der Kofferraum schien in der brenzligen Situation eine wunderbare Möglichkeit, den Stick loszuwerden, ohne ihn vernichten oder endgültig verschwinden lassen zu müssen. Wäre doch schade drum, nicht?«

Becky Koch starrte mich an. »An der Geschichte müssen Sie aber noch feilen. Da passt ja einiges nicht zusammen.«

»Ich bin noch nicht fertig«, gab ich zu bedenken. »Und die Sache hat in der Tat unterschiedliche Seiten, die man sehr genau betrachten muss. Marie ließ sich damit alle Optionen offen, denn das Versteck bot mehrere Vorteile: Es barg zum einen sowohl die Möglichkeit, den eindeutigen Beweis Ihrer beider kriminellen Aktivitäten unauffällig loszuwerden sowie Charlotte zu belasten, wenn es nötig sein sollte – man kann ja nie wissen, stimmt's? – oder aber Sie auszubooten, ohne dass Sie den geringsten Verdacht schöpften.«

»Ach?«

»Ja, dazu komme ich gleich. Ich wette, Marie hat Ihnen erzählt, dass man den Schatz in absehbarer Zeit zurückholen könnte, um den Stick an einem sicheren Ort zu verstecken und das Geschäft irgendwann vielleicht doch noch abwickeln zu können, denn Charlotte Winkler schloss den Kofferraum ja meistens nicht ab. Die Erklärung hat Sie überzeugt, wahrscheinlich sogar begeistert, oder? Und so eine Idee passt zu Marie, nicht wahr? Sie gibt ungern auf, sondern fühlt sich herausgefordert, in einer besonderen Situation ihre

Ausgebufftheit unter Beweis zu stellen. Und bislang hat sie immer gewonnen.«

Becky hatte inzwischen blasse Lippen. Ich hatte den Nagel auf den Kopf getroffen. Ein gutes Gefühl.

»Aber die Geschichte hat noch mindestens zwei weitere besonders perfide Seiten: Wenn nämlich die Polizei nicht dazwischengefunkt hätte, hätten Marie und Charlotte Sie an diesem Wochenende komplett auflaufen lassen«, fuhr ich fort. »Deren Plan sah vor, Sie mit einem falschen Datenträger zu Ihrem Abnehmer zu schicken. Geld hätten Sie keines gesehen, Ihr Kunde wäre sauer gewesen, und Marie hätte so getan, als wüsste sie von nichts. Technische Panne oder so was in der Art. Aber Sie wären im Abseits gelandet. Das geht in diesem Geschäft ganz schnell. Und raten Sie mal, wer inzwischen den richtigen Datenträger bekommen hatte?«

Beckys Kopf schob sich ruckartig vor. »Was für eine hirnverbrannte Geschichte!«, rief sie. »Die stimmt doch vorne und hinten nicht! Ich denke, die beiden haben sich gestritten? Und warum sollte man sich die Mühe machen, einen falschen Datenträger überhaupt noch zu verstecken?«

Ich lächelte. »Ich merke, Sie denken mit, aber eines nach dem anderen. Richtig: Es hat trotz aller Pläne und Vorbereitungen mächtig gekracht zwischen den beiden, weil Charlotte Winkler auf bestimmten Geschäftsprinzipien beharrte. Außerdem wollte sie Einzelheiten über Maries kriminelle Karriere wissen – Daten, Zahlen und so weiter. Dieses Ansinnen hielt Marie für völlig unangemessen, und damit hatte sie auch nicht gerechnet. Frau Hauser lässt sich nur ungern etwas vorschreiben oder auf Zuruf ausfragen. Ein Wort gab das andere, und schon war der schönste Streit im Gange. Irgendwann eskalierte die ganze Sache und Charlotte drohte damit, das Vorhaben platzen zu lassen, vielleicht sogar ihre

Kenntnisse weiterzugeben; Marie war außer sich, und die beiden gerieten jetzt so richtig aneinander. Wahrscheinlich forderte Marie den Datenstick zurück, aber Charlotte hatte ihn bereits gut versteckt. Marie stürmte schließlich mit blankliegenden Nerven aus dem Zimmer, rannte dabei Charlotte, die sich ihr in den Weg stellte, mehr oder weniger über den Haufen, so dass diese schwer stürzte, und war davon überzeugt, dass in Kürze die Polizei vor der Tür stehen würde. Sie hielt es noch nicht einmal mehr für ausgeschlossen, dass Charlotte eine Art Polizeispitzel ist ...« Ich lächelte. »Wie gefällt Ihnen die Geschichte jetzt? Möchten Sie den Schlussteil noch hören?«

Becky ließ mich nicht aus den Augen. Sie war bleich.

Ich nickte ihr fröhlich zu. »Für den Notfall, also wenn Gefahr im Verzug ist, haben Sie, Marie und Klaus Hauser klare Absprachen bezüglich der weiteren Vorgehensweise getroffen: abhauen, Alarm geben, Beute verstecken oder vernichten und alles auf Teufel komm raus abstreiten. So wenig Spuren wie irgend möglich hinterlassen. Da sich eine Kopie des Datensticks in Hamburg befindet, die Klaus Hauser jedoch sicherheitshalber zerstört hat, als er alarmiert wurde, dürfte Ihnen Maries Versteck-Idee sehr gelegen gekommen sein, um den nun einzig verfügbaren Stick und damit das Geschäft irgendwie zu retten – ein Geschäft, das Sie ja im übrigen gar nicht mehr erfolgreich abgeschlossen hätten.«

»Und all das hat Ihnen Charlotte erzählt?«, fragte Becky tonlos. Sie hatte große Mühe, die Fassung zu bewahren.

»Die Spurensicherung und die zwischenzeitlichen Zeugenvernehmungen haben einiges ans Licht gefördert«, behauptete ich. »Frau Winkler war nach der Aufregung und ihrem Sturz erst heute vernehmungsfähig und hat sich dann schnell entschlossen, alles auf den Tisch zu legen, um nicht selbst belastet zu werden. Was sie nicht im Laufe der Zeit und am gestrigen Abend von Marie erfahren hat, konnte sie sich selbst zusammenreimen. Wenn man Marie Hausers Denkweise erst einmal verstanden hat, klappt das ganz gut.«

Ich hob eine Hand und gab damit Ben das Zeichen, einen Laptop und die beiden Datensticks hereinzubringen.

»Überzeugen Sie sich selbst«, sagte ich und zeigte auf den USB-Stick. »Der befand sich in Charlotte Winklers Wagen. Auf ihm befinden sich Ihre und Maries Fingerabdrücke.«

Ben steckte den Stick in den USB-Anschluss und rief das Inhaltsverzeichnis auf. Einer unser Informatiker hatte Dutzende von wissenschaftlichen Analysen und kompliziert aussehenden Statistiken auf den Stick gespielt – frei zugängliche Informationen, die mit einem fingierten, mehrere Jahre zurückliegenden Datum versehen waren. Stichworte in den Überschriften nahmen Bezug auf Firmen, mit denen die HUB zu tun gehabt hatte. Ich ging davon aus, dass Becky Koch sich mit den Daten, die sie ablieferte, nicht im Einzelnen beschäftigte, geschweige denn Berichte las, noch dazu wenn es um komplizierte wissenschaftliche Themen ging. Warum sollte sie auch? Allenfalls kannte sie aus Gesprächen mit Marie Hauser die Branche und das Hauptthema.

»Diese Daten sind laut Speicherdatum einige Jahre alt – im Wesentlichen geht es um medizintechnische Berichte und Forschungsergebnisse, wie Sie an den Titeln erkennen«, erklärte ich. »Ich denke, Sie werden sich erinnern. Diese Geschichten haben Sie bereits verkauft. Der Käufer, den Sie aufsuchen sollten, hätte dafür garantiert gar keine Verwendung und wäre sicherlich alles andere als erbaut über Ihre Lieferung.«

Becky starrte auf den Monitor und sagte kein Wort.

Ich sah Ben an, der mit unbewegter Miene den zweiten Stick anschloss. »Dieser Datenspeicher, den Charlotte Winkler uns ebenfalls übergeben hat, enthält detaillierte Angaben zu einer geplanten Softwarefirma: Ideen, Programmplanungen, Kundenstamm und so weiter. Charlottes und Maries Fingerabdrücke sind darauf nachzuweisen, die von Ihnen nicht. Dieses Geschäft sollten Sie nicht machen.«

Minutenlang herrschte Stille.

»Was genau wollen Sie eigentlich jetzt von mir?«, fragte Becky Koch schließlich.

»Sie ahnen ja längst, um was es hier geht: Marie und Klaus Hauser werden alles abstreiten und zur Not jeden belasten, der sich gerade anbietet – zum Beispiel Sie oder auch Charlotte Winkler. Die vorliegenden Ermittlungsergebnisse können erst so richtig zum Tragen kommen und auch die Hinterleute erfassen, wenn sie mit den entsprechenden Fakten und Zahlen untermauert werden.«

»Das heißt im Klartext?«

»Packen Sie aus, bleiben Sie bei Ihrer Aussage, und wir sorgen dafür, dass Sie beträchtlich aus der Schusslinie genommen werden. Ich will Marie Hauser das Handwerk legen, und zwar gründlich.«

Die Stille nach dem langen Gespräch tat gut. In meinem Kopf summte es wie in einem Bienenstock.

Ich hatte hoch gepokert und gewonnen. Becky Koch hatte ein umfassendes Geständnis abgelegt und besprach sich mit ihrem Anwalt. Marie Hausers Anwalt war ebenfalls unterwegs. Ihr Gesichtsausdruck hatte Bände gesprochen, als ich sie darüber informiert hatte, dass Beckys Geständnis gerade abgetippt wurde.

Vielleicht war es ein wenig anmaßend, aber es tat mir keine Sekunde leid, die beiden mit der Lüge von dem zweiten Stick derart hinters Licht geführt zu haben. Karen sah das wohl ganz ähnlich. Sie schien zu lächeln, als ich ihr abends davon erzählte. Aber vielleicht bildete ich mir das auch nur ein.

Ich ging früh schlafen. Und träumte vom Hotel Marlene. An der Rezeption stand Margot. Sie lächelte. Ich rieb mir die Augen. Dann sah ich, dass es gar nicht Margot war. Lisa blickte mir entgegen.

39 Charlotte

Nein, natürlich konnte ich nicht einfach nahtlos dort ansetzen, wo ich einige Tage zuvor aufgehört hatte. Selbst wenn ich es gewollt hätte. Allein der Gedanke war unsinnig. Ich fuhr nach Hannover zurück, aber es war keine Rückkehr. Wilfried wusste es, ich wusste es. Ein Blick genügte.

Ich blieb eine Nacht und brach am nächsten Tag zu unserem Ferienhaus auf. Im beginnenden Frühjahr war es stürmisch auf Rügen. Das passte zu meiner Stimmung. Ich ging stundenlang am Meer spazieren. Auf der Suche. Ich wusste nicht wonach. Ich wusste nicht wie lange. Offensichtlich ließ sich nichts erzwingen. Als ich das verstanden hatte, ging es mir besser.

Manchmal sah ich eine Reiterin am Strand entlanggaloppieren. Eines Nachmittags winkte sie mir zu. Ich winkte zurück. Der Wind fuhr durch mein Haar.

Ich stellte die Waschmaschine an, räumte die Küche auf und holte den Staubsauger hervor. Meine Mutter wäre stolz auf mich. Nichts befördert einen derart in den Alltag zurück wie schnöde Hausarbeit, die wochenlang liegengeblieben war. Nach vier Stunden war ich wieder halbwegs auf der Reihe. Nicht dass es sonderlich toll ausgesehen hätte, aber immerhin roch es nach irgendeiner Aprilfrische, ich hatte wieder sauberes Geschirr im Schrank, das Bad glänzte unvertraut, und die Dielen wirkten frisch gebohnert. Anschließend stellte ich mich zehn Minuten unter die Dusche und verteilte irgendeinen Vanilleduft in meinem Haar.

Ich hatte mir gerade ein Glas Wein eingeschenkt und die Pizza aus dem Ofen genommen, als es an der Haustür klingelte. Unnötig zu erwähnen, dass ich keinen Besuch erwartete und auch ganz sicher keine Verabredung vergessen hatte. Und aus meinem überschaubaren Freundeskreis würde sich kaum jemand spontan zu mir aufmachen. Klingelstreich, dachte ich, oder ein schlichtes Versehen. Der Paketdienst, der seine Sendung beim Nachbarn nicht zustellen konnte und keine Lust hatte, irgendeine zweihundert Kilo schwere ebay-Errungenschaft wieder die Treppe hinunterzuschleppen. Es klingelte zum zweiten Mal. Ich stellte das Glas ab und ging zur Tür.

Sie stand da und sah mich an, während mein Herz einen Salto schlug – einen dreifachen Salto, gefolgt von einem zweieinhalbfachen Rittberger mit Schraube. Sie trug Freizeitkleidung: Jeans, Stiefel, Lederjacke und sah umwerfend aus. Eine Augenbraue angehoben. Das Gletscherblau traf mich mit voller Wucht. Ich war nicht in der Lage, etwas zu sagen, sondern schluckte nur.

»Zimmer 302«, sagte sie. »Was genau ist da eigentlich in dem Kleiderschrank passiert?«

»Um ehrlich zu sein: Ich erinnere mich nicht mehr so gut«, antwortete ich, während mein Puls in schwindelerregende Höhen trieb. »Es war eine aufregende Nacht …«

Hannah trat näher. »Ich wüsste zu gerne, was du unter einer aufregenden Nacht verstehst.«

»Oh«, flüsterte ich.

»Allerdings könnte ich mir vorstellen, dass du eine Vorliebe für Fitnessräume, Verkleidungen und Fesselspiele hast.« Sie lachte dieses wundervolle Lachen.

»Nun …«

»Darf ich hereinkommen?«

»Nichts lieber als das.«

»Ein guter Anfang.«

Ich schob die Tür auf. Sie stand jetzt direkt vor mir. »Eine Frage noch«, flüsterte ich, während ihre Hand über meine Wange strich. »Wer ist eigentlich Karen Winter?«

»Meine Schwester. Ich hoffe, dass du sie bald kennenlernst. Ich habe ihr schon einiges von dir erzählt.«

Ich wollte irgendeine dumme, freche, vorlaute Bemerkung machen, aber Hannah trat ein und schloss die Tür hinter uns. Ihr Atem strich über mein Gesicht.

»Vanille«, sagte sie. »Ich liebe diesen Duft.«

Kuck, Manuela: *Liebe Lügen / Roman*
ISBN 978-3-930041-68-8
Originalausgabe / Alle Rechte vorbehalten

Satz und Gestaltung: Grafikbüro Schadenberg, Berlin
Umschlagfoto: © Christina Böder, Berlin
Druck: CPI – Clausen & Bosse, Leck